Especímenes de folclore bosquimano
W.H.I. Bleek y L.C. Lloyd

Especímenes de folclore bosquimano
W.H.I. Bleek y L.C. Lloyd
Traducción de Daniela Morábito Rojas

«Presentimiento y metamorfosis
entre los bosquimanos»
Elias Canetti
Traducción de Horst Vogel

Todos los derechos reservados.
Ninguna parte de esta obra puede ser reproducida,
transmitida o almacenada sin previo permiso del editor.

Título original
Specimens of Bushman Folklore

Traducción
Daniela Morábito Rojas

«Presentimiento y metamorfosis entre los bosquimanos»
Copyright © *Masa y poder*, Elias Canetti, Grup Editorial 62,
S.L.U., El Aleph Editorial, S.A., 1977

Traducción
Horst Vogel

Primera edición en español: 2009

Fotografía de portada
Luis Asín

Copyright © Editorial Sexto Piso, S.A. de C.V., 2009
San Miguel # 36
Colonia Barrio San Lucas
Coyoacán, 04030
México D.F., México

Sexto Piso España, S.L.
c/Monte Esquinza 13, 4.º Dcha.
28010, Madrid, España

www.sextopiso.com

Derechos Reservados © 2009
Universidad Nacional Autónoma de México
Dirección de Literatura
Ciudad Universitaria 04510, México, D.F.

Diseño de portada
Estudio Joaquín Gallego

ISBN: 978-84-96867-44-4

La presente traducción fue realizada con apoyo del Programa
de Fomento a la Traducción Literaria 2005 del Fondo
Nacional para la Cultura y las Artes y la Dirección General de
Publicaciones del Consejo Nacional para la Cultura y las Artes.

Impreso y hecho en México

ÍNDICE

PREFACIO 19
L.C. Lloyd

INTRODUCCIÓN 27
Geo. MacCall Theal

A. MITOLOGÍA, FÁBULAS, LEYENDAS Y POESÍA

I. *El Mantis* 41
   El Mantis adquiere forma de antílope 43
   |gaũnu-tsą'x̧ũ (el hijo del Mantis), los mandriles
      y el Mantis 51
   La historia de la Tortuga Leopardo 63

II. *Sol y Luna* 67
   Los niños son enviados a lanzar el Sol durmiente al cielo 69
   El origen de la muerte, precedida por una oración
      dirigida a la joven Luna 77
   La Luna no debe ser mirada cuando se ha disparado
      a la presa 81

III. *Estrellas* 83
   La niña de la raza temprana que hizo estrellas 85
   La gran estrella |gaũnu que, cantando, nombró
      las estrellas 89
   Lo que las estrellas dicen, y una oración a una estrella 91
   |kó-g|nųiṅ-tára, esposa de la estrella de Corazón
      del Amanecer, Júpiter 93

IIIa. *Otros mitos*	103
El hijo del viento	105
ǂkágara y ǀhaũnu, quienes pelearon entre sí con rayos	113
IV. *Fábulas animales*	119
La venganza de la hiena	121
El león celoso de la voz del avestruz	125
La resurrección del avestruz	131
Los buitres, su hermana mayor y su esposo	135
Ddí-χérretęn, la leona y los niños	139
La Avispa Albañila y su esposa	145
V. *Leyendas*	147
El hombre joven de la raza antigua que fue llevado por un león mientras dormía en el campo	149
Una mujer de la raza temprana y el toro de la lluvia	159
La historia de la niña; la historia del sapo	165
El hombre que ordenó a su esposa cortarle las orejas	169
La ǂnèrru y su esposo	171
La muerte del lagarto	177
VI. *Poesía*	179
La canción del gato	181
La canción del zorro caama	183
Las canciones de la grulla del paraíso	185
La canción de la vieja Mujer	187
Una canción cantada por la estrella ǀgaúñu y especialmente por mujeres bosquimanas	191
Sirius y Canopo	193
La canción de la avutarda	195
La canción de las madres de las gacelas	197
La canción de ǁkábbo por la pérdida de su paquete de tabaco	199
El cordón roto	201
La canción de ǀnüǀnumma-kwítęn	203

B. HISTORIA (NATURAL Y PERSONAL)

VII. *Animales y sus hábitos —aventuras con ellos— y cacería*   205
    El leopardo y el chacal   207
    Acciones de la gacela   209
    Costumbres del murciélago y el puercoespín   211
    La tarabilla y el gato montés   215
    Los babuinos y ǁʼχábbitęnǁʼχábbitęn   217
    La historia de un león   219
    El hombre que encontró un león en una cueva   221
    Algunas prácticas de la cacería llamadas ǀnănna-seĕ   225
    ǀnănna-seĕ (segunda parte). Más información, particularmente con respecto al tratamiento de los huesos   227
    Tácticas para la cacería de gacelas   235

VIII. *Historia personal*   237
    La captura de ǁkábbo y el viaje a Ciudad del Cabo   239
    El viaje en tren de ǁkábbo   245
    El planeado regreso a casa de ǁkábbo   247
    Cómo fue matada la mascota lebrato de ǀhańǂkassʼō·   257
    La tormenta   259

IX. *Costumbres y supersticiones*   263
    Cortar la punta del dedo pequeño, y perforar orejas y nariz   265
    Cortar la punta del dedo pequeño (segunda versión)   267
    Presentimientos bosquimanos   269
    Prácticas y plegarias cuando aparecen Canopo y Sirius   273
    La fabricación de vasijas de arcilla   275
    La cuchara sopera bosquimana   279
    La costilla moldeada   281
    El tambor bosquimano y las sonajas de danza   283
    El uso del ǀgóïnǀgóïn, seguido por el relato de un baile bosquimano   285

Preparación de los penachos de pluma utilizados en la cacería de gacelas	291
La marcación de flechas	293
La manera de deshacerse de la influencia demoníaca de las pesadillas	295
Acerca de dos apariciones	297
El corazón del chacal no debe comerse	301
ǁhára y ttò	305
Señales hechas por los bosquimanos para mostrar en qué dirección han ido	307
Muerte	313

APÉNDICE

Algunos textos ǀkuṅ	319
Las actividades de ǀχué son varias	321
Plegaria a la joven luna	327
El trato a los ladrones	329
Los cuatro pedazos de madera llamados ǀχú, utilizados para la adivinación	333
Golpear el suelo (con una piedra)	335
Serpientes, lagartijas y cierto antílope pequeño, cuando sean vistos cerca de las tumbas, deben ser respetados	337
Cierta serpiente, la cual, al recostarse sobre su lomo, anuncia una muerte en la familia, y la cual no debe, bajo ninguna circunstancia, ser matada	339

PRESENTIMIENTO Y METAMORFOSIS
ENTRE LOS BOSQUIMANOS
    Elias Canetti   345

ÍNDICE DE ILUSTRACIONES

Retrato a color de ǁkábbo, el antiguo maestro
bosquimano del Dr. Bleek
De una pintura de W. Schröder   17
Retrato a color de ǀhaṅǂkass·ō
De una pintura de W. Schröder   40
Avestruces machos y hembras
Dibujados por Diä ǀkwạ́in   44
Fotografía de *Diä ǀkwạ́in*   46
Fotografía de ǀkweiten ta ǁkēn, hermana de *Diä ǀkwạ́in*   52
Fotografía de hombres y mujeres bosquimanos,
incluido ǀχáken-án, quinto en el grupo
Tomada en Salt River en 1884   54
Fotografía de un bosquimano.
De la estación para convictos de Breakwater   62
Dibujo a lápiz de ǀhaṅǂkass·ō, que muestra los barrancos
y las casas de los niños en la historia de *Ddí-χérreten*,
a la leona y a los niños. El trazo a lápiz pertenece a
los dibujos hechos por los niños ǀkuṅ   65
Fotografía de tres bosquimanos
De la estación para convictos de Breakwater   71
Puercoespines, oso hormiguero y pájaros llamados ǂnèrru
Dibujados por ǀhaṅǂkass·ō   72
(a) Huellas de puercoespín en una de las entradas a su madriguera
(b) Las montañas en las que ǀkhạ́ù (un lagarto del género
Gennus Agama) se transformó
Dibujados por ǀhaṅǂkass·ō   95
Lagartos del género *Gennus Agama*
Dibujados por Diä ǀkwạ́in   96
Mantis macho y hembra
Dibujados por Diä ǀkwạ́in   106

Fotografía de un bosquimano de la hierba
  Tomada en Ciudad del Cabo en 1880 — 112
Grullas del paraíso y avestruz
  Dibujados por |haṅ≠kass·ō — 114
Chozas bosquimanas
  Dibujadas por |haṅ≠kass·ō — 116
«Toro de agua»
  Dibujado por Diä̱|kwá̱in — 127
Gacelas macho y hembra
  Dibujadas por Diä̱|kwá̱in — 128
Fotografía de una familia bosquimana
  Tomada en Salt River en 1884 — 140
Tácticas para la caza de la gacela
  Dibujado por |haṅ≠kass·ō — 142
Fotografía de niños bosquimanos
  Tomada en Salt River en 1884 — 152
Fotografía de una mujer bosquimana
  con un palo para excavar
  Tomada en Salt River en 1884 — 155
(a) Juguete hecho por los !kuṅ
(b) La cuchara sopera bosquimana
  Dibujadas por Herr H. Werdelmann — 160
Instrumentos similares a !gói̱ṅ-!gói̱ṅ, hechos por los !kuṅ
  Dibujados por Herr H. Werdelmann — 161
Un hueso de costilla moldeada, utilizada para comer ciertos alimentos
  Dibujado por Herr H. Werdelmann — 175
(a) Flecha hecha por los !kuṅ
(b) Flecha bosquimana
  Dibujadas por Herr H. Werdelmann — 176
Antílopes y gacelas
  Dibujados por |haṅ≠kass·ō — 188
Puercoespines y mangostas
  Dibujados por |haṅ≠kass·ō — 189
Sonajas de danza bosquimanas
  Dibujadas por Herr H. Werdelmann — 208

|góĩṅ-|góĩṅ

Dibujado por Herr H. Werdelmann   214

Fotografía de cuatro niños |kuṅ   228

|χué como árbol en el día, y como él mismo de noche

Dibujado por |nanni   230

|χué como la planta |náχane

Dibujado por |nanni   240

|χué

Dibujado por |nanni   243

|χué como árbol ‖guí

Dibujado por |nanni   251

|χué como árbol |kuį̃

Dibujado por |nanni   254

|χué como |kẵṅ-a

Dibujado por |nanni   261

|χué como elefante

Dibujado por Tamme   262

El árbol |gué, con un hueco en el que se
ha acumulado agua de lluvia

Dibujado por |nanni   286

Un niño pequeño dormido bajo la sombra de un árbol

Dibujado por |nanni   287

|gaṅ |gaṅni o |gaṅ |gaṅniǫhǫ

Dibujado por |nanni   300

Una tumba (el cuerpo está colocado
en un agujero a un costado)

Dibujado por |nanni   303

(a) Piezas de madera hechas por los |kuṅ,
utilizadas por ellos para la adivinación

(b) Palos de fuego (usados para frotar fuego)

Dibujados por |nanni   309

|gon′‖ná (una raíz comestible)

Dibujada por Tamme   312

‖húru. Una planta de tierra

En apariencia dibujada por Tamme   322

Bestia depredadora, pez y árbol
Dibujados por Taḿme 326
Grupo de bosquimanos
*Fotografiados en la estación para convictos de Breakwater
alrededor de 1871* 341
Grupo de bosquimanos
*Fotografiados en la estación para convictos de Breakwater
alrededor de 1871* 342
Fotografía de ǁkábbo
Tomada en la estación para convictos de Breakwater en 1871 343

Para todos los trabajadores leales.

Retrato a color de ||kábbo, el antiguo maestro bosquimano del Dr. Bleek.
De una pintura de W. Schröder.

PREFACIO

Con todos sus defectos, después de muchas y grandes dificultades, se expone ante el público este volumen de *Especímenes de folclore bosquimano*. Como se verá en las listas que se dan en el *Brief Account of Bushman Folk-lore and other Texts* del Dr. Bleek, Ciudad del Cabo, 1875, y en mi *Short Account of Further Bushman Material Collected*, Londres, 1889, las selecciones realizadas para este volumen representan una porción muy pequeña de la literatura nativa de los bosquimanos que ha sido recopilada. Si días futuros verán los vestigios de los manuscritos, así como la excelente colección de copias de dibujos bosquimanos hecha por el ya finado Mr. G.W. Stow, también publicada, es una pregunta que sólo el tiempo puede responder.

Se observarán varias irregularidades en la ortografía del texto nativo en el volumen ahora completado. Éstas tienen su fuente en dos causas principalmente. Una de ellas fue el intento de siempre escribir, con la mayor fidelidad posible, los sonidos escuchados en cada momento; la otra, que la ortografía del Dr. Bleek era de tipo más científico que la del otro recopilador, cuyo oído estaba fundamentalmente acostumbrado a los sonidos del inglés.

En algunos ejemplos, las «nuevas líneas» en el texto nativo y en la traducción no se corresponden; ya que las pruebas en bosquimano y en inglés eran a menudo enviadas por separado a Alemania para su corrección.*

Los números correspondientes en el margen, a un lado del texto nativo y la traducción (los cuales se refieren a las páginas de los manuscritos originales), serán, espero, de ayuda mate-

* Se refiere a la edición original. (N. de la T.)

rial para aquéllos que deseen estudiar el lenguaje bosquimano de este volumen.*

Con respecto a los símbolos adicionales utilizados en la impresión de los textos bosquimanos, es necesario explicar que el Dr. Bleek, para evitar confusiones ulteriores con los símbolos usados para representar los chasquidos, adoptó, para éstos, las cuatro marcas que ya habían sido empleadas por algunos de los misioneros para el hotentote impreso. Añadió una línea horizontal encima de la marca |, utilizada para el chasquido dental, en aras de una mayor claridad en la escritura. Él tenía la intención de dejar de usar esta adición cuando llegara el momento de imprimir; y ésta ya no aparece en la tabla de símbolos que preparó para el impresor en 1874. En esta última tabla, también alteró de alguna forma la secuencia de los chasquidos; y sustituyó la marca ̌ por la previamente utilizada ʓ para el «suave sonido roncador en la garganta».

| Indica el chasquido dental.
ǃ Indica el chasquido retroflejo.
‖ Indica el chasquido lateral.
ǂ Indica el chasquido palatal.
⊙ Indica el chasquido labial.
χ Indica una aspiración gutural, como el alemán *ch*.
⟩ Indica un fuerte ronquido en la garganta.
̌ Indica un suave ronquido en la garganta.
~ Indica la pronunciación nasal de una sílaba.
⊃ Debajo de vocales, indica un rugido, su pronunciación profunda.
\ Indica un tono elevado[1]
= Indica que la sílaba bajo la cual se coloca tiene una entonación musical.
' Indica cortar el aliento (como en *ttʼu̯ắra*).

---

* Se refiere a la edición original. (N. de la T.)
[1] El tono es en ocasiones el único rasgo distintivo en palabras escritas de una forma parecida, pero con diferente significado.

○ Colocado bajo una letra, indica la pronunciación muy corta de ésta.

— Bajo una vocal, indica una pronunciación más o menos abierta de la misma.

ṅ Indica una pronunciación timbrada de la *n*, como en «*song*» en inglés.

ṛ Colocada sobre la *n* indica que la pronunciación está entre esas dos consonantes.
También, ocasionalmente, un sonido consonante se encuentra, en bosquimano, entre *r*, *n* y *l*.

Le sigue una descripción de cómo hacer los primeros cuatro chasquidos de la lista; sacada de *Comparative Grammar of South African Language*, Parte I, Phonology, páginas 12 y 13, del Dr. Bleek.

El chasquido dental | se logra «presionando la punta de la lengua contra los dientes delanteros de la mandíbula superior, y después, retirándola fuerte y repentinamente». (Tindall.) Se asemeja a nuestra exclamación de molestia.

El chasquido retroflejo ! se logra «enrollando la punta de la lengua contra el paladar, y retirándola de manera fuerte y repentina». (Tindall.)

El chasquido lateral ǁ es, «según Tindall, en la lengua *nama* hotentote, articulado generalmente cubriendo con la lengua todo el paladar, y produciendo el sonido lo más atrás posible, ya sea con lo que Lepsius llama el punto faucal o gutural del paladar. Los aprendices europeos, sin embargo, imitan el sonido colocando la lengua contra los dientes laterales y luego retirándola». «Un sonido similar se usa para hacer que un caballo avance.»

El chasquido palatal ǂ se «hace presionando la punta de la lengua de la manera más plana posible contra la terminación del paladar en las encías, y retirándola de la misma manera que durante la articulación de los otros chasquidos».

El chasquido labial, marcado ☉ por el Dr. Bleek, suena como un beso.

En la disposición de *Especímenes de folclore bosquimano*, se ha seguido la división del Dr. Bleek. Las cifras en el título de cada artículo se refieren a su número en uno de los dos trabajos bosquimanos mencionados con anterioridad. La letra B o L se ha añadido para mostrar en cuál de los dos fue incluida originalmente.

De «La resurrección del avestruz», y del análisis sintáctico de una parte de ésta, no se preparó una versión final para el impresor cuando el Dr. Bleek murió; y fue, aquí y allí, muy difícil asegurarse de cuál fue su intención exacta, especialmente en el análisis; pero los documentos eran demasiado importantes para ser omitidos.

Los narradores de la literatura nativa en los *Especímenes* son:

la⎮kuṅta (que contribuyó con dos fragmentos) era un joven que vino de una parte del país que se encuentra en o cerca del Strontbergen (30° lat. S., 22° long. E.). Estuvo con el Dr. Bleek en Mowbray del 29 de agosto de 1870 al 15 de octubre de 1873.

‖kábbo o «Sueño» (que proporcionó quince fragmentos) era del mismo barrio que la⎮kuṅta. Era un excelente narrador y observaba pacientemente hasta que una oración era escrita antes de continuar con lo que estaba diciendo. Disfrutaba mucho de la idea de que las historias bosquimanas se iban a dar a conocer a través de libros. Estuvo con el Dr. Bleek del 16 de febrero de 1871 al 15 de octubre de 1873. Tenía la intención de regresar más tarde para ayudarnos en Mowbray, pero murió antes de poder hacerlo.

|haṅ⧧kass'ō o «Klein Jantje» (yerno de ‖kábbo) contribuyó con treinta y cuatro historias para este volumen. También era un excelente narrador; y permaneció con nosotros del 10 de enero de 1878 a diciembre de 1879.

Díä⎮kwãin proporciona quince fragmentos, que están en el dialecto katkop, del cual el Dr. Bleek descubrió que varía muy poco del hablado por ‖kábbo y la⎮kuṅta. Venía de las Montañas Katkop, al norte de Calvinia (a 300 kilómetros al oeste de los hogares de la⎮kuṅta y ‖kábbo). Estuvo en Mowbray desde antes de la Navidad de 1873 al 18 de marzo de 1874, regresó el 13 de junio de 1874 y permaneció hasta el 7 de marzo de 1876.

⎮kwéiteṇ ta ‖kēn (una hermana de *Díä⎮kwãin*) contribuyó con tres fragmentos, también en el dialecto katkop. Ella permaneció en Mowbray del 13 de junio de 1874 al 13 de enero de 1875.

∣χákẹn-án, una mujer bosquimana anciana (la quinta de un grupo de hombres y mujeres bosquimanos, recogidos, en Salt River en 1884), contribuyó con un fragmento corto. Estuvo con nosotros, por poco tiempo, en 1884; pero no le gustaba estar en Mowbray. Deseaba regresar a su propio país, para ser enterrada con sus antepasados.

En los fragmentos de literatura nativa dictados por ∥kábbo, no se han antepuesto los nombres de los narradores. En aquéllos suministrados por otros informantes nativos, se han añadido sus respectivos nombres.

Entre las ilustraciones pueden apreciarse retratos de ∥kábbo, Díä∣kwā̃n, su hermana, ∣kewéitẹnta ∥kēn y ∣χákẹn-án, de los cuales, por un error desafortunado, fue omitido el de la∣kuṅta.

Los pocos textos en el lenguaje de los bosquimanos, llamados por ellos mismos ∣kuṅ, encontrados más allá de Damaralandia, que están incluidos en el apéndice, van acompañados de la mejor traducción al inglés posible en estos momentos. Estos textos los proporcionaron dos jóvenes, cuyos retratos también se pueden encontrar entre las ilustraciones. El siguiente extracto, del estudio bosquimano de 1889, enviado al Gobierno de Ciudad del Cabo, explicará un poco más sobre ellos. Los símbolos adicionales necesarios para la impresión de los textos ∣kuṅ son casi iguales a aquéllos empleados en la impresión de *Especímenes de folclore bosquimano*, pero en menor número.*

«Había sido un gran deseo del Dr. Bleek tener información sobre el lenguaje hablado por los bosquimanos encontrados más allá de Damaralandia; y, a través de la gentil ayuda del Sr. W. Coates Palgrave (quien sabía de este deseo), dos niños de esta raza (llamados por él mismo ∣kuṅ), del país al noroeste de Damaralandia, fueron llevados con nosotros por un tiempo a Mowbray el 1 de septiembre de 1879. Fueron finalmente enviados,

---

* Se refiere a la edición original. (N. de la T.)

como habíamos prometido, de regreso a Damaralandia, rumbo a su propio país, bajo el buen cuidado del Sr. Eriksson, el 28 de marzo de 1882. De estos muchachos, llamados |nanni y Tamíme respectivamente, se obtuvo bastante y valiosa información. Mientras estuvieron con nosotros, dos niños más pequeños de la misma región, llamados |uma y Dạ, se les unieron por un tiempo, con permiso de las autoridades, el 25 de marzo de 1880. El último era muy joven cuando llegó, y los niños más grandes creían que pertenecía a una tribu distinta de |kuṅ. |uma nos dejó por un patrón que encontró para él el Sr. George Stevens el 12 de diciembre de 1881, y Dạ volvió a estar bajo el cuidado del Sr. Stevens el 29 de marzo de 1884. El lenguaje hablado por estos muchachos (los dos mayores, quienes, separados por una distancia de ochenta kilómetros, diferían poco, dialécticamente, entre ellos) resultaba ininteligible para |haṅ⧧kass'ō, como lo era el suyo para ellos. Ellos consideraban a los bosquimanos de Colonia del Cabo como pertenecientes a otro tipo de |kuṅ y |haṅ⧧kass'ō, antes de que nos dejara, habló sobre la existencia de una semejanza parcial entre el lenguaje de los bosquimanos de la hierba y el hablado por los |kuṅ. Hasta donde yo pude observar, el lenguaje hablado por estos muchachos parece contener cuatro chasquidos solamente; el chasquido labial, utilizado entre los bosquimanos de Colonia del Cabo, etc., estaba ausente; y el chasquido lateral era pronunciado de una manera ligeramente distinta.[2] El grado de relación entre el lenguaje hablado por los |kuṅ y el hablado por los de Colonia del Cabo (en donde se llevó a cabo la mayor parte de nuestra recopilación) todavía debe determinarse. Afortunadamente, los dos muchachos mayores fueron también capaces de proporcionar algunas muestras de su saber nativo tradicional; la principal figura de éste parece ser un personaje pequeño, que tenía poder mágico, y capaz de

---

[2] Se observará que, en algunos ejemplos, en los textos |kuṅ antes recopilados, la marca || ha sido utilizada para denotar el chasquido lateral, en palabras donde éste difería ligeramente en su pronunciación del chasquido lateral ordinario.

asumir casi cualquier forma; éste, aunque nombrado de manera diferente, mantiene mucha similitud con el Mantis en la mitología de los bosquimanos. El poder que estos niños poseían para imitar sonidos, tanto conocidos como desconocidos para ellos, así como las acciones de los animales, era deslumbrante. También mostraron cierta capacidad de representación, con lápiz y pincel. Las flechas que hacían estaban emplumadas de manera distinta, y más elaboradamente que aquéllas de uso común entre los bosquimanos de Colonia del Cabo.»[3]

Como se ha sugerido que los pintores y escultores eran de distintas divisiones de la raza bosquimana, los siguientes datos serán de interés. Una tarde, en Mowbray, en 1875, el Dr. Bleek preguntó a *Díä|kwã͠ı̃n* si podía hacer dibujos. Él sonrió y miró complacido; pero se ha olvidado lo que dijo. A la mañana siguiente, temprano, cuando el Dr. Bleek pasaba por el porche de su casa rumbo a Ciudad del Cabo, vio un pequeño dibujo, que representaba a una familia de avestruces, pegado en la pared del porche, mientras *Díä|kwã͠ı̃n* respondía a su pregunta. El mismo bosquimano también me dijo, en una ocasión posterior, que su padre, χȧ̈ä-ttiṅ, había borrado dibujos de órices (antílopes), quaggas, avestruces, etc., en un lugar llamado |ka̱ṅṅ, donde estos animales solían beber antes de la llegada de los bóer. Algunos otros dibujos hechos por *Díä|kwã͠ı̃n*, así como algunos de |hań≠kass'ō y de los muchachos |kuṅ, se encontrarán entre las ilustraciones. En cuanto a la disposición de éstos, no ha sido fácil colocarlos apropiadamente con relación al texto, pues cualquier cosa que se encuentre entre el texto y la traducción obstaculizaría la utilidad de ésta; por esta razón, la mayor parte de las ilustraciones serán colocadas al final del volumen.

---

[3] Sacado de *A Short Account of Further Bushman Material Collected*. Por L.C. Loyd. —*Third Report Concerning Bushman Researches, Presented to Both Houses of the Parliament of the Cape of Good Hope*. Londres: David Nutt, 270, Strand, 1889, páginas 4 y 5.

Para mostrar la viva actividad de las creencias de los bosquimanos, se pueden dar los siguientes ejemplos. Poco tiempo después de la muerte del Dr. Bleek, una niña, que dormía sola en un cuarto pequeño se asustó porque un búho hacía un sonido, como respirando, fuera de su ventana por la noche. Esto se lo contaron a *Díä|kwã͞n*, quien dijo, con una muy complacida expresión de serenidad, «¿no pensaba yo que el Dr. Bleek vendría a ver cómo están sus niños pequeños?»

Más tarde, traje de un bosque en las cercanías de Camp Ground un espléndido hongo rojo a casa, para determinar su nombre nativo. Después de varios días, temiendo que se pudriera, le pedí a |*hañ≠kass'ō*, que estaba en ese momento con nosotros, que lo tirara. Poco después, se dieron violentas e inusuales tormentas de viento y lluvia. Alguien le dijo algo sobre el clima, y |*hañ≠kass'ō* me preguntó si no recordaba haberle dicho que *tirara* el hongo. Contó que no lo había tirado, sino que lo «había dejado allí suavemente». Explicó que el hongo era una «cosa de la lluvia»; y evidentemente atribuyó el mal tiempo que estábamos teniendo entonces a mi petición de «que lo tirara».

Mis más profundos agradecimientos al Dr. Theal, por su gentil interés en este trabajo y por su infatigable ayuda con respecto a su publicación; al profesor Von Luschan, por sus esfuerzos en la promoción de la publicación de las copias de los dibujos bosquimanos hechas por el Sr. G.W. Stow para *Hern Regierungsbaumeister a.d.*; a H. Werdelmann, por las copias de instrumentos bosquimanos que fue tan amable de hacer para nosotros; a mi sobrina, Doris Bleek, por su inestimable ayuda copiando muchos de los manuscritos y elaborando el índice para este volumen,[*] y a mi sobrina Edith Bleek, por su ayuda.

L.C. Lloyd
Charlottenburg, Alemania
Mayo de 1911

---

[*] Se refiere a la edición original. (N. de la T.)

INTRODUCCIÓN

Los bosquimanos eran miembros de una división de la especie humana que muy probablemente ocupó todo, o casi todo, el continente africano. Al parecer, fueron total o parcialmente exterminados y en parte absorbidos por razas más fuertes que presionaron desde el norte, excepto en algunas localidades aisladas donde pudieron sobrevivir. Como raza distintiva, desapareció de casi toda África del Norte y Central antes de que el hombre blanco hiciera su primera aparición. Schweinfurth, Junker, Stanley, Von Wissmann[1] y otros exploradores y residentes de las regiones ecuatoriales, que habían tenido contacto con los pigmeos aún existentes en las profundidades del oscuro bosque al este del lago Alberto, han dado descripciones de estas tribus que demuestran, casi sin duda, que ellos y los bosquimanos de

---

[1] Los siguientes volúmenes pueden referirse a:
Schweinfurth, Dr. Georg: *The Heart of Africa, Three Years' Travels and Adventures in the Unexplored Regions of Central Africa, from 1868 to 1871*. Dos volúmenes publicados en Londres (fecha desconocida).
Junker, Dr. Wilhelm: *Travels in Africa During the Years 1875-1886*. Traducido del alemán por A.H. Keane, F.R.G.S. Tres volúmenes publicados en Londres en 1890-1892.
Stanley, Henry M.: *In Darkest Africa or the Quest, Rescue and Retreat of Emin, Governor of Equatoria*. Dos volúmenes publicados en Londres en 1890.
Von Wissmann, Hermann: *My Second Journey through Equatorial Africa from the Congo to the Zambesi in the Years 1886 and 1887*. Traducido del alemán por Minna J. A. Bergmann. Un volumen publicado en Londres en 1891.
Casati, Major Gaetano: *Ten Years in Equatoria and the Return with Emin Pasha*. Traducido del manuscrito italiano original por J. Randolph Clay asistido por I. Walter Savage Landor. Dos volúmenes publicados en Londres y Nueva York en 1891.
Burrows, Captain Guy: *The Land of the Pigmies*. Un volumen publicado en Londres en 1898.

Sudáfrica son una sola raza. Todas las características físicas son las mismas, si tenemos en cuenta que los ojos completamente abiertos de los pigmeos del norte se deben a que vivían en bosques sombríos, y los ojos hundidos y medio cerrados de los bosquimanos del sur, a haber pasado su vida bajo el fulgor de un sol brillante.

La altura media de un bosquimano masculino adulto, proporcionada por Fritsch y otros observadores en base a cuidadosas medidas, es de 144,4 centímetros o 56,85 pulgadas. Von Wissmann nos informa sobre la altura de algunos pigmeos que él mismo midió. Ésta va de 140 a 145 centímetros, es decir, básicamente la misma.

La descripción que hace Schweinfurth de los pigmeos, tanto de sus características corporales como de las mentales, podría ser la de los habitantes del sur, las fotografías de Junker podrían haber sido tomadas en el río Orange y nadie que esté familiarizado con los bosquimanos puede leer la encantadora versión del diablillo Blasiyo, proporcionada por la Sra. R.B. Fisher en su libro *On the Borders of Pygmy Land*, sin reconocer al aborigen de Sudáfrica. Ya esté soplando un gran cuerno y brincando bajo la ventana del comedor, o azotando a los grandes bantúes de la clase que está impartiendo para que lean en la escuela de misiones en Kabarole, con el fin de hacerse respetar, el retrato escrito que la Sra. Fisher ha dado del tan interesante pigmeo, corresponde también a la vida de alguno de los que este volumen trata.

Pero aquellos restos aislados de una raza, de la cual hay muchas razones para creer que alguna vez fue numerosa, no ofrecen a los etnólogos un tema de estudio tan atractivo como pudo haberse pensado al principio, pues parecería, a partir de las observaciones de los viajeros, que han perdido su lenguaje original, aunque esto no se sabe con certeza. Los salvajes, aunque poseedores de las pasiones y la fuerza corporal de un hombre, mentalmente son niños y también lo son en la facilidad para adquirir otras formas de habla además de la de sus padres. La rapidez con la que un bosquimano aprendió a hablar alemán o inglés, cuando estaba en contacto con gente blanca en Sudáfrica, fue descrita como casi prodigiosa los primeros días de Colonia del Cabo. Y también los bosquimanos o pigmeos del norte, confinados por los bantúes, aunque no en términos amistosos con ellos, aprendieron a hablar dialectos bantúes y podrían haber perdido su propia lengua antigua. Esta información ha sido obtenida de los relatos de los viajeros, pero hasta ahora nadie ha vivido lo suficiente con ellos como para poder afirmar que entre ellos no hablaban un lenguaje distinto, y que usaban un dialecto bantú corrompido cuando conversaban con extranjeros. Independientemente de si esto sucedió así o no, sí debieron de perder mucho de su saber original, o al menos éste debió de cambiar su forma.

Al sur de los ríos Zambezi y Kunene, además de los bosquimanos, dos razas penetraron antes que la nuestra. Una de ellas estaba compuesta por personas que hemos denominado hotentotes, quienes en un tiempo muy remoto probablemente tenían a los bosquimanos como uno de sus linajes ancestrales, y quienes ciertamente en siglos recientes han incorporado un gran número de niñas bosquimanas. Pero estas tribus nunca se alejaron de la costa, aunque continuaron sus migraciones a lo largo de la orilla del mar desde el río Kunene hasta un poco más allá del Umzimvubu, donde su avance fue detenido por los bantúes que llegaban por ese lado. No se puede decir con seguridad dónde residían originalmente, pero hay fuertes razones para creer que en tiempos antiguos ocuparon el territorio ahora llamado Somalilandia. Las referencias a Punt en la historia egipcia temprana, y el retrato de la reina de ese país, tan frecuentemente descrito por diversos escritores, pueden ser citados como uno de los indicios que llevan a esta creencia. Otro indicio, quizá más fuerte, es el gran número de piedras perforadas del mismo tamaño y patrón que aquéllas utilizadas por los hotentotes en Sudáfrica —diferentes en forma de las manufacturadas por los bosquimanos— que han sido halladas en Somalilandia, una excelente colección que puede verse en el museo etnológico en Berlín. Según sus propias tradiciones, los hotentotes vinieron de algún país lejano del noreste, y no pudieron haber cruzado el Kunene muchos siglos antes de que los europeos hicieran su primera aparición en ese extremo del continente. Esto se prueba concluyentemente por el hecho de que los dialectos hablados por las tribus de Namaqualand y de aquellas establecidas más allá de la Bahía de Algoa en la costa del sureste, difieren tan poco que la gente de un lugar podía entender a la gente del otro sin mucha dificultad, lo cual ciertamente no pudo haber sido el caso si hubieran estado separados por muchos siglos. No tuvieron contacto entre ellos, y aun así, hacia finales del siglo XVII, un intérprete perteneciente a una tribu en las cercanías de la Península del Cabo, cuando acompañaba a grupos de comerciantes alemanes, conversó fluidamente con todos ellos.

En nuestro estado actual de conocimientos es imposible decir cuándo cruzaron los bantúes por primera vez el Zambezi, pues no está claro si había o no tribus de hombres negros dentro del territorio ahora llamado Rodesia, antes de que los ancestros de los ocupantes actuales migraran desde el norte; pero los que ahora ocupan el continente no pueden reclamar una posesión de más de setecientos u ochocientos años. Cuando los europeos formaron sus primeros asentamientos, el área ocupada por los bantúes era pequeña comparada con lo que es ahora, y una gran región desde las montañas Kathlamba hasta cerca de la costa del Atlántico estaba habitada exclusivamente por bosquimanos. Esa área incluía la actual provincia del Cabo excepto el cinturón oeste, toda Basutolandia y la mayor parte del Estado Libre de Orange, la mayor parte, si no toda la provincia de Transvaal, y gran parte de Betshuanaland, Kalahari y Hereroland. Las pinturas rupestres actualmente encontradas en Rodesia del Sur ofrecen pruebas de una no muy remota ocupación de bosquimanos de dicho territorio, pero además, ofrecen pruebas de que los grandes y negros bantúes también se encontraban ahí.

Los hotentotes y los bantúes consideraban a los bosquimanos animales dañinos, y aunque a menudo niñas pequeñas eran entregadas e incorporadas a las tribus de sus captores para llevar una vida de arduo trabajo y vergüenza, todos aquellos que fueran atrapados o cazados eran destruidos sin piedad como si fueran hienas. Así, en la frontera entre los asentamientos de los hotentotes y los bantúes había una constante rivalidad con la antigua raza; sin embargo, lejos de esa frontera, los bosquimanos continuaron cazando y bebiendo las aguas que sus padres habían bebido desde tiempos inmemoriales, sin ni siquiera saber que hombres diferentes a ellos existían en el mundo.

Ésta era la situación cuando en 1652 la Compañía Holandesa de las Indias Orientales construyó una estación para que la tripulación de sus flotas se refrescara en la ribera de *Table Bay*, estación que se ha extendido hoy hasta la Sudáfrica británica. Los portugueses se habían establecido en Sofala ciento cuarenta y siete años antes, pero nunca penetraron en el país más allá del cinturón bantú, y en consecuencia, nunca supieron de la existencia de los bosquimanos. A partir de 1652 en adelante sobrevino una oportunidad para realizar un estudio completo sobre el estilo de vida, el poder del pensamiento, el habla, las ideas religiosas y todo aquello que se puede saber sobre una de las razas salvajes más interesantes de la Tierra, una raza de la que hay buenas razones para creer que alguna vez se extendió no sólo por África, sino por una gran parte de Europa, del sureste de Asia —cuyos descendientes son, según afirman muchos científicos, los semang en la Península de Malasia, los andamaneses y algunos de los nativos de las islas de Filipinas— y posiblemente por una porción más grande de la superficie terrestre. Una raza que progresó muy poco, o casi nada, desde aquellos distantes días en los que sus miembros lanzaban flechas de piedra a venados en Francia y esculpían figuras de mamíferos y otros animales ahora extintos en colmillos de marfil en la misma y hermosa tierra. Verdaderamente era una raza antigua, una de las más primitivas que el tiempo dejó sobre la faz de la Tierra.

Sin embargo, no existían etnólogos entre los primeros pobladores blancos, cuyo único objetivo era ganarse el pan y construir sus casas en el nuevo país donde transcurría su existencia. Pronto consideraron a los salvajes bosquimanos tal y como lo hacían los hotentotes y los bantúes, como seres sin derecho a las tierras por las que rondaban, como ladrones indomables a los que destruir, no sólo por interés, sino por obligación. Tomaban posesión de las fuentes que les placía, mataban a las presas de las cuales los pigmeos dependían para obtener su comida, y cuando éstos se vengaron ahuyentando borregos y bueyes, aquéllos declararon la guerra a los supuestos saqueadores. Resultaba imposible que hombres blancos pastoriles y bosquimanos salvajes, quienes no cultivaban la tierra ni poseían ganado doméstico de ningún tipo, convivieran armoniosamente y en paz. Y así, de forma lenta pero segura, los europeos, alemanes o ingleses, extendieron sus posesiones tierra adentro, los hotentotes —koranas y griquas— abandonaron la costa, logrando extenderse también hacia el interior, y los bantúes se expandieron cada vez más, tanto que hoy no existe ni un acre en todo el territorio de Sudáfrica para la antigua raza. Todos los hombres estaban en su contra, por lo que fueron borrados, pero perecieron luchando con tenacidad, desdeñando el sometimiento o la tregua hasta el final. Ya no hay lugar en el planeta para el hombre paleolítico.

Cuando digo que todos los hombres estaban en su contra, no me refiero a que el hombre blanco nunca hizo ningún esfuerzo por salvarlos de la total extinción, o que ningún europeo tuviera compasión de los desafortunados nómadas. En más de una ocasión, a principios del siglo XIX, algunos benevolentes granjeros de la frontera recolectaron ganado con cuernos, borregos y cabras e intentaron inducir a grupos de bosquimanos a adoptar una vida pastoril, aunque siempre sin éxito. No podían cambiar sus hábitos repentinamente, y así todo lo que les donaron fue pronto consumido. A su vez, la *London Missionary Society* colocó maestros en distintos puntos entre ellos, pero no lograron convencerlos de permanecer en un mismo lugar más tiempo del que duraba la comida. A mediados del mismo siglo, el Gobierno del Estado Libre de Orange apartó reservas para dos pequeños grupos de bosquimanos, pero por error colocaron entre ellos a un clan de koranas, por lo que ese esfuerzo fracasó. Después, varios granjeros de la frontera convencieron a muchas familias de bosquimanos para que arrearan su ganado lanar y vacuno, lo que hicieron al pie de la letra y con gran fidelidad hasta que se aburrieron de tan monótona vida, y se retiraron para seguir en su constante desplazamiento. Se pueden añadir otros ejemplos, pero todos terminaron de la misma manera. El progreso del hombre blanco, así como el de los hotentotes y los bantúes, fue inevitablemente acompañado de la desaparición de la gente salvaje.

En las granjas, donde vivían varias familias de bosquimanos, los niños blancos aprendían a menudo a hablar su lenguaje, con todos sus chasquidos labiales y sonidos guturales, pero este aprendizaje resultaba inútil para todos excepto para ellos mismos, y así murió con ellos. No tenían la capacidad de escribirlo, y eran demasiado incultos para darse cuenta del valor de la información que poseían. Algún que otro viajero con logros científicos, como el Dr. H. Lichtenstein, o un misionero con talento, como el reverendo T. Arbousset, trataron de formar un vocabulario de palabras bosquimanas, pero como ellos mismos no entendían el lenguaje y no existían símbolos para representar tan variados sonidos, sus listas carecen casi por completo de valor para los filólogos.

Todo siguió así hasta 1857, cuando el ahora finado Dr. Wilhelm H. I. Bleek, nacido en Berlín en 1827, y formado en las universidades de Bonn y Berlín, comenzó sus investigaciones sobre los bosquimanos. Estaba sumamente capacitado para la tarea, ya que su inclinación natural era hacia la filología y su formación había sido de lo mejor, habiendo aprendido a no cesar sus estudios tras obtener el título, sino a seguir formándose. Sin embargo, durante muchos años después de 1857, no se dedicó por completo, ni siquiera principalmente, a las investigaciones sobre los bosquimanos, a causa de la dificultad para obtener material, y también porque estaba muy comprometido con el trabajo al cual siempre se asociará su reputación como filólogo, *A Comparative Grammar of South African Languages*. En este libro trata el lenguaje de los hotentotes y de los bantúes, este último dividido en un gran número de dialectos. En 1862 apareció la primera parte de su valioso trabajo, en 1864 le siguió un pequeño volumen titulado *Reynard the Fox in South Africa*, or *Hottentot Fables and Tales*, y en 1869 se publicó la primera sección de la segunda parte de su *Comparative Grammar*. Este trabajo, considerado por todos desde su publicación como muy valioso, y el cual debe seguir siendo siempre la autoridad en su rama, nunca se terminó, ya que en 1870 se presentó una buena oportunidad para estudiar el lenguaje de los bosquimanos, que el Dr. Bleek aprovechó, sabiendo que tenía ante sí, en las pocas personas salvajes que quedaban, los restos moribundos de una raza primitiva, y que si se iba a conservar algún registro fidedigno de dicha raza, no debía perderse ni un solo día en asegurarlo.

Abandonar un trabajo con el cual se había ganado la fama, y que le daría aún más celebridad en su prosecución, para dedicarse completamente a un nuevo objetivo, simplemente porque uno podía completarlo otra persona en el futuro, y el otro, si se desaprovechaba entonces, nunca más podría realizarse, muestra una absoluta devoción hacia la ciencia, tal despreocupación por sí mismo, que el nombre del Dr. Bleek debe ser pronunciado no sólo con el más profundo respeto, sino con un sentimiento semejante a la reverencia. ¿Cuántos hombres de ciencia existen hoy en el mundo que seguirían tan noble ejemplo?

La tarea que ahora tenía ante él no era, ni mucho menos, ni simple ni sencilla. Los pocos bosquimanos puros que aún estaban vivos se encontraban dispersos en las partes más salvajes e inaccesibles del país, y hubiera resultado inútil buscarlos ahí. Un viajero preparado para vivir en las condiciones más duras, quizá encontraría a algunos de ellos, pero su interacción con ellos sería necesariamente tan limitada que no podría estudiarlos de manera exhaustiva. Sin embargo, afortunadamente para la ciencia, y desafortunadamente para las desdichadas criaturas, la autoridad de la ley europea dejó al alcance a algunos de ellos. Esa ley, por medio de una proclamación del conde de Caledon, gobernador de Colonia del Cabo, promulgada el 1 de noviembre de 1809, los confinó con los hotentotes, y los hizo súbditos británicos dentro de las fronteras reconocidas, sometiéndolos a ciertas restricciones, las cuales tenían la intención de prevenir que merodearan a su voluntad. Sin embargo, tuvo escaso efecto en la gente salvaje, que eran casi tan difíciles de arrestar como si fueran mandriles, en la angosta área ocupada de la frontera. Después, en abril de 1812, por medio de una proclamación del gobernador John Cradock, cuando los niños cumplieran ocho años de edad, si habían vivido en una granja desde su nacimiento, debían ser educados por los magistrados locales durante diez años más. En esta proclamación también fueron confinados con los hotentotes, y realmente tuvo un efecto considerable en ellos, pues era común que los padres bosquimanos dejaran a sus hijos en granjas donde ellos habían servido, y que no regresaran en un par de años.

Por una orden colonial del 17 de julio de 1828, todas las restricciones impuestas a estas personas fueron retiradas, por lo que tuvieron exactamente la misma libertad y los mismos derechos políticos que los europeos. Parece absurdo hablar de derechos políticos de los bosquimanos, pues sus ideas de gobierno eran tan primitivas que sus jefes eran apenas líderes en la guerra y la persecución, y no tenían poderes judiciales, por lo que cada individuo tenía el derecho de vengar sus propias injusticias; sin embargo, así lo determinaba la ley. También establecía que la tierra sobre la cual sus ancestros habían cazado durante siglos, debía ser dividida en granjas y asignadas a los pobladores europeos, y que si iban allí y mataban o alejaban a un buey o a una decena de borregos, podían ser sentenciados a una pena de servidumbre de varios años. Parece duro pero el progreso es implacable, y no había otra manera de extender la civilización tierra adentro. El cazador pigmeo con su lazo y sus flechas envenenadas no tenía permitido bloquear el paso.

Sin embargo, este cazador, aunque no podía discutir el asunto, y veía como la cosa más natural del mundo que el fuerte despojara al débil, siendo él mismo la parte más débil, no admitió este trato. También estaba hambriento, terriblemente hambriento, puesto que los medios de supervivencia en los áridos páramos donde hacía su último esfuerzo eran los más escasos, y anhelaba la carne, la carne que sus padres habían comido antes de que los hotentotes y los grandes hombres negros y los granjeros blancos llegaran al país y masacraran a todas sus presas y a casi todos sus parientes. Y así, cada vez estaba más hambriento, y se arrastraba a hurtadillas a la cima de una colina, donde pudiera observar sin que nadie lo notara, y cuando la noche caía bajaba para robar el rebaño del granjero y antes del amanecer él y sus compañeros se atiborraban de carne una vez más. Cuando el granjero se levantaba y descubría su pérdida, era común que tuviera lugar una gran cacería. Hombres, caballos y perros eran llevados a la persecución, pero era tan astuto el pequeño diablillo, experto en protegerse, sin mencionar lo temidas que eran sus flechas, que era raro que fuera capturado. Sin embargo, de vez en cuando lo capturaban, y si se probaba que había matado a un pastor, era colgado, pero si era condenado solamente por masacrar bueyes y borregos de otro hombre, era enviado a una prisión durante algunos años.

Así fue como el Dr. Bleek encontró en la prisión cerca de Ciudad del Cabo varios de los hombres que quería. Había dos en particular, cuyas condenas estaban a punto de finalizar, y que estaban incapacitados físicamente para el trabajo duro. El gobierno le permitió llevar a estos hombres a su propia residencia, con la condición de encerrarlos por las noches hasta que el resto de sus condenas terminara. Cuando regresaron a su lugar de nacimiento, se consiguieron otros dos bosquimanos, y enseguida les indujeron a ir a sus antiguos refugios para convencer a otros parientes de que regresaran con ellos, por lo que por momentos era posible ver a toda una familia en los terrenos del Dr. Bleek.

Fue así como se obtuvo el material para trabajar, pero primero había que aprender el lenguaje de la gente primitiva, un lenguaje que contenía tantos chasquidos y otros extraños sonidos que al principio parecía casi imposible que una lengua adulta europea pudiera dominarlo. Se dedicaron a esta tarea el Dr. Bleek y su cuñada, la señorita Lucy C. Lloyd, quien tenía infinita paciencia, incansable entusiasmo y un oído particularmente agudo. Perseveraron hasta que sus esfuerzos se vieron coronados por el éxito. Se adoptaron símbolos para representar los distintos sonidos que resultaban extraños al oído europeo, y posteriormente fue posible anotar las palabras exactas utilizadas por los narradores bosquimanos y tener el manuscrito revisado por repetición. Antes de que los resultados de tan prolongada labor estuvieran listos para su publicación, pero no hasta que una gran cantidad de valioso material fue recopilado, el Dr. Bleek murió el 17 de agosto de 1875, una gran pérdida para los estudiosos del hombre de cualquier lugar. Luego la señorita Lloyd continuó recopilando más material de varios individuos de la raza bosquimana durante algunos años, y después de acumular más información de la disponible en el momento de la muerte de su cuñado, regresó a Europa en 1887 con la perspectiva de darle forma y publicarlo. Lo intentó durante nueve años, aunque en vano, pues los editores no lo consideraban un tema que pudiera atraer a un número suficiente de lectores como para pagar los costos de impresión, ya que éstos debían ser altos, a causa del estilo del texto de los bosquimanos. En 1896 los señores Swan Sonnenschein & Co. se comprometieron a sacar un volumen pero, desafortunadamente, la señorita Lloyd cayó enferma, y desde entonces su deteriorada fuerza retrasó la finalización del trabajo. Sólo a grandes intervalos y a costa de mucho esfuerzo se ha podido terminar lo que se presenta ahora al lector, y quizá después aparezca mucho más material. Ésta es una breve explicación de cómo se recopiló el material, y de las causas que retrasaron su publicación durante tantos años. Hoy en día sería imposible recoger tanta información.

Podrían plantearse muchas cosas sobre el valor para la ciencia de los contenidos de este volumen, sin embargo no es necesario decir mucho aquí, ya que el libro habla por sí mismo. A partir de sus recitales la religión de los bosquimanos es tan clara como un tema así puede serlo, cuando se recuerda que las mentes de los narradores eran como las de niños pequeños en todos aquellos aspectos no relacionados con sus necesidades corporales inmediatas. Su visión del sol, la luna y las estrellas parece absurda, pero un niño europeo de cinco o seis años de edad, si no está informado, probablemente no ofrecería mejor explicación. Su fe, es decir, su irracional creencia en tantas cosas que para un adulto europeo pueden parecer ridículas, también parece ser la de un niño. Cada lector de este libro ha pasado por los mismos procesos de pensamiento y poder mental, y nuestros propios y remotos ancestros debieron haber tenido creencias similares a las de los bosquimanos. El europeo civilizado es, en diferentes etapas de su existencia, una representación de toda la especie humana en su ascendente progreso desde el más inferior salvajismo. Así, podemos sentir compasión por el pigmeo ignorante, pero no es justificable nuestro menosprecio.

En este volumen se arroja luz sobre muchas de sus costumbres, pero aquí sólo me referiré a una. En los primeros registros holandeses de Colonia del Cabo hay una narración sobre algunos bosquimanos que se comían al animal casi entero, incluyendo los intestinos y que sólo rechazaban dos pequeñas piezas de carne que contenían los nervios de los muslos. Cuando se les preguntó acerca de esto, sólo respondieron que no era su costumbre comer esa parte, más allá de lo cual no se ofrece ninguna otra información. ¿Quién podría imaginar la causa de dicha costumbre? Devoraban partes mucho más difíciles de masticar, así que ciertamente no era por no dañarse los dientes. Eso es todo lo que puede decirse al respecto, pero este volumen ofrece la razón, así como por qué ésta encaja tan bien con la creencia de la gente salvaje de que ciertos hombres y animales pueden intercambiar sus formas, que ciertos animales en tiempos pasados fueron hombres, y algunos hombres en tiempos pasados fueron animales.

Sin embargo, probablemente el valor de este volumen será mayor para el filólogo, así como el texto bosquimano original, que será ininteligible para el lector general, y que se ha impreso a un lado de la traducción al inglés.[*] Los estudiantes de la

---

[*] Esto se refiere a la edición original. (N. de la T.)

evolución del lenguaje tienen así los medios para averiguar cómo eran expresadas las ideas de una raza de gente con tan poca cultura como los bosquimanos. Su vocabulario, cómo se verá, era amplio para sus necesidades. Lo sorprendente es que no tenían una palabra para un número mayor al tres, y aunque el plural de muchos de sus sustantivos era formado de manera tan simple como por reduplicación, sus verbos eran casi tan completos y expresivos, por no decir igual, como los nuestros. Los mitos se refieren a personas en la condición de infancia temprana, pero es evidente por su lenguaje que en la gran cadena de la vida humana en esta Tierra, los salvajes pigmeos representaban un eslabón más cercano al extremo del europeo moderno que al de los primeros seres merecedores del apelativo hombre.

Geo. MacCall Theal
Londres, 1911

Retrato a color de ǀhaṅǂkass'ō.
De una pintura de W. Schröder.

A. MITOLOGÍA, FÁBULAS, LEYENDAS Y POESÍA

I. *El Mantis*

I. -13.B. EL MANTIS ADQUIERE FORMA DE ANTÍLOPE

El Mantis es aquél que engañó a los niños convirtiéndose en un antílope, fingiendo ser un antílope muerto. Fingiendo la muerte, yacía enfrente de los niños, cuando los niños fueron a buscar *gambroo* (lkūï, una especie de pepino); ya que pensó (deseó) que los niños lo cortarían con un cuchillo de piedra, porque estos niños no tenían cuchillos metálicos.

Los niños lo vieron, cuando se había acostado a lo largo, mientras sus cuernos estaban vueltos al revés. Entonces los niños se dijeron entre sí: «Es un antílope lo que yace allí; está muerto». Los niños brincaron de gusto (diciendo): «¡Nuestro antílope! Comeremos una gran carne». Partieron unos cuchillos de piedra golpeando (una piedra contra otra),[1] desollaron al Mantis. La piel del Mantis se escapó rápidamente de las manos de los niños. Se dijeron unos a otros: «¡Deténme con fuerza la piel del antílope!» Otro niño dijo: «La piel del antílope se me escapó».

Su hermana mayor dijo: «Parece que el antílope no tiene herida alguna provocada por los que le dispararon; el antílope parece haber muerto por sí solo. Aunque el antílope está gordo, (aun así) el antílope no tiene herida de algún disparo».

Su hermana mayor cortó un hombro del antílope y lo colocó a un lado (en un arbusto). El hombro del antílope se levantó por sí solo, y se asentó placenteramente (del otro lado del arbusto), mientras se posaba placenteramente. (Entonces) ella cortó un muslo del antílope, y lo colocó a un lado (en un arbusto); se asentó placenteramente en el arbusto. Cortó otro hombro del antílope

---

[1] Los parten golpeando una piedra contra otra.

Avestruces (macho, hembras y un pequeño).

Kwą́-kkwą́ra gwāï
Macho

Kwą́-kkwą́ra lã́ïtyi
Hembra

Diä !kwą́in, marzo de 1875.

y lo colocó sobre un arbusto (otro). Se levantó y se asentó sobre un suave (una parte suave del) arbusto; porque sintió que el arbusto (sobre el que la niña lo había colocado) lo pinchaba.

Otra hermana mayor cortó el otro muslo del antílope. Hablaron así: «La carne de este antílope sí se mueve;[2] ésa debe ser la razón por la que se aleja».

Acomodan sus montones; una le dice a la otra: «Corta y rompe el cuello del antílope, para que (tu) hermana menor pueda llevar la cabeza del antílope puesto que (tu) hermana mayor allí sentada, ella debe cargar el lomo del antílope, ella que es una chica grande. Ya que, debemos regresar (a casa) cargándolo; ya que, venimos (y) cortamos a este antílope. Su carne se mueve; su carne se escapa de nuestras manos. látt$\bar{a}$ļ[3] ella sola se asienta placenteramente».

Ellos se llevan la carne del Mantis; le dicen a la niña: «Carga la cabeza del antílope, para que papá lo pueda asar para ti». La niña se colgó la cabeza del antílope y le dijo a sus hermanas: «Sosteniéndome, ayudadme a levantarme;[4] esta cabeza de antílope no es ligera». Sus hermanas la sostuvieron y la ayudaron a levantarse.

---

[2] Los niños pensaron de verdad que la carne del antílope se movía. La carne del antílope no parecía ser de antílope; esto es porque la carne del antílope era como carne humana, se movía.
(En cuanto a) la carne humana, cuando otro hombre le dispara, el veneno entra en el cuerpo. La gente que la corta separa la carne, mientras cortan alejan la boca de la herida venenosa. La gente coloca a un lado la carne del hombre; sigue temblando, mientras que la otra parte de la carne se mueve (tiembla) en su cuerpo, —ésa (carne) en la que se sienta (literalmente, «la que posee sentado»)— ésa que la gente que corta separó. Esto es lo que se mueve en la (cortada) boca de la herida, mientras la carne siente que la carne está caliente. Por lo tanto, la carne se mueve, como (cuando) la carne (siente que la carne) está viva; por lo tanto está caliente. Como (cuando) el hombre (siente que) se calienta en una fogata, toda su carne se calienta, cuando (siente que) vive. La cosa (razón) por la que en verdad muere es que su carne se enfría. Cuando siente que se enfría, su carne se pone muy fría. Ésta es la razón por la que su carne muere.

[3] Esto parece ser una exclamación, cuyo significado es desconocido para el editor.

[4] La niña se colocó a la espalda la cabeza del antílope.

Fotografía de *Día̦kwa̱in*.

Se van y regresan (a casa). La cabeza del antílope resbala, porque la cabeza del Mantis quiere estar en el suelo. La niña la levanta (con los hombros), la cabeza del antílope (girando ligeramente), mueve la correa que tapaba el ojo del antílope. La cabeza del antílope susurraba, susurrando le dijo a la niña: «¡Oh, niña! La correa está enfrente de mi ojo. Quítame la correa; la correa obstruye mi ojo». La niña miró hacia atrás; el Mantis le guiñó un ojo. La niña dio un grito; su hermana mayor le dijo: «Ven rápido; volvemos (a casa)».

La niña exclamó: «Esta cabeza de antílope puede hablar.» Su hermana mayor la regañó: «Ven mentirosa; vamos. ¿Estás queriendo engañarnos (a nosotros) sobre la cabeza del antílope?».

La niña le dijo a su hermana mayor: «El antílope me hizo un guiño con el ojo del antílope; el antílope quería que quitara la correa que tapaba su ojo. Así fue que la cabeza del antílope estaba mirándome detrás de mi espalda».

La niña se dio la vuelta para mirar la cabeza del antílope, el antílope abrió y cerró los ojos. La niña le dijo a su hermana mayor: «La cabeza del antílope debe estar viva, ya que abre y cierra los ojos».

La niña, sin dejar de andar, aflojó la correa; la niña dejó caer la cabeza del antílope. El Mantis regañó a la niña, se quejó por su cabeza. Regañó a la niña: «¡Oh! ¡Oh! ¡Mi cabeza![5] ¡Oh! ¡Niñita mala![6] Lastimándome en mi cabeza».

Sus hermanas dejaron caer la carne del Mantis. La carne del Mantis se levantó al mismo tiempo, y rápidamente se unió a la parte inferior del lomo del Mantis. La cabeza del Mantis rápidamente se unió (a sí misma) con el cuello del Mantis. El cuello

---

[5] Tan sólo se quejaba por su cabeza.
[6] El Mantis dice !nú |kμíⓄμa wwḗ. Así maldicen los bosquimanos del llano. Cuando un bosquimano del llano está molesto con otro es cuando habitualmente le dice !nú !kμí, que es similar a nússa |ḗ (así es como los bosquimanos del llano llaman a los bosquimanos de la pradera) para nombrar a otra persona. Cuando quiere a otra persona habitualmente le dice «camarada»; habitualmente le dice «hermano» cuando se quieren mutuamente.

del Mantis rápidamente se unió (a sí mismo) con la parte superior de la columna vertebral del Mantis. La parte superior de la columna vertebral del Mantis se unió a sí misma con la espalda del Mantis. El muslo del Mantis saltó hacia delante,[7] uniéndose a la espalda del Mantis. Su otro muslo corrió hacia delante, apresurándose se unió al otro costado de la espalda del Mantis. El pecho del Mantis corrió hacia delante, se unió al costado delantero de la parte superior de la columna vertebral del Mantis. El omóplato del Mantis corrió hacia delante y se unió a las costillas del Mantis. El otro omóplato del Mantis corrió hacia delante, cuando sintió que las costillas del Mantis se habían unido, y corrieron.

Las niños aún corrían; él (el Mantis, se levantó del suelo y) corrió, mientras perseguía a los niños, estando entero —siendo su cabeza redonda—, cuando sintió que era un hombre.[8] Por lo tanto, caminaba con (sus) zapatos, mientras corría con su omóplato.[9]

Vio que los niños habían llegado a casa; rápidamente se dio la vuelta, él, corriendo con su omóplato, descendió al río. Avanzó por la ribera, haciendo ruido mientras caminaba por la suave arena; rápidamente dejó la ribera. Regresó, llegando a la casa por un lado distinto (es decir, a su propia casa); regresó, pasando por enfrente de la casa.

Los niños dijeron: «Fuimos (y) vimos un antílope que estaba muerto. El antílope, era el que cortamos con cuchillos de piedra; su carne temblaba. La carne del antílope rápidamente se escapó de nuestras manos. Él por sí mismo se colocó a sí mismo gentilmente en los arbustos que eran cómodos; mientras el antílope sentía que la cabeza del antílope se iría susurrando. Mientras la niña que se sienta (ahí) lo cargaba, él hablando, se paró detrás de la espalda de la niña».

---

[7] El muslo del Mantis saltó hacia delante como una rana.
[8] Se convirtió en hombre mientras se recomponía de nuevo.
[9] Con su omóplato izquierdo, al ser zurdo.

La niña le decía a su padre: «¡Oh papá! ¿Acaso piensas que la cabeza del antílope no me habló? Ya que la cabeza del antílope sintió que estaría mirando mi agujero encima de la nuca del cuello, mientras yo seguía; y entonces fue cuando la cabeza del antílope me dijo que yo debía quitarle la correa de su ojo. Ya que la correa estaba enfrente de su ojo».

Su padre les decía: «¿Fueron y cortaron al viejo, el Mantis, mientras yacía pretendiendo estar muerto enfrente de ustedes?»

Los niños dijeron: «Nosotros pensamos que los cuernos del antílope estaban ahí, el antílope tenía pelo. El antílope era uno que no tenía una herida de flecha; mientras el antílope sentía que el antílope hablaría. Por lo tanto, el antílope vino y nos persiguió, cuando dejamos la carne del antílope. La carne del antílope saltó junta, mientras levantándose se juntaba (a sí mismo), que podía enmendarse, que podía repararse y unirse al lomo del antílope. El lomo del antílope también se unió.

»Debido a eso, el antílope corrió hacia delante, mientras su cuerpo era rojo, cuando no tenía pelo (el abrigo de pelo en el que había estado acostado), mientras corría, balanceaba su brazo como un hombre.

»Y cuando vio que llegábamos a la casa, él se esfumó. Corrió, levantando los talones (mostrando las suelas blancas de sus zapatos), mientras que él corría se adelantaba al viento, mientras el sol brillaba sobre la cara de sus zapatos (suelas), mientras corría con toda su fuerza dentro del pequeño río (cama), que él debía pasar detrás a espaldas de la colina recostado ahí».

Los padres dijeron a sus hijos: «Vosotros sois aquéllos que fueron y cortaron al viejo "Yesquero". Él, allí atrás, fue quien suavemente salió del lugar allí atrás».

Los niños dijeron a sus padres: «Él se dio la vuelta, corría rápido. Siempre parece como si él viniera de la pequeña colina yaciendo ahí cuando ve que estamos llegando a casa.

»Mientras esta pequeña hija, ella fue a quien la cabeza del antílope, mientras seguía adelante, habló; y después ella nos dijo.

Por lo tanto, dejamos caer la carne del antílope; pusimos nuestras capas en los hombros, que debíamos correr muy rápido.

»Mientras su carne corría se juntó sobre su espalda, terminado de enmendarse. Se levantó y corrió hacia delante, él, rápidamente moviendo sus brazos, nos persiguió. Por lo tanto, así lo hicimos, nos cansamos de eso, a causa del correr con el que nos había perseguido, mientras verdaderamente movía sus brazos rápido.

»Después descendió dentro del pequeño río, —mientras pensaba que, moviendo rápido sus brazos, correría junto al pequeño río—. Luego así lo hizo, él, recogiendo madera, salió; mientras nosotros estábamos sentados, sintiendo la fatiga; porque había estado engañando. Cuando sintió que toda la gente lo vio, cuando venimos cargando sus muslos, cuando fue a morir yaciendo frente a nosotros; mientras deseaba que nosotros sintiéramos esta fatiga, cuando esta niña aquí, cargó su cabeza, —miró fijamente hacia arriba. Parecía que estaba muerto; (después) abría y cerraba los ojos; se recostó lejos hablando (mientras los niños corrían). Hablaba mientras enmendaba su cuerpo; su cabeza hablaba, mientras enmendaba su cuerpo. Su cabeza hablando alcanzó su espalda; vino a juntarse sobre la parte de arriba (de su cuello).

»Corrió hacia delante; se sentará ahí engañando (en casa), mientras nosotros lo cortamos con cuchillos de piedra (astillas). lă-ttā̦ siguió fingiendo su muerte yaciendo frente a nosotros, que podíamos hacerlo, corrimos.

»Esta fatiga, es la que estamos sintiendo; y nuestros corazones se queman a causa de ella. Por lo tanto, nosotros no debemos cazar (por comida), debemos permanecer por completo en casa.»

I. -5. L. ǀGAÜNU-TSAXAÜ (EL HIJO DEL MANTIS), LOS MANDRILES Y EL MANTIS

Antiguamente ǀgaũnu-tsa̤χaũ¹⁰ solía ir a buscar los palos de su padre, que su padre debía apuntar a la gente que se sienta sobre (sus) talones. Buscándolos, él fue hacia ellos (los mandriles) mientras iban alimentándose. Así, un mandril que se alimentaba pasó junto a él, —él que era un mandril mayor, —él fue aquél a quien ǀgaũnu-tsa̤χaũ vino. Después le preguntó a ǀgaũnu-tsa̤χaũ. Y ǀgaũnu-tsa̤χaũ le contó, que debía buscar los palos para su padre, que su padre debía apuntar a la gente que se sienta sobre sus talones. Debido a esto, él (el mandril) exclamó:¹¹ «¡Hey!, Ven a oír a este niño». Y el otro dijo:

> «Primero
> escucho,
> al niño que está ahí.
> Primero
> escucho,
> al niño que está ahí.»

Y los alcanzó. Él dijo: «¿Qué dice este niño?» Y el niño dijo: «Debo buscar los palos de mi padre (¿arbustos?), para que mi padre pueda apuntar a la gente que se sienta sobre (sus) talones». Después el mandril dijo: «Dile al viejo que está ahí que debe venir a oír a este niño». Luego el mandril gritó: «¡Hey! Ven a oír a este niño». Luego el otro dijo:

---

¹⁰ ǀgaũnu-tsa̤χaũ era un hijo del Mantis.
¹¹ «Debo (el narrador explica aquí) hablar en mi propio lenguaje, porque siento que el lenguaje de los mandriles no es fácil.»

Fotografía de ǀkweiten ta ǁkēn, hermana de Díäǀkwạin.

> «Primero
> escucho,
> al niño que está ahí.»

Y vino (hacia ellos); exclamó: «¿Qué dice este niño?» Y el otro respondió: «Este niño, desea, dice, buscar palos para su padre, para que su padre pueda apuntar a la gente que se sienta sobre (sus) talones». Y este mandril dijo: «Dile al viejo que está ahí que debe venir a oír a este niño». Luego este (otro) mandril gritó: «¡Oh, persona que pasa por enfrente! Ven a oír a este niño». Por lo tanto, el otro dijo:

> «Primero
> escucho,
> al niño que está ahí.»

Y vino (hacia ellos); exclamó: «¿Qué dice este niño?» Y el otro respondió: «Este niño, quiere, dice, buscar palos[12] para su padre, que su padre debía apuntar a la gente que se sienta sobre (sus) talones». Por lo tanto, este mandril exclamó: «¡Somos nosotros! Debes decir al viejo que está ahí que debe venir a oír a este niño». Debido a esto, este otro mandril gritó: «¡Oye! Ven a oír a este niño». Luego, el otro dijo:

> «Primero
> escucho,
> al niño que está ahí.»

A causa de esto él fue con otras personas. Dijo: «¿Qué dice este niño?» Y el otro respondió: «Este niño, quiere, dice,

---

[12] En un artículo titulado «A Glimpse into the Mythology of the Maluti Bushmen», el cual apareció en el *Cape Monthly Magazine* de julio de 1874, escrito por J. M. Orpen (en ese entonces magistrado en jefe, St. John's Territory) encontramos, en la página 8, que el Mantis mandó a uno de sus hijos a cortar palos para hacer arcos, y que fue sorprendido y matado por los mandriles.

Fotografía de hombres y mujeres bosquimanos, incluido !gåken-an, quinto en el grupo. Tomada en Salt River en 1884.

buscar¹³ palos para su padre, que su padre debía apuntar a la gente que se sienta sobre (sus) talones». Por lo tanto, este mandril exclamó (con risa burlona): «¡Jo, jo! ¡Somos nosotros! Debes decir rápidamente al viejo que está ahí que puede venir a escuchar a este niño». Y el otro gritó: «¡Oh! ¡Persona que pasa por enfrente! Ven a oír a este niño». Y el otro dijo:

«Primero
escucho,
al niño que está ahí.»

Y él fue hacia las demás personas; dijo: «¿Qué dice este niño?» Y el otro respondió: «Este niño, quiere, dice, buscar palos para su padre, que su padre debía apuntar a la gente que se sienta sobre (sus) talones».

Luego ese mandril, —sintió que era un mandril viejo—, por lo tanto, dijo, cuando el otro había dicho, «Este niño, quiere, dice, buscar palos para su padre», por lo tanto el otro (el mandril viejo) exclamó: «¿Qué? ¡Somos nosotros; nosotros somos! Debes golpear al niño con tus puños».

Así, golpeaban a ǀgaǔnu-tsaẋaǔ con sus puños a causa de esto; golpean con sus puños, rompiendo (su) cabeza. Y otro golpeó con sus puños, sacándole el ojo a ǀgaǔnu-tsaẋaǔ; y de esta manera el ojo del niño saltó (o rodó). Luego este mandril exclamó: «¡Mi pelota! ¡Mi pelota!» Por lo que empezaron a jugar a la pelota,¹⁴

---

¹³ Nota del narrador. Él había enviado a su hijo, que su hijo debía ir a construir cosas para él. Yo pienso que eran palos (¿arbustos?). Deseaba que su hijo fuera (y) los hiciera para él, que pudiera venir (y) trabajarlos, con el fin de que pudiera hacer la guerra a los mandriles.

¹⁴ (Ellos) estaban jugando con la pelota.
«Mi pelota,
es mi pelota,
y yo la quiero.
Es la pelota de mi compañero,
y yo la quiero,
la pelota de mi compañero,
y yo la quiero.»

mientras el niño moría; el niño yacía inmóvil. Ellos decían (cantaban):

> «Y yo la quiero,
> ¿de quién es la pelota?
> Y yo la quiero,
> ¿de quién es la pelota?
> Y yo la quiero.»

La demás gente dijo:

> «La pelota es de mi compañero,
> y yo la quiero,
> la pelota es de mi compañero,
> y yo la quiero.»

mientras jugaban ahí a la pelota con el ojo del niño.

El Mantis estaba esperando al niño. Por lo tanto, el Mantis estaba acostado al mediodía. Por lo tanto, el Mantis estaba soñando con el niño, que los mandriles fueron los que mataron al niño; que habían hecho del ojo del niño una pelota; que había ido con los mandriles, mientras los mandriles jugaban ahí a la pelota con el ojo del niño.

Debido a esto, se levantó; tomó la aljaba, se la colgó; dijo, «Traqueteando,[15] traqueteando», mientras sintió que antes solía hacerlo, solía decir, «Traqueteando». Luego, cuando se hizo visible, percibió el polvo de los mandriles, mientras los mandriles jugaban a la pelota con el ojo del niño. Debido a esto el Mantis lloró, pues parecía que los mandriles de verdad habían matado al niño. Por lo tanto, ellos jugaban ahí a la pelota con el ojo del niño. Por lo que, cuando se hizo visible, percibió el polvo de los mandriles, mientras los mandriles jugaban a la pelota con el ojo del niño. Debido a esto el Mantis lloró. Y rápidamente

---

[15] Ahí estaban las flechas, las flechas que estaban en la aljaba; hacían ruido, porque se movían dentro de (ella). Por lo tanto, él dijo: «Traqueteando, traqueteando».

cerró la boca; se secó las lágrimas de los ojos, mientras deseaba que los mandriles no advirtieran las lágrimas en sus ojos; que parecía que había llegado llorando, de ahí que tuviera lágrimas en sus ojos; para poder ir a jugar a la pelota con los mandriles, mientras sus ojos no tuvieran lágrimas.

Luego él, corriendo, llegó con los mandriles, mientras los mandriles lo miraban atentos, pues los sobresaltó.[16] Después, cuando los mandriles seguían mirándolo, se fue corriendo a un lugar donde dejó la aljaba; se quitó (su) capa (es decir, su capa de piel), la puso en el suelo, él agarrándola, sacó el cepillo de plumas que había puesto dentro de la bolsa, lo agitó, jugó con la pelota. Les gritó a los mandriles, ¿por qué los mandriles lo miraban fijamente mientras los mandriles no jugaban con la pelota, que los mandriles debían lanzársela?

Luego los mandriles se miraban unos a otros, pues sospechaban por qué él hablaba así. Luego él atrapó la pelota, cuando la pelota había volado hacia otro mandril, cuando éste (el primer) mandril había lanzado la pelota al otro. Luego, el ojo del niño, porque el ojo del niño sintió que se había asustado, por el aroma de su padre, continuó jugando; los mandriles, tratando de atraparla, la perdieron. Luego, un mandril, fue el que la atrapó, la lanzó hacia otro. Después el Mantis apenas moviéndose de este lugar, el Mantis atrapó el ojo del niño. En seguida el Mantis hizo girar el ojo del niño; untó (la transpiración de) sus axilas en el ojo del niño. Luego lanzó el ojo del niño a los mandriles, el ojo del niño ascendió, el ojo del niño daba vueltas por el cielo; los mandriles lo contemplaban, mientras giraba arriba en el cielo. Y el ojo del niño se detuvo ahí junto a la aljaba; parecía que se abalanzaba sobre la aljaba, mientras permaneció dentro de la bolsa de la aljaba.[17]

---

[16] No estaban habituados a verlo; por eso lo miraban atentos.
[17] Él ató, colocando una bolsa pequeña a un lado de la aljaba; por lo que es la bolsa de la aljaba; mientras siente que es una bolsa pequeña atada a un lado de la aljaba; había metido el arco en ella; fue la que ató, colocándola a un lado de la aljaba. Esa bolsa, era aquélla en la que se encontraba dentro el ojo del niño. Esa bolsa, era aquélla en la que había metido el arco.

Luego los mandriles fueron a buscarlo. El Mantis también salió en su busca, mientras los mandriles lo buscaban. Luego todos los mandriles juntos buscaban el ojo del niño. Decían: «Dale la pelota a mi compañero».[18] El mandril de quien era la pelota, él dijo: «Dame la pelota».[19] El Mantis dijo: «¡Mirad vosotros! ¡Yo no tengo la pelota!» Los mandriles dijeron: «Dale la pelota a mi compañero». El mandril de quien era la pelota, él dijo: «Dame la pelota». Después los mandriles[20] dijeron que el Mantis debe agitar la bolsa, ya que parecía que la pelota estaba dentro de la bolsa. Y el Mantis exclamó: «¡Mirad! ¡Mirad! La pelota no está dentro de la bolsa. ¡Mirad vosotros!» mientras cogía el ojo del niño, agitó, dándole la vuelta a la bolsa. Dijo: «¡Miren! ¡Miren! La pelota no puede estar dentro de la bolsa».

Luego, este mandril exclamó: «Pégale al viejo hombre con (tus) puños». Entonces el otro exclamó: «¡Dale la pelota a mi compañero!» mientras golpeaba la cabeza del Mantis. Después el Mantis exclamó: «Yo no tengo la pelota» mientras golpeaba la cabeza del mandril. Por lo tanto, todos golpearon al Mantis con sus puños; el Mantis los golpeaba con su puño. Luego al Mantis le tocó lo peor; el Mantis exclamó: «¡Oh! ¡Hijos del Antílope![21] ¡Tenéis que iros! |káu |ʽèrri-ggǘ».[22] Mientras los mandriles lo veían ascender; volar, volar hacia el agua. Luego saltó dentro del agua a causa de esto; mientras exclamaba: «Ì |ké, ttén |khwaiten|khwaiten, |kuí hą́ ī |ká!»[23] Luego caminó fuera del agua; se sentó; sintió dentro de (su) bolsa; sacó el ojo del niño; siguió caminando mientras lo retenía; caminó, alcanzando el

---

[18] «Dale la pelota a mi compañero.»
[19] «Dame la pelota.»
[20] Resulta incierto si esto debe ser singular o plural.
[21] «Hijos del antílope», aquí, puede referirse a una bolsa hecha de piel de antílopes jóvenes que el Mantis tenía con él.
[22] El significado de |kau |ʽèrri-ggǘ es desconocido para el traductor, pero el Mantis sigue dirigiendo algunas de sus posesiones, y ordenándoles que se retiraran de la escena de su derrota.
[23] Los narradores no fueron capaces de dar una explicación más clara sobre estas palabras del Mantis (las cuales aparecen frecuentemente en las historias sobre él), por lo que se muestra el texto original.

pasto en la orilla del agua;²⁴ se sentó. Exclamó: «¡Ọh wwi ho!»²⁵ Conforme colocaba el ojo del niño dentro del agua. «Debes crecer, debes convertirte en aquél que has sido tú.»²⁶ Luego siguió caminando; fue a levantar (su) capa, se la echó al hombro; recogió la aljaba, él arrojó la aljaba; y, de esta manera, regresando iba, mientras regresaba llegó a casa.

Después el joven Ichneumon exclamó: «¿Quién pudo haber hecho esto a mi abuelo, el Mantis, que el Mantis está cubierto de heridas?» Luego el Mantis respondió: «Los mandriles fueron los que mataron a nieto, ǀgaũnu-tsa̱χa̱ũ; yo fui [aquí el Mantis habla con tristeza y lentitud], cuando estaban jugando a la pelota con el ojo del nieto; yo fui a jugar a la pelota con ellos. Entonces, los mandriles dijeron (que) yo era quien la tenía; los mandriles peleaban contra mí; entonces, yo peleé contra ellos; y así lo hice, yo volando vine».

Luego ǀku̱a̓mma̓n̓-a dijo: «Deseo que tú le digas al abuelo, ¿por qué el abuelo sigue metiéndose entre extraños [literalmente, "gente que es diferente"]?» Luego el Mantis contestó: «Parece que piensas que el anhelo no fue la causa por la que fui con los mandriles»; mientras que no le dijo a ǀku̱a̓mma̓n̓-a y a los otros que él puso el ojo del niño en el agua.

Luego él permaneció ahí (es decir, en casa), mientras no iba al agua. En seguida fue hacia allá, mientras se dirigía al lugar donde había colocado el ojo del niño. Se acercó con delicadeza, mientras deseaba no hacer ningún ruido crujiente. Entonces, fue con cuidado. Y el niño lo escuchó, pues no se había acercado con delicadeza desde lo lejos; y el niño saltó, se arrojó al agua. Luego el Mantis se reía de esto, mientras su corazón anhelaba (por el niño). Y regresó; regresó definitivamente.

---

²⁴ Es pasto; el pasto sobre la orilla del agua; es aquel que los bosquimanos llaman ǀkan̓ɧuin̓-a-ssé.
²⁵ Colocando, al mismo tiempo, el primer dedo de su mano derecha dentro de su boca, contra su mejilla izquierda, y empujándola con fuerza hacia fuera; mientras el ojo estaba en la palma de su mano derecha, cerrada por sus demás dedos.
²⁶ El deseaba que el niño viviera, que regresara vivo.

Después el niño creció; se convirtió en aquello que había sido (antes). Luego vino el Mantis; mientras venía a mirar; y de esta forma vino caminando. Mientras venía caminando y mirando, espiaba al niño, mientras el niño estaba sentado al sol. Después el niño lo escuchó, mientras venía en silencio; el niño se levantó, el niño entró en el agua. Y se quedó mirando, regresó. Se fue; fue a hacerle al niño una capa frontal (o delantal), eso y una ǁkóroko.[27] Puso las cosas a un lado; puso la capa delantera (dentro de una bolsa), eso y la ǁkóroko; él fue de esa forma; él de esa forma vino; se acercó sigilosamente, espió al niño que yacía al sol, mientras el niño yacía ahí, al sol, del otro lado del agua. Entonces, él se acercó sigilosamente al niño. Y el niño lo escuchó, mientras su padre se acercaba suavemente. Y el Mantis, cuando el niño intentaba levantarse, el Mantis se impulsó hacia delante, agarró al niño. Y él untó al niño con su aroma; untó al niño; él dijo: «¿Por qué me temes? Soy tu padre; yo soy el Mantis, estoy aquí; tú eres mi hijo, tú eres ǀgãũnu-tsaχaũ; yo soy el Mantis, soy de quien eres hijo; tu padre soy yo.» Y el niño se sentó, a causa de esto; y sacó la capa frontal, sacó la ǁkóroko. Puso la capa frontal al niño; puso la ǁkóroko al niño; puso la capa frontal al niño. Luego se llevó al niño con él; ellos, de esta manera, regresando iban; ellos regresando llegaron a casa.

Luego el joven Ichneumon preguntó: «¿Qué persona puede ser la que viene con el Mantis?» Y ǀkuammaṅ-a respondió: «¿Acaso no escuchaste que el abuelo dijo que había ido con los mandriles, mientras jugaban a la pelota con el ojo del niño? Mientras el abuelo debió haber estado jugando frente a nosotros; ¡su hijo viene ahí con él!» Y ellos regresaron, llegando a casa. Luego el joven Ichneumon habló; dijo: «¿Por qué mi abuelo, el Mantis, primero dijo que los mandriles fueron quienes mataron al niño, si el niño está aquí?» Luego el Mantis dijo: «¿Acaso no has visto (que) él no es fuerte? Mientras él

---

[27] Otro artículo para que el niño usara.

siente que puse su ojo dentro del agua; mientras yo deseaba poder ver si la cosa se cumplía para mí; entonces fui a poner su ojo dentro del agua. Él salió del agua; entonces, tú ves (que) él no es fuerte. Entonces, anhelé poder esperar, cuidándolo; que yo pudiera ver si se volvía fuerte o no».

Fotografía de un bosquimano de la estación para convictos de Breakwater.

I. -7.B. LA HISTORIA DE LA TORTUGA LEOPARDO[28]

La gente se había ido a cazar: ella estaba enferma; y advirtió a un hombre[29] que se acercó a su choza; él había estado cazando por ahí.

Pidió al hombre que frotara su cuello con un poco de grasa; pues, dolía. El hombre lo frotó con grasa para ella. Y ella agarró firme y completamente al hombre con él.[30] Las manos del hombre se pudrieron por completo en el cuello.[31]

De nuevo espió a otro hombre, que se encontraba cazando. Y una vez más ella habló, dijo: «Frótame un poco con grasa».

Y el hombre cuyas manos se habían podrido en su cuello, escondía sus manos,[32] para que el otro hombre no las viera, sobre todo, que se habían podrido en él. Y él dijo: «Sí; ¡Oh mi compañero! Frota con grasa a nuestra hermana mayor; pues, la luna ha sido cortada,[33] mientras nuestra hermana mayor yace

---

[28] *Testudo pardalis*.
[29] El narrador explicó que este infortunio le ocurría a hombres de la Raza Primigenia.
[30] Retrayendo su cuello.
[31] La carne se pudrió y se desprendió, también la piel y las uñas, dejando solamente los huesos, cuenta el narrador.
[32] Él se sentó, poniendo las manos detrás de su espalda, cuando el otro hombre llegó, sacándolas del cuello de la Tortuga Leopardo.
[33] La luna «murió», y otra luna vino, mientras ella aún yace enferma, el narrador explica. «Mientras que en los mitos anteriores del Mantis, la Luna, de acuerdo con su origen, es sólo un pedazo de piel (un zapato del Mantis), en la mitología astrológica bosquimana la Luna es considerada un hombre que provoca la ira del Sol, y por lo tanto es cortada por el cuchillo (es decir, los rayos) de éste. Este proceso se repite hasta que la Luna está casi completamente cortada, y solamente queda un pequeño trozo; la Luna implora lastimosamente al Sol para que le perdone la vida por sus hijos (de la Luna). (Como se menciona con anterioridad, en la mitología bosquimana la Luna es un ser masculino.) A partir de este

enferma. Tú también debes frotar con grasa a nuestra hermana mayor». Él escondía sus manos, para que el otro no las viera.

La Tortuga Leopardo dijo: «Frotando con grasa, pon (tus manos) sobre mi cuello.» Y él, frotando con grasa, puso sus manos sobre el cuello de la Tortuga Leopardo; y la Tortuga Leopardo retrajo la cabeza hacia su cuello; mientras las manos de él estaban por completo en su cuello; y él, a causa de esto, arrojó a la Tortuga Leopardo al suelo; mientras él deseaba, pensaba, que debía, al arrojarla al suelo, romper el cuello de la Tortuga Leopardo. Y la Tortuga Leopardo lo sostuvo con firmeza.

El otro había sacado sus manos (de su espalda); y exclamó: «¡Siente (tú) aquello que yo también sentí!» y mostró al otro sus manos; y las manos del otro estaban por completo dentro del cuello de la Tortuga Leopardo. Y se levantó, regresó a casa. Y el otro arrojaba a la Tortuga Leopardo al suelo; mientras él regresando iba; y dijo que el otro también sintió lo que él sintió. ¡No fue una cosa placentera (aquélla) en la que él había estado! Él iba ahí regresando; (él) llegó a casa.

La gente exclamaba: «¿Dónde has estado?» Y él, respondiendo, dijo que la Tortuga Leopardo había sido aquélla en cuyo cuello sus manos habían estado; que debido a eso no había regresado a casa. La gente dijo: «¿Acaso eres un tonto? ¿Tus padres no te enseñaron? La Tortuga Leopardo finge siempre que va a morir; mientras nos está engañando».

---

pequeño trozo, la Luna vuelve a crecer gradualmente hasta que se convierte en Luna llena y el proceso de apuñalar y cortar del Sol vuelve a comenzar.» (*A Brief Account of Bushmen Folk-lore and other Texts*, por el Dr. W.H.I. Bleek, Ciudad del Cabo, 1875. página 9, nota 16.)

1. { ı́ m táï ǻ tchú ĕ
    Es la cabaña de mi madre.

2. { m bá tchú ĕ
    Es la cabaña de mi padre.

3. { m |kuṅ |nu-é, |úma ||nĕ á tchu ĕ
    Es la choza de mi abuelo, el gran |úma.

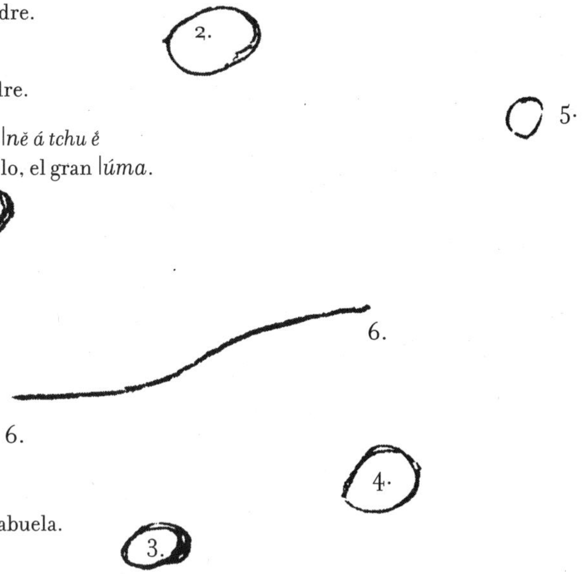

4. { ||kúshe ||nĕ ǻ tchú ĕ́.
    Es la choza de la gran abuela.

5. { ||gú ka é, é ti shiṅ́.
    El agua que bebemos.

6. { Góba ||gú́, Góba ||⸗kumm
    El agua de Makoba.

|úma, 3 de octubre de 1881.

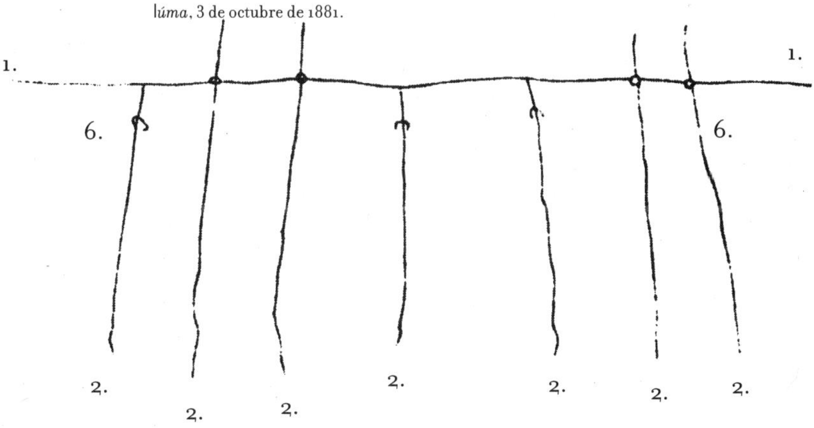

1. |kā̰o, colina   2. |kuírri|khuírri, cañada   3. khḁ̊ ka ||neiṅ, casa de la leona.   4. |káukęn, los niños

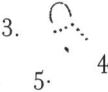

5. Daï χę́rretęn   6. |káukęn ka |k'ĕ ta ||neì ||neì, las casas de los niños (en la parte de arriba de los barrancos).

|han⧧kass'ō, 26 de enero de 1879.

II. *Sol y Luna*

II. -15.B. LOS NIÑOS SON ENVIADOS A LANZAR EL SOL DURMIENTE AL CIELO

Los niños fueron aquéllos que se acercaron suavemente para levantar la axila del Sol, mientras la axila del Sol dormía.

Los niños sintieron que había sido su madre la que habló: por lo que los niños fueron hacia el Sol; mientras el Sol brillaba, en el lugar donde yacía el Sol, yacía dormido.

Otra mujer anciana fue aquélla que habló a la otra; así que la otra habló a los hijos de la otra.[1] La otra mujer anciana dijo a la otra que los hijos de la otra debían acercarse suavemente para levantar la axila del Sol, que debían lanzar la axila del Sol hacia arriba, que el arroz bosquimano podría secárseles, que el Sol podría iluminar todo el lugar; mientras que el Sol sintió que el Sol se fue, recorrió todo el cielo, iluminó todos los lugares, así, iluminó toda la tierra; mientras sentía que los niños fueron quienes lo habían persuadido (¿?); porque una mujer anciana fue quien le contó a la otra sobre esto, y así la otra dijo. «¡Oh niños! Debéis esperar al Sol, que el Sol se ponga a dormir, pues tenemos frío. Debéis acercaros suavemente y, mientras yace dormido, levantarlo; debéis agarrarlo, todos juntos, todos juntos levantarlo, vosotros debéis lanzarlo al cielo». Ellos, de esta manera, hablaron; la mujer anciana, de esta manera, habló a la otra; entonces, la otra de esta manera le habló a ella, ella también, de esta manera, habló a sus hijos. La otra le dijo a ella: «Ésta (es la) historia que te cuento, deben esperar al Sol».

---

[1] Otra mujer anciana fue aquélla que le dijo a la otra, que la otra debía decirles a los hijos de la otra; pues ella (por sí misma) no tenía niños pequeños; puesto que la otra era aquélla que tenía niños pequeños que eran listos, quienes entenderían bien, cuando fueron hacia aquel viejo hombre.

Los niños vinieron, los niños se fueron; la mujer anciana dijo: «Debéis iros a sentar, cuando lo hayáis visto, (para ver) si yace mirando; debéis ir a sentaros, mientras lo esperáis». Por lo tanto, los niños fueron a sentarse, mientras los niños lo esperaban; se recostó, levantó su codo, su axila brilló sobre la tierra, mientras se recostaba. Así los niños lo lanzaron al cielo, mientras sintieron que la mujer anciana les había hablado. La mujer anciana dijo a los niños: «¡Oh, niños, que vais ahí! Debéis hablarle cuando lo haceis». La mujer anciana dijo a los niños: «¡Oh, niños, que vais ahí! Debéis decirle, que, debe convertirse todo en Sol, que puede continuar, mientras siente que él es enteramente el Sol, que está caliente; por lo tanto, el arroz bosquimano se seca, mientras él está caliente, pasando por el cielo; él está caliente, mientras permanece arriba en el cielo».

La mujer anciana fue aquélla que les dijo esto a los niños, mientras ella sentía que su cabeza era blanca; los niños la estaban escuchando, estaban escuchando a su mamá, su madre; su madre les dijo esto, lo que la mujer anciana dijo de esta manera. Por lo tanto, ellos pensaron de esta manera. Por lo tanto, fueron a sentarse. Un niño mayor le habló a otro, así que fueron a sentarse, mientras lo esperaban (al Sol), fueron a sentarse. Se levantaron, continuando, se acercaron a él furtivamente, se quedaron quietos, lo miraban, siguieron adelante; lo alcanzaron clandestinamente, lo agarraron, todos ellos lo agarraron juntos, lo levantaron, lo alzaron, mientras se sentía caliente. Luego lo lanzaron, mientras se sentía caliente; le hablaron, mientras se sentía caliente: «¡Oh Sol! Debes pararte rápido, debes continuar, debes pararte rápido mientras estás caliente».

La mujer anciana dijo (que) parecía que lo habían lanzado, parecía estar arriba sin ceder. Ellos así hablaron, ellos de esta manera hablaron. Su esposo (aparentemente el de la madre) dijo: «La axila del Sol está arriba sin ceder, él a quien los niños lanzaron; él yace, pretendía dormir; por lo tanto, los niños lo lanzaron».

Los niños regresaron. Luego, los niños vinieron (y) dijeron: «(Nuestro) compañero que está aquí, él lo agarró, yo tam-

Fotografía de tres bosquimanos de la estación para convictos de Breakwater.

ǀxõ gwāi, puercoespín macho.

ǀhanǂkass'õ, 26 de enero de 1879.

ǃχ́ǴOpųǎ, puercoespín joven. ǂnèrru, pájaros.

ǀhanǂkass'õ, Mowbray, 26 de junio de 1879.

ǃkúkẹn-tḗ ǀa͏̈́ti, oso hormiguero hembra.

ǀhanǂkass'õ, octubre de 1879.

bién lo estaba agarrando, mi otro hermano menor también lo estaba agarrando; (nuestro) compañero que está aquí, su otro hermano menor también lo estaba agarrando. Yo dije: "Tenéis que agarrarlo con fuerza". Yo, de esta manera, hablé; dije: "¡Lanzadlo hacia arriba!" luego los niños lo lanzaron. Yo dije a los niños: "Agarrad al viejo con fuerza". Yo dije a los niños: "¡Lanzad al viejo!" Luego, los niños lanzaron al viejo; ese viejo, el Sol; mientras sintieron que la mujer anciana fue aquélla que habló».

Un niño mayor habló, mientras sentía que era joven; el otro también era joven, eran hombres jóvenes, fueron a lanzar la axila del Sol. Vinieron a hablar, el joven habló, el joven habló a su abuela; «¡Oh abuela mía! Lo lanzamos, le dijimos que debía convertirse por completo en Sol, el cual está caliente; pues nosotros tenemos frío. Dijimos: "¡Oh abuelo mío, axila del Sol!" Permanece (en ese lugar); conviértete tú en el Sol que está caliente; que el arroz bosquimano se nos puede secar; que tú debes hacer brillar toda la tierra; que toda la tierra se vuelva caliente en el verano; que tú debes hacer calor. Así, debes brillar por completo, llevándote la oscuridad; tú debes venir, la oscuridad irse».

El Sol viene, la oscuridad se va, el Sol viene, el Sol se pone, la oscuridad viene, la Luna viene por la noche. Amanece, el Sol sale, la oscuridad se va, el Sol viene. La Luna sale, la Luna ilumina la oscuridad, la oscuridad parte; la Luna sale, la Luna brilla, llevándose la oscuridad; él se va, ha iluminado la oscuridad; se pone. El Sol sale, el Sol sigue (¿aleja?) a la oscuridad, el Sol se lleva a la Luna, la Luna permanece, el Sol la perfora, con el cuchillo del Sol, mientras permanece; a causa de ello se desmorona. Por lo tanto, dice: «¡Oh Sol! ¡Deja la espina dorsal para los niños!» Y así, el Sol dejó la espina dorsal para los niños; el Sol lo hace. Debido a esto, el Sol dice que el Sol dejará la espina dorsal para los niños, mientras el Sol lo aprueba; el Sol deja la espina dorsal para los niños; por lo tanto, la Luna se marcha adolorida, él regresa con dolor a casa, mientras con dolor se va; por consiguiente, el Sol desiste, mientras siente que el Sol ha dejado la espina dorsal para los niños, mientras el Sol lo aprueba; así, el Sol deja la espina dorsal; mientras el Sol siente que el Sol lo aprueba; debido a esto, el Sol desiste; él (la Luna) con dolor se va, él con dolor regresa a casa; él nuevamente, él se va para convertirse en otra Luna, una completa; él nuevamente, él vive; él nuevamente, él vive, mientras siente que parecía que había muerto. Por lo tanto, él se convierte en una Luna nueva; mientras él siente que nuevamente se ha puesto un estómago; él se vuelve grande; mientras siente que él es una Luna completa; por consiguiente, él es grande; él viene, mientras está vivo. Él va de noche, él siente que es la Luna que va de noche, mientras él siente que es un zapato;[2] por eso, camina de noche.

El Sol está aquí, toda la Tierra está iluminada; el Sol está aquí, la gente camina mientras el lugar es luz, la Tierra es luz; la gente percibe los arbustos, ve a las otras personas; ve la carne, la que se está comiendo; ellos también ven la gacela, ellos también desuellan a la gacela, en verano; ellos desuellan también al avestruz, mientras sienten que el Sol brilla; ellos desuellan también al avestruz en verano; ellos están disparando a la gacela en verano, mientras sienten que el Sol brilla, ellos ven a la gacela; ellos también se acercan furtivamente al órice; ellos también se acercan furtivamente al kudú, mientras sienten que todo el lugar está iluminado; también se visitan entre ellos, mientras sienten que el Sol brilla, la tierra también está iluminada, el Sol brilla sobre el sendero. Ellos también viajan en verano, disparan en verano; ellos cazan en verano; ellos espían a la gacela en verano; ellos van por ahí para desollar a la gacela; ellos se recuestan; ellos sienten que se recuestan en una pequeña casa de arbustos; rascan la tierra en la pequeña casa de arbustos, se recuestan, mientras la gacela viene.

---

[2] El Mantis con anterioridad, cuando la oscuridad le molestaba, se quitó uno de sus zapatos y lo lanzó al cielo, ordenando que se convirtiera en la Luna.

Comentarios ulteriores

La segunda versión del mito anterior, el cual desafortunadamente es muy largo para ser incluido apropiadamente en el presente volumen,* contiene algunas notas interesantes, proporcionadas por el narrador, ǁkábbo («Sueño»), las cuales se muestran en seguida. Más tarde ǁkábbo explicó que el Sol era un hombre; pero no *uno* de la temprana raza de gente que precedió a los bosquimanos del llano en su país. Él sólo iluminaba un espacio alrededor de su propia morada. Antes de que los niños lo lanzaran no había estado en el cielo, sino que había vivido en su propia casa, en la Tierra. Como su brillo fue confinado a un cierto espacio en y alrededor de su propia casa, el cielo del resto del país parecía muy nublado; como se ve ahora, cuando el Sol se esconde detrás de nubes muy densas. El cielo era negro (¿oscuro?). El brillo venía de una de las axilas del Sol, mientras él yacía con un brazo levantado. Cuando bajó su brazo, la oscuridad cayó en todas partes; cuando volvió a levantarlo, fue como si llegara el día. Durante el día, la luz del Sol solía ser blanca; pero, por la noche, era roja, como el fuego. Cuando el Sol fue lanzado al cielo se hizo redondo, y nunca más volvió a ser un hombre.

Traducción de las notas

Los primeros bosquimanos[3] fueron los primeros en habitar la Tierra. Por lo tanto, sus hijos fueron aquéllos que trabajaron con el Sol. Así, la gente que [más tarde] habitó su país, dice que los niños trabajaron, haciendo que el Sol ascendiera, mientras sentían que sus madres habían acordado que ellos debían lanzar el Sol, para ellas; que el Sol debía calentar la Tierra para ellas; que debían sentir el calor del Sol, que debían ser capaces de sentarse al Sol.

* Aquí se refiere a la edición original. (N. de la T.)
[3] Los hombres de la raza primigenia.

Cuando los primeros bosquimanos murieron, los bosquimanos del llano habitaron su tierra. Por lo tanto, los bosquimanos del llano contaron a sus hijos las historias de los primeros bosquimanos.

El Sol había sido un hombre, él hablaba; todos hablaban, también el otro, la Luna. Por lo tanto, solían vivir sobre la Tierra; mientras sentían que hablaban. Ahora que viven en el cielo no hablan.

II. -22.L. EL ORIGEN DE LA MUERTE, PRECEDIDA POR UNA ORACIÓN DIRIGIDA A LA JOVEN LUNA

Nosotros, cuando la Luna ha regresado viva, cuando otra persona nos ha mostrado la Luna, miramos hacia el lugar en el cual el otro nos ha mostrado la Luna, y cuando miramos hacia allí, percibimos la Luna, y cuando la percibimos, nos tapamos los ojos con las manos, exclamamos: «|kábbi-ā ahí! ¡Lleva mi cara ahí! ¡Tú debes darme tu cara ahí! ¡Debes llevar mi cara ahí! Aquello que no es placentero. Debes darme tu cara, (con) la cual, cuando hayas muerto, debes de nuevo, viva regresar, cuando no te percibimos, debes de nuevo recostada venir, que yo puedo también parecerme a ti. Ya que, la dicha de ese lugar, debes poseerla siempre ahí, es decir, que no has de regresar viva de nuevo, cuando no te percibimos; mientras la liebre te dijo que debes hacerlo así. Dijiste antes, que nosotros debemos también regresar vivos, cuando hayamos muerto».

La liebre fue aquél que lo hizo así. Él habló, dijo que no se callaría, ya que su madre no regresaría viva de nuevo; puesto que su madre estaba completamente muerta. Por lo tanto, lloraría mucho por su madre.

La Luna, respondiendo, dijo a la liebre que la liebre debía dejar de llorar; ya que su madre no estaba completamente muerta. Puesto que su madre dijo que regresaría viva de nuevo. La liebre, respondiendo, dijo que no se callaría; pues supo que su madre no regresaría viva de nuevo. Ya que estaba completamente muerta.

Y la Luna se enojó, de que la liebre[4] hablara así, él no lo aprobaba (la Luna). Y él golpeó con su puño, partiendo la boca

---

[4] Era una pequeña liebre macho, explicó el narrador.

de la liebre; y mientras golpeaba la boca de la liebre con su puño, exclamó: «Esta persona, cuya boca está aquí, su boca deberá ser así por siempre, aun siendo una liebre;[5] él debe llevar siempre una cicatriz en la boca; debe irse saltando, debe repentinamente regresar. Los perros deben perseguirlo; cuando lo hayan atrapado deben empuñarlo y romperlo en pedazos,[6] debe morir por completo».

«Y ellos que son hombres, deben irse en cuanto mueran por completo, cuando hayan muerto.[7] Puesto que, él no estaba dispuesto a acordar conmigo, cuando le dije que no debía llorar por su madre; ya que, su madre regresaría viva; me dijo que su madre no regresaría viva de nuevo. Por eso, debía convertirse en liebre. Y la gente, debe morir por completo. Puesto que fue quien dijo que su madre no regresaría viva de nuevo. Yo le dije que ellos (la gente) también debían ser como yo; aquello que yo hago; que yo, cuando estoy muerto, regreso vivo de nuevo. Él me contradijo cuando le dije esto.»

Por lo tanto, nuestras madres me dijeron, que la liebre había sido antes un hombre; fue cuando actuó de esta manera cuando la Luna lo hechizó, lo convirtió en liebre. Nuestras madres me dijeron que la liebre tiene carne humana en su ǁkátten-ttŭ;[8]

---

[5] La liebre también había sido una persona, pero la Luna lo hechizó, ordenando que debía convertirse en liebre.

[6] O, morderlo y romperlo en pedazos.

[7] La gente debe, cuando muere, debe irse en cuanto muera; y no regresar de nuevo viva. Ya que la liebre fue aquélla que habló así; dijo que su madre no regresaría viva de nuevo.

[8] El significado de ǁkátten-ttŭ aún no está claro; y los esfuerzos por obtener una liebre, para que pudiera ser averiguado con exactitud a qué pedazo de carne se refería, fueron inútiles. El *ttŭ* al final de la palabra muestra que algún agujero del cuerpo humano está indicado.

Después de que estas páginas fueron enviadas a imprenta, el Dr. J. N. W. Loubser, a quien me había referido para obtener información con respecto a este pedazo de carne en particular, fue muy amable y me envió las siguientes líneas, acompañadas por un diagrama, que, desafortunadamente, ya no pudo ser incluido en las ilustraciones de este volumen.

«Con respecto a la "carne biltong", he observado frecuentemente a mi madre cortando biltong, y sé que cada pierna de res contiene realmente sólo un verdadero biltong, es decir, el pedazo de carne que no necesita ser

por lo tanto, nosotros, cuando matamos una liebre, cuando pretendemos comer la liebre quitamos el «biltong»[9] ahí, que es carne humana, lo dejamos, mientras sentimos que él es liebre pero su carne no. Ya que, es carne (que pertenece al) tiempo en que era hombre.

Así, nuestras madres no querían que nosotros comiéramos esa pequeña porción de carne; mientras sentían que es esta carne con la que la liebre era antes un hombre. Nuestras madres nos dijeron que tendríamos malestar en nuestros estómagos si comíamos ese pequeño pedazo de carne, mientras sentíamos que era carne humana; no es carne de liebre; ya que es carne que aún está en la liebre; mientras se siente que la liebre era antes un hombre. Por lo tanto, está en la liebre todavía; mientras las acciones de la liebre son aquéllas por las que la Luna nos hechizó; que debíamos morir por completo. Ya que, debemos, cuando muriéramos, debíamos regresar vivos de nuevo; la liebre fue aquélla que no estuvo de acuerdo con la Luna, cuando la Luna quiso hablar con él sobre ello; él contradijo a la Luna.

Entonces, la Luna habló, dijo: «Vosotros que sois la gente, debéis, cuando muráis, morir por completo y desaparecer. Ya que, dije, vosotros debéis, cuando muráis, levantaros de nuevo, no debéis morir por completo. Puesto que, dije, debéis, cuando muráis, levantaros de nuevo, no debéis morir por completo. Yo, cuando estoy muerto, regreso vivo de nuevo. Mi intención es que vosotros que sois hombres, debéis también pareceros a mí (y) hacer las cosas que yo hago; que no muero por completo y me marcho. Vosotros, que sois hombres, fuisteis quienes realizaron esta hazaña; por lo tanto he pensado que os (daría) alegría. La liebre, cuando intenté hablar con él, —mientras yo

---

cortado en la usual forma oblonga, sino que la tiene a priori. En otras palabras, es un músculo con esta forma. A partir de mis conocimientos anatómicos sólo le encuentro correspondencia con el músculo bíceps femoral del hombre. Será, por lo tanto, un músculo que descansa en la parte alta del muslo.»

[9] El narrador explica a !kwgii lo que es «biltong» (es decir, carne delgada que puede ser cortada en tiras y secada al Sol, haciendo «biltong»).

sentía que sabía que la madre de la liebre no había muerto en realidad, pues, se había dormido, la liebre fue quien me dijo que su madre no se había dormido; que su madre había muerto por completo. Éstas fueron las cosas que me hicieron enfadar; mientras había pensado que la liebre diría: "Sí; mi madre está (dormida)"».

Así, a causa de estas cosas, él (la Luna) se enfadó con la liebre; de que la liebre hablara de esa manera, de que la liebre no dijo: «Sí, mi madre yace dormida; se levantará plácidamente.» Si la liebre hubiera hecho caso a la Luna, entonces, nosotros que somos la gente, nos hubiéramos parecido a la Luna; puesto que la Luna había dicho antes que nosotros no debíamos morir por completo. Las acciones de la liebre son aquéllas por las que la Luna nos hechizó, y morimos por completo; a causa de la historia de que la liebre fue la que le dijo. Esa historia es aquélla por la que todos nosotros morimos por completo (y) desaparecemos; a causa de las acciones de la liebre; cuando él fue quien no hizo caso a la Luna; cuando la Luna intentó hablar con él; él contradijo a la Luna cuando la Luna intentó hablar con él.

La Luna habló diciendo que él (la liebre) yacía sobre un lugar descubierto; los bichos debían morderlo en el lugar donde yacería; no debía habitar los arbustos; puesto que él debía yacer sobre un lugar descubierto; mientras no debía yacer bajo un árbol. Debe yacer sobre un lugar descubierto. Por lo tanto, la liebre, cuando salta, va por ahí sacudiendo su cabeza; mientras él se sacude, hace que los bichos caigan de su cabeza, en la cual han estado colgados; mientras siente que los bichos cuelgan abundantemente en su cabeza. Por lo tanto, él sacude su cabeza, para que los otros bichos caigan.

* * *

(Ésta, entre las distintas versiones de la historia de la Luna y la Liebre llamada «El origen de la muerte», ha sido seleccionada por la oración a la joven Luna con la que comienza.)

II. -24.L. LA LUNA NO DEBE SER MIRADA CUANDO SE HA DISPARADO A LA PRESA

No debemos mirar a la Luna cuando hemos disparado a la presa; ya que miramos, bajando la cabeza, sin ver hacia arriba, hacia el cielo; tenemos miedo del brillo de la Luna. Eso es lo que tememos. Ya que nuestras madres solían decirnos que la Luna no es una buena persona, si lo miramos.

Así, si lo miramos cuando hemos disparado a la presa, los animales de rapiña se la comerán, cuando ésta yazca muerta, si miramos a la Luna. Cuando la presa no muere, es el agua de la Luna la que hace que la presa viva. Nuestras madres solían decirnos que el agua de la Luna, (que) veíamos ahí, que está en un arbusto, parece miel líquida. Es aquélla que cae sobre la presa; cuando ha caído sobre la presa, ésta se levanta. Enfría el veneno con el que le disparamos y la presa se levanta, sigue adelante sin mostrar signos de veneno;[10] aunque hubiera parecido que iba a morir. El agua de la Luna es la que la cura. Y a causa de ella, vive.

Así, nuestras madres no desean que nosotros andemos mirando, no debemos mirar las cosas que están en el cielo; mientras nuestras madres solían hablarnos sobre eso, que la Luna, si la hubiéramos mirado, la presa a la que le disparamos, seguiría adelante como la Luna. Nuestras madres nos lo dijeron, que si no veíamos la forma en que la Luna proseguía. No tenía el hábito de ir a algún lugar cerca, ya que el día estaba acostumbrado a romper, mientras él aún seguía adelante. Si hubiéramos mirado a la Luna, la presa hubiera hecho lo mismo. El día hubiera caído, mientras la presa seguiría adelante; asemejándose a la Luna, a la que habíamos mirado. Así, teníamos miedo

[10] Literalmente, «hace» o «se convierte en veneno».

de mirar a la Luna; mientras sentíamos que nuestras madres solían advertirnos al respecto, que la presa desearía llevarnos a un lugar donde no hubiera agua. Podríamos ir a morir de sed, mientras ella, llevándonos a la perdición, nos llevó a un lugar donde no había agua.

III. *Estrellas*

III. -23.E. LA NIÑA DE LA RAZA TEMPRANA QUE HIZO ESTRELLAS[1]

Mi madre fue quien me dijo que la niña se levantó; puso sus manos dentro de las cenizas de la madera; lanzó las cenizas de la madera al cielo. Dijo a las cenizas de la madera: «Las cenizas de la madera que están aquí, deben todas juntas convertirse en la Vía Láctea. Deben permanecer blancas en el cielo, que las estrellas pueden pararse fuera de la Vía Láctea, mientras la Vía Láctea es la Vía Láctea, cuando solía ser ceniza de la madera». Ellas (las cenizas) se convirtieron en la Vía Láctea. La Vía Láctea debe girar con las estrellas; mientras la Vía Láctea siente que la Vía Láctea permanece girando; mientras las estrellas van navegando; por lo tanto, la Vía Láctea, permaneciendo, continúa con las Estrellas. La Vía Láctea, cuando la Vía Láctea se para sobre la Tierra, la Vía Láctea se da la vuelta hacia el otro lado de frente, mientras la Vía Láctea pretende esperar, mientras la Vía Láctea siente que las Estrellas están retrocediendo; mientras las Estrellas sienten que el Sol es quien ha retrocedido; él va por su camino; las Estrellas retroceden; mientras van a buscar el alba; para que puedan yacer delicadamente, mientras la Vía Láctea yace delicadamente. Las Estrellas deben también permanecer ahí delicadamente. Deben navegar sobre sus huellas, las cuales, siempre navegando, van siguiendo. Mientras sienten que, son las Estrellas que descienden.

La Vía Láctea, yaciendo, viene a su lugar, donde la niña lanzó las cenizas de madera, que pueda descender gentilmente; yacien-

---

[1] Se dice que esta niña perteneció a la raza temprana (|'χwĕ-|nā-ssħŏ-|k'ĕ́) y que fue la «primera» niña; y que fingió estar enferma. Finalmente fue asesinada por su esposo. Se dice que estos |χwĕ-|nā-ssħŏ-|k'ĕ́ eran estúpidos, y que no entendieron bien las cosas.

do se ha marchado, mientras sentía que yacía sobre el cielo. Yaciendo ha girado, mientras sentía que las Estrellas también daban vueltas. Ellas, dando vueltas, pasaron por el cielo. El cielo yace (inmóvil); las estrellas son quienes continúan; mientras sienten que navegan. Se han estado poniendo; han estado saliendo de nuevo; han estado, navegando por ahí, siguiendo sus huellas. Cuando el Sol sale se vuelven blancas. El Sol se pone, ellas se paran por ahí arriba; mientras sienten que, dando vueltas, han seguido al Sol.

Aparece la oscuridad; ellas (las Estrellas) se ponen rojas, mientras que al principio habían sido blancas. Sienten que se paran brillando por ahí; que pueden seguir navegando; mientras sienten que es de noche. Luego, la gente va de noche; mientras siente que el suelo se ha iluminado. Mientras siente que las Estrellas brillan un poco. La oscuridad cae sobre el suelo. La Vía Láctea brilla suavemente; mientras siente que es ceniza de la madera. Por lo tanto, brilla suavemente. Mientras siente que la niña fue quien dijo que la Vía Láctea debía dar un poco de luz a la gente, para que pueda regresar a casa de noche, a la mitad de la noche. Así, la Tierra no tendría luz si no hubieran estado ahí la Vía Láctea y las Estrellas.

La niña pensó que lanzaría (al aire) raíces del |huiṅ, para que las raíces del |huiṅ se convirtieran en estrellas; por lo tanto las Estrellas son rojas; mientras sienten que (ellas) son raíces del |huiṅ.[2]

Ella primero lanzó suavemente cenizas de la madera al cielo, que podría pronto lanzar raíces |huiṅ; mientras ella sintió que estaba enfadada con su madre, porque su madre no le había dado suficientes raíces |huiṅ, que podría haber comido

---

[2] Ella lanzó una raíz aromática (comida por algunos bosquimanos) llamada |huiṅ, la cual se convirtió en estrellas; la |huiṅ roja (o vieja) hizo estrellas rojas, la |huiṅ blanca (o joven) hizo estrellas blancas. Dice ||kabbo que esta raíz es comida por mandriles y también por puercoespines.
La misma niña también hizo langostas, lanzando al cielo la cáscara de la |kúïssi (una raíz comestible) que ella estaba comiendo.

en abundancia; pues, ella estaba en la choza. No fue a buscar comida por sí misma; que ella podría obtener |hu̥iṅ por sí misma; que ella podría estar llevando (a casa) por sí misma; que ella podría comer; pues, ella estaba hambrienta; mientras yace enferma en la choza. Sus madres eran aquéllas que salieron. Fueron las que buscaron comida. Estaban llevando |hu̥iṅ a casa, la cual podían comer. Ella yace en su pequeña choza, la cual le había hecho su madre. Su vara estaba allí; pues ella aún no buscaba comida. Y ella aún estaba en la choza. Su madre era quien le estaba llevando comida. Que ella podría estar comiendo, recostada en la pequeña choza;[3] mientras su madre pensó que ella (la niña) no comió la presa de los jóvenes hombres (es decir, presa matada por ellos). Pues ella se comió la presa de su padre, un hombre viejo. Mientras pensó que las manos de los hombres jóvenes se enfriarían. Entonces, la flecha se enfriaría. La cabeza de la flecha que se encuentra en el extremo, estaría fría; mientras la cabeza de la flecha sintió que el arco estaba frío; mientras el arco sintió que sus manos (del hombre joven) estaban frías. Mientras la niña pensó en su saliva, la cual, comiendo, había puesto en la carne de gacela; esta saliva iría dentro del arco, el interior del arco se enfriaría; ella, de esta manera, pensó. Por lo tanto, ella temía a la presa de los hombres jóvenes. Su padre fue aquél del que ella sola comió (presa). Mientras ella sintió que había trabajado (es decir, tratado) las manos de su padre; había trabajado, retirando su saliva (de ellas).

---

[3] Ilkabbo aquí explicó que, cuando una niña ha «crecido», es llevada a una pequeña choza, hecha por su madre, con una apertura muy pequeña para la puerta, la cual su madre cierra. Cuando la niña sale, mira hacia abajo, al suelo; y cuando ella regresa a la choza, se sienta y mira hacia abajo. En este tiempo no va lejos, ni camina. Cuando, al poco tiempo, se convierte en una «niña grande», se le permite mirar por ahí, y volver a mirar lejos de nuevo, siéndole permitido, en la primera ocasión, mirar más allá de la mano de su madre. Ella abandona la pequeña choza cuando le es permitido mirar alrededor una y otra vez; y ella entonces camina por ahí como las demás mujeres. Durante el tiempo en que está confinada, no debe mirar a las gacelas, por miedo a que se vuelvan salvajes.

III.-28.L. LA GRAN ESTRELLA ǃGÁŨNŨ QUE, CANTANDO, NOMBRÓ LAS ESTRELLAS

ǃgáunū,[4] era antes una gran Estrella; por lo tanto, su nombre es ǃgáunū; mientras él siente que fue quien antes habló (literalmente, «nombró») las Estrellas; mientras él siente que es una gran estrella. Por lo tanto, él nombró a las Estrellas. Por lo tanto, las Estrellas poseen sus nombres; mientras sienten que ǃgáunū fue quien les dio sus nombres. Él cantaba mientras pronunciaba el nombre de las Estrellas. Llamó «ǁʼχwhāī»[5] a (algunas) Estrellas que son muy pequeñas; son aquellas de las que él hizo ǁʼχwhāī; sus pequeñas y finas son aquellas que son ǁʼχwhāī.

Así, cuando las Estrellas, sentadas, han retrocedido, el puercoespín no permanecerá en el campo de caza; pues él sabe que es durante el amanecer, cuando ǁʼχwhāī, yaciendo, ha retrocedido. Él regresa a casa; pues está acostumbrado a mirar estas Estrellas; son aquéllas a las que él mira; mientras siente que sabe que son las Estrellas del amanecer.

---

[4] «Mi abuelo (paterno), ǃχugen-ddí fue quien me contó las historias de estrellas.»

[5] Las estrellas ǁʼχwhāī lāīti y ǁʼχwhāī-ʘpuǎ fueron identificadas como «Altair» o «Alpha Aquilae», y «Gamma Aquilae», respectivamente, por el Sr. George Maclear y el Sr. Finlay del Royal Observatory, el 10 de octubre de 1873, en Mowbray. ǁʼχwhāī gwāī estaba detrás de un árbol y era muy bajito para ser distinguido.

III. -27.L. LO QUE LAS ESTRELLAS DICEN, Y UNA ORACIÓN A UNA ESTRELLA

Ellos (los bosquimanos) desean poder también percibir cosas.[6] Por lo tanto dicen que la Estrella debe tomar su corazón, con el que ellos no pasarán hambre; la Estrella debe darles el corazón de la Estrella, —el corazón de la Estrella,— con el que la Estrella se sienta en abundancia. Pues la Estrella no es pequeña; parece como si la Estrella hubiera comido. Así que, ellos dicen, que la Estrella debe darles el corazón de la Estrella para que ellos no pasen hambre.

Las Estrellas están habituadas a decir, «¡Tsàũ! ¡Tsàũ!», por lo que los bosquimanos están acostumbrados a decir que las Estrellas hechizaron los ojos de la gacela para ellos; las Estrellas dicen, «¡Tsàũ!» ellas dicen, «¡Tsàũ! ¡Tsàũ!» Yo soy uno de los que las estaba escuchando. Pregunté a mi abuelo (Tsàtsi), qué cosas podrían ser las que hablaban así. Mi abuelo me dijo que las Estrellas eran las que hablaban así. Las Estrellas fueron quienes dijeron, «¡Tsàũ!» mientras hechizaban los ojos de la gacela para la gente. Así, cuando yo crecí, las escuchaba. Las Estrellas decían, «¡Tsàũ! ¡Tsàũ!». El verano es (el tiempo) en que suenan.

Porque solía dormir con mi abuelo, yo era quien me sentaba con mi abuelo, cuando se sentaba afuera en el frío. Por lo tanto, le pregunté sobre las cosas que hablan así. Dijo que las Estrellas eran las que hablaban así; ellas hechizaron los ojos de la gacela[7] para la gente.

Mi abuelo solía hablar con Canopo, cuando Canopo acababa de salir; él dijo: «Tú debes darme tu corazón con el que

---

[6] Es decir, cosas que sus perros puedan matar.
[7] Creo que fue toda la gacela.

te sientas en abundancia, debes tomar mi corazón, mi corazón, con el que estoy desesperadamente hambriento. Que yo podría estar también lleno como tú. Pero tengo hambre. Pues pareces satisfecho (de comida); por eso no eres pequeño. Pero estoy hambriento. Debes darme tu estómago, con el que tú estás satisfecho. Debes tomar mi estómago, con el que también puedes estar hambriento. Dame también tu brazo, tú debes tomar mi brazo, con el que no mato. Ya que, no doy en el blanco. Debes darme tu brazo. Pues con mi brazo que está aquí, no atino al blanco». Él deseó que la flecha pudiera herir a la gacela por él; por eso deseó que la Estrella le diera el brazo de la Estrella, mientras la Estrella toma su brazo, con el que no daba en el blanco.

Cerró la boca, se fue, se sentó; mientras sintió que deseaba sentarse y afilar una flecha.

III.- 30.L. ǀKÓ-GǀNUIŃ-TÁRA, ESPOSA DE LA ESTRELLA DE CORAZÓN DEL AMANECER, JÚPITER

Ellos buscaron ǀhākẹn,[8] estaban desenterrando ǀhākẹn. Seleccionaban ǀhākẹn mientras desenterraban ǀhākẹn. Y, cuando las larvas de ǀhākẹn intentaban meterse (en la tierra bajo el pequeño montecillo), juntos recolectaron, seleccionaron las larvas del ǀhākẹn en el campo de caza.

Y la hiena[9] tomó la ennegrecida transpiración de sus axilas, la puso dentro del ǀhākẹn. Y ellos[10] dieron a ǀkó-gǀnuiń-tára del ǀhākẹn. Y ǀkó-gǀnuiń-tára exclamó, ella dijo a su hermana menor: «No debes tocar a este ǀhākẹn; yo seré quien se lo comerá. Pues tú eres quien debe cuidar al niño.[11] Pues el olor de ǀhākẹn no es agradable».

Por lo tanto, al sentarse ǀkó-gǀnuiń-tára, comiéndose el ǀhākẹn, los adornos[12] (es decir, aretes, brazaletes, pulseras, ajorcas) se quitaron[13] por sí mismos. La capa (manto de piel) también se desató (por sí misma), la capa también se sentó. La enagua de piel también se desató por sí misma, la enagua de piel se sentó. Los zapatos también se desataron por ellos mismos. Por lo tanto ella se levantó de repente,[14] ella se fue trotando de esta manera.

---

[8] ǀhākẹn se asemeja al «arroz» (es decir, «arroz bosquimano»); sus larvas son como (aquéllas del) «arroz bosquimano». ǀhākẹn es un alimento; no hay nada más rico cuando está fresco.

[9] Una hiena hembra.

[10] Las hienas, con los chacales, las grullas del paraíso (y) los cuervos negros.

[11] Era el niño de ǀkó-gǀnuiń-tára. El Corazón del Amanecer fue quien enterró al niño lejos de su esposa, bajo el ǀhuīń (una planta con una hermosa punta verde, y pequeñas raíces de bulbos en los extremos de fibras en la tierra. Las raíces son comidas por los bosquimanos, crudas, y también asadas hechas para la comida, las cuales, se dice, son excelentes. ǀháń╪kass'ō piensa que la flor es roja; sin embargo, no ha visto la planta desde que era un niño).

[12] Brazalete, ajorca, pulsera.

[13] (Ellos) se salieron, se sentaron sobre la tierra.

[14] Sintió que se había convertido en un animal de rapiña.

Su hermana menor, gritando, la siguió.¹⁵ Ella (|kō-g|nu̯iṅ-tára) se fue; se fue a los juncos. Fue a sentarse a los juncos.

Su hermana menor exclamó: «¡Oh |kó-g|nu̯iṅ-tára! ¿No debes primero darle pecho al niño?» Y ella (la hermana mayor) dijo: «Tú debes traerlo, para que pueda mamar; preferiría hablar contigo mientras mis hilos de pensar aún funcionen». Por lo tanto habló, dijo a su hermana menor: «Tú debes traer al niño rápidamente, mientras yo todavía estoy consciente; y tú debes traer al niño mañana por la mañana».

Su hermana menor regresó a casa, también la hiena, cuando se hubo puesto los adornos; ellas regresaron a casa, mientras Corazón del Amanecer y los demás¹⁶ estaban (todavía) afuera cazando. Corazón del Amanecer regresó a casa, mientras el niño lloraba ahí, mientras su cuñada menor era quien tenía al niño.

Él vino, exclamó: «¿Por qué |kó-g|nu̯iṅ-tára no le hace caso al niño mientras el niño está allá llorando?» La hiena no habló. |χé-ddé-ʸóe¹⁷ calmaba al niño. Ella esperaba; el esposo de su hermana mayor fue a cazar; y ella puso al niño sobre sus hombros. Fue hacia su hermana mayor; caminó y llegó a los juncos. Ella exclamó: «¡Oh |kó-g|nu̯iṅ-tára! deja que el niño mame». Y su hermana mayor salió de los juncos; su hermana mayor, de esta manera, vino corriendo; su hermana mayor la atrapó. Ella, volviendo (su cuerpo de un lado) le dio el niño a su hermana mayor. Ella dijo: «¡Estoy aquí!» Y su hermana mayor dejó que el niño mamara. Ella dijo: «Tú debes traer al niño rápidamente (de nuevo), mientras yo estoy todavía consciente; pues, yo siento como si mis hilos de pensar se estropearan». Y su hermana menor puso al niño sobre sus hombros, regresó a casa; mientras su hermana mayor iba a los juncos.

---

¹⁵ Porque quería correr para atrapar a su hermana mayor.
¹⁶ Yo pienso que él estaba con otras personas. Parecen haber sido los esposos de los chacales, y las cebras, y los ñus con las avestruces.
¹⁷ El nombre de la hermana menor de |kó-g|nu̯iṅ-tára era |χé-ddéʸōë. Era una |χwé-||nă-ss'ŏ-|ku̯i (de la raza temprana).

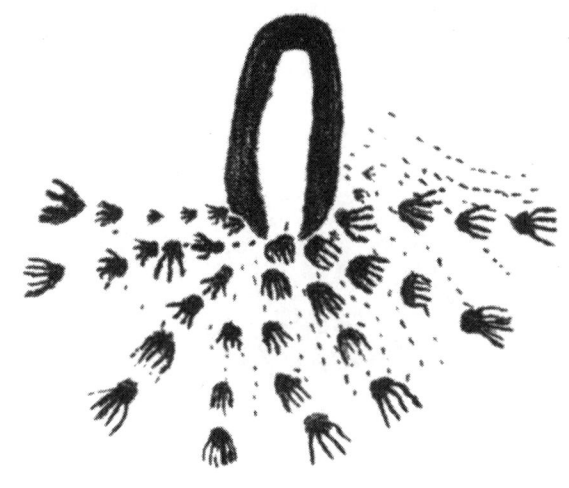

Las huellas del puercoespín en una de las entradas a su madriguera.
|han‡kass'ō, 4 de septiembre de 1878.

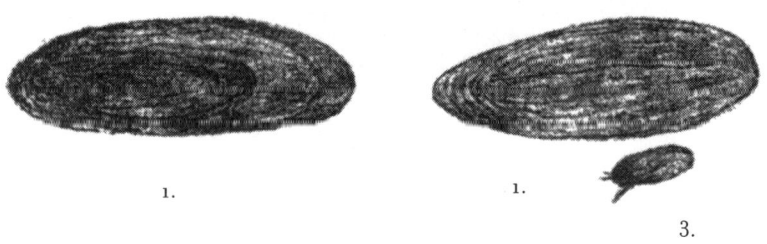

Montañas en las cuales |kháù (lagarto del género *Gennus Agama*)
se transformó cuando fue cortado en dos piezas.
1. |guru-|nd.   2. |x̯é |khwái.   3. |x̯é |khwái ta |kāūka tī-☉pu̯á.

|han‡kass'ō, 1878.

1.

2.

Lagartos del género *Gennus Agama*.
1. |khǫ̀ù, *gwāi*, macho.   2. |khǫ̀ù *āityi*, hembra.

Diä |kwǫ́in, marzo de 1875.

Y, cerca de la puesta del sol, ella fue hacia su hermana mayor; mientras sintió que su hermana mayor fue quien le había hablado así sobre esto; su hermana mayor dijo: «Tú debes traer al niño rápidamente, pues siento como si fuera a olvidar, mientras siento que no lo sé». Y su hermana menor tomó al niño cerca del amanecer, fue hacia su hermana mayor, se paró. Exclamó: «¡Oh ǀkó-gǀnu̱iṅ-tára! deja que el niño mame». Su hermana mayor salió de los juncos; corrió hacia su hermana menor. Y atrapó a su hermana menor. Su hermana menor dijo: «¡Estoy aquí! ¡Estoy aquí!» Dejó que el niño mamara. Ella dijo: «Tú debes venir rápidamente (de nuevo); pues yo siento como si debiera olvidarte, (como si) no debiera pensar más en ti». Su hermana menor regresó a casa, mientras se metía dentro de los juncos.

Su hermana menor, en la mañana, fue hacia su hermana mayor; ella caminó, acercándose, acercándose, acercándose, acercándose, se paró. Y ella exclamó: «¡Oh ǀkó-gǀnu̱iṅ-tára! deja que el niño mame». Y su hermana mayor salió de los juncos, corrió hacia su hermana menor, la atrapó. Su hermana menor, levantándose a un lado, le dio al niño. Su hermana menor dijo: «¡Estoy aquí!» Por lo tanto, ella (la hermana mayor) habló, dijo a su hermana menor: «Tú no debes seguir viniendo hacia mí; pues ya no siento que sé». Y su hermana menor regresó a casa.

Y ellos fueron a hacer un ǀkù[18] ahí (a la casa). Ellos jugaron. Los hombres jugaron con ellos, mientras las mujeres aplaudían, los hombres asentían con la cabeza, mientras las mujeres les aplaudían. Luego, Corazón del Amanecer, asintiendo con la cabeza, fue hacia su cuñada menor, él colocó su mano sobre su cuñada menor (sobre su hombro). Luego, su cuñada menor

---

[18] Ésta es una danza o juego de los bosquimanos, el cual ǀhaṅǂkassʼō ni siquiera ha visto, pero ha escuchado de Tu̯a̱ï-aṅ, y ǂka̱ṁmi, dos de las esposas de Tsa̱tsiʼs. Ellas solían decir que sus padres hicieron un ǀkù (y) jugaron. Sus madres fueron quienes aplaudieron, aplaudieron a los hombres; los hombres asentían con la cabeza.

se hizo a un lado. Ella exclamó: «¡Déjame en paz! Tus esposas, las viejas hienas,[19] pueden aplaudirte».

Después, Corazón del Amanecer corrió hacia la hiena; apuntó (con su azagaya),[*20] él atravesó el lugar donde la hiena se había sentado,[21] mientras la hiena se levantó repentinamente, pisó, quemándose en el fuego, mientras se fue saltando; mientras los adornos permanecieron en el lugar donde ella se había sentado, y donde los había usado. Se fue saltando, mientras éstos permanecieron.

Y Corazón del Amanecer reprendió a su cuñada menor, porque su cuñada menor no le había dicho rápidamente sobre ello; ella le había ocultado lo de la hiena; como si por esto fue que él no había visto que la mujer se había sentado con su espalda hacia él, no se había sentado con su cara hacia él. Se había sentado con su espalda hacia él; la (es decir, su) esposa se había sentado con la cara hacia él. Una persona diferente, debe ser ella quien estuvo aquí, se había sentado con su espalda hacia él.[22] Y él dijo que su cuñada menor debía explicarle rápidamente sobre el lugar donde la (su) esposa parecía estar. Su cuñada menor dijo: «Tú debes esperar, que el lugar puede iluminarse;[23] pues parece que tú piensas que (tu) esposa es todavía aquello que solía ser. Iremos hacia (tu) esposa cuando el sol haya salido.»

Por lo tanto, al día siguiente, él dijo que su cuñada menor debía dejarlos ir rápidamente. Entonces su cuñada menor dijo: «Debemos arrear, llevando cabras, que podemos llevar cabras

---

[19] Ella dijo ǀgwāï ǀé-tára por enfado; el enfado era la causa por la que ella dijo ǀgwāï ǀé-tára.
[*] Lanza. (N. de la T.)
[20] (Él) se detuvo (para así apuntar).
[21] Ella se sentó en la casa, asustada. Por lo que se quitó los brazaletes de sus muñecas, mientras deseaba que pudiera sentarse en silencio; mientras sintió que dejaba las cosas. Ella sospechaba que la gente estaba haciendo un ǀkù (a cuenta suya), por lo tanto no fue al ǀkù, mientras sintió que había estado usando las cosas de ǀkó-gǀnuiṅ-tára.
[22] Porque él se había casado con la hiena, porque pensaba que ésta era ǀkó-gǀnuiṅ-tára.
[23] Pues era de noche.

a (tu) esposa». Así, arrearon, llevando cabras. Ellos arrearon cabras, arrearon cabras; llevaron las cabras a los juncos. Y arrearon a las cabras hasta un punto.[24]

|χé-ddéꭇōë[25] dirigió al esposo de su hermana mayor, ella dijo que el esposo de su hermana mayor debía pararse detrás de ella, y que la demás gente debía pararse detrás del esposo de su hermana mayor, mientras ella debía ser quien debía pararse a un lado de las cabras. Luego ella exclamó: «¡Oh |kó-g|nu̥iṅ-tára! deja que el niño mame».

Entonces su hermana mayor emergió de los juncos; ella de esta manera vino corriendo. Ella, cuando había corrido hacia su hermana menor, percibió las cabras, se hizo a un lado de las cabras. Ella agarró una cabra. Corazón del Amanecer se agarró de (su) esposa, mientras la esposa se agarró de la cabra; mientras su cuñada menor, |χé-ddéꭇōë, también se agarró de la esposa. Toda la gente se agarró por completo de ella. Otras personas se agarraban de las cabras; ellos cortaron y abrieron a las cabras, sacaron los contenidos del estómago, ellos untaron a |kó-g|nu̥iṅ-tára con los contenidos del estómago. Ellos, agarrándose, quitaron el pelo[26] (de su piel). Por eso, cuando ella se sentó, dijo: «Tú debes, jalando, dejar el pelo de las puntas de mis orejas; pues, de esa manera yo debo poder oír; pues no siento que oiga».[27] Así, el hombre (su esposo), jalando, dejó el pelo en la punta de sus orejas, aquel pelo que está así[28] en la punta de sus orejas, parado en la punta de ellas.

Así, Corazón del Amanecer, solía, cuando regresaba a casa,[29] poner una flecha en el arco, él caminaba, pegando el extremo

---

[24] Se fueron (arreando), para que las cabras pudieran quedarse quietas.
[25] |χé es una niña joven. El narrador no sabe lo que el nombre |χé-ddéꭇōë significa exactamente.
[26] El pelo, con el que ella se había convertido en lince.
[27] Ella dijo que no debía oír si todo el pelo se quitara de sus orejas. Por lo tanto, su esposo debe dejar el resto del pelo en sus orejas.
[28] Levantando dos dedos.
[29] Él siempre (a partir de entonces) hizo así, pues las hienas habían hecho enfadar a su corazón, habían envenenado a (su) esposa.

de su azagaya al suelo, mientras venía regresando. Sus ojos eran grandes, mientras venía caminando; se asemejaban al fuego. La gente le temía cuando venía, a causa de sus ojos; mientras ésta sentía que sus ojos se asemejaban al fuego, él venía caminando. Los chacales le temían, mientras venía regresando.

* * *

Para esclarecer esta parte de la historia de ǃkó-gǃnṵiń-tára contenida en la versión aquí ofrecida, se proporciona el siguiente extracto de la página 11 del *Second Report concerning Bushman Researches* del Dr. Bleek, impreso en Ciudad del Cabo en 1875:
«"Corazón del Amanecer" (la estrella Júpiter) tiene una hija que es identificada con algunas estrellas vecinas que preceden a Júpiter (cuando nosotros preguntamos, era *Regulus* o *Alpha Leonis*). Su nombre es "Hija de Corazón del Amanecer", y su relación con su padre es algo misteriosa. Él la llama *mi corazón*, él la devora, luego camina solo como la única Estrella de Corazón del Amanecer, y, cuando está crecida, la escupe de nuevo. Entonces ella por sí misma, se convierte en otro Corazón del Amanecer (femenino), y escupe otro hijo de Corazón del Amanecer, que sigue al Corazón del Amanecer macho y hembra. La madre del último, la primera esposa de Corazón del Amanecer mencionada, era el Lince, quien entonces era una hermosa mujer, con una hermana menor quien cargaba su vara de cavar por ella. Corazón del Amanecer escondió a su hijo bajo las hojas de una raíz comestible (ǃkúïssi), donde pensó que su esposa vendría a encontrarlo. Otros animales y pájaros llegaron primero, y todos se presentaron ante el hijo de Corazón del Amanecer como su madre; pero ellas fueron despreciadas por el niño, hasta que al fin reconoció a su propia madre. Entre los animales aislados estaban el Chacal y la Hiena, quienes, para vengarse, hechizaron a la madre (Lince) con un "arroz bosquimano" envenenado (llamado "huevos de hormiga"), lo cual significa que fue transformada en una leona. En la oscuridad, la Hiena trató de tomar su lugar (el del Lince) en la choza, al

regreso de Corazón del Amanecer; sin embargo la impostura le fue revelada por su cuñada. Corazón del Amanecer trató de apuñalar a la hiena con su lanza, pero falló. Ella huyó, poniendo su pie dentro del fuego, quemándolo severamente. La esposa hechizada fue atraída fuera de los juncos por su hermana menor y acogida por sus hermanos, quienes arrancaron la piel de león para así convertirla en una mujer de nuevo. Pero, como consecuencia de haber sido hechizada por el "arroz bosquimano", nunca más pudo comer eso, y fue convertida en un lince que come carne. Este mito, que contiene varios y hermosos incidentes, es, en parte, contado en forma narrativa, y en parte, con discursos de Corazón del Amanecer dirigidos a su hija, así como con discursos relatados por la hiena y sus padres, después de su vuelo a casa.»

IIIa. *Otros mitos*

III. A 34.L. EL HIJO DEL VIENTO

Primero, el (hijo del) Viento estaba quieto. E hizo rodar[1] (una pelota) ⌊nā̰-ka-tḭ̄!. Él exclamó: «¡Oh ⌊nā̰-ka-tḭ̄! ¡Ahí va!» Y ⌊nā̰-ka-tḭ̄ respondió: «¡Oh compañero! ¡Ahí va! » porque ⌊nā̰-ka-tḭ̄ sintió que no sabía su nombre (el del otro). Por lo tanto, ⌊nā̰-ka-tḭ̄ dijo: «¡Oh compañero! ¡Ahí va!» Él que era el viento, fue quien dijo: «¡Oh ⌊nā̰-ka-tḭ̄! ¡Ahí va! »

Así, ⌊nā̰-ka-tḭ̄[2] fue a preguntar a su madre el nombre del otro. Exclamó: «¡Oh madre nuestra! Pronuncia para mí el nombre del compañero que está ahí; pues el compañero pronuncia mi nombre; yo no pronuncio el nombre del compañero. Pronunciaría también el nombre del compañero, cuando yo le estoy rodando (la pelota). Pues, yo no pronuncio el nombre del compañero; pronunciaría también su nombre, cuando yo le ruedo (la pelota)». Por tanto, su madre exclamó: «No pronunciaré para ti el nombre del compañero. Debes esperar; que tu padre pueda primero resguardar la choza para nosotros,[3] que tu padre

---

[1] Hizo rodar (una pelota de) ‖kṵárrḭ́ a él. Yo pienso que debió ser ‖kṵárrḭ́; pues, ‖kṵárrḭ́ es aquello con lo que nosotros rodamos (una pelota), cuando deseamos apuntar, viéndonos a nosotros mismos, si un hombre apunta mejor que la demás gente. Por lo tanto estamos haciendo rodar (una pelota) con ‖kṵárrḭ́.
‖kṵárrḭ́ se encuentra en nuestro país en abundancia. Por lo que el puercoespín se lo come. Nosotros no lo comemos pues es venenoso.

[2] El nombre ⌊ná̰-ka-tḭ ⌊hań╪kass'ō era inexplicable. Él piensa que debe haber sido dado por los padres, cuando ⌊ná̰-ka-tḭ era todavía un niño. Después explicó que la palabra ⌊ná̰ es el nombre de un insecto que se asemeja a la langosta. Es grande y también se parece al *Acridium ruficorne*. Es rojo. Afecta los ojos de los bosquimanos. Sus ojos se cierran y se retuercen con dolor por la quemadura causada por este insecto.

[3] Ellos tenían una choza... la choza era pequeña. Probablemente tenían una choza de estera.

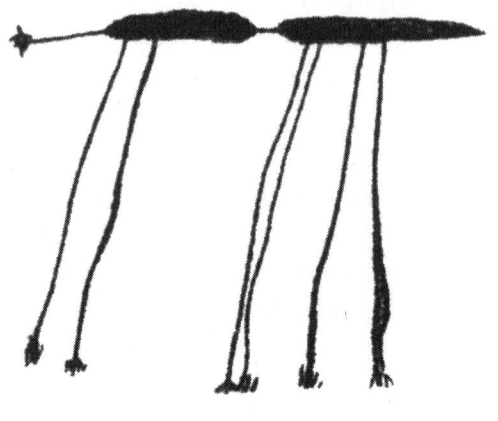

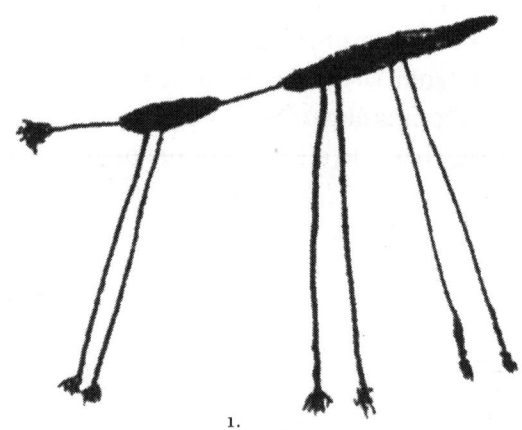

1. |kággẹn gwǎ, Mantis macho.
2. |kággẹn |āītyĭ, Mantis hembra.

Diä |kwáin, marzo de 1875.

pueda primero resguardar fuertemente la choza.⁴ Y entonces pronunciaré para ti el nombre del compañero. Y tú debes, cuando yo haya pronunciado para ti el nombre del compañero, tú debes, cuando yo soy la que ha pronunciado para ti el nombre del compañero, tú debes, cuando yo haya pronunciado para ti el nombre del compañero, tú debes correr, debes correr a casa, que tú puedas entrar dentro de la choza, mientras sientas que el viento te llevaría».

Así, el niño fue; ellos (ambos niños) fueron a rodar (la pelota) allá. Por lo que él (|nā̦-ka-tī) de nuevo, fue hacia su madre, él de nuevo, fue a preguntar a su madre el nombre del otro.

Y su madre exclamó: «Es |érritẹn-|kuan-|kuan. Él es |gā̦u-gá̦ubu-tī; él es |érritẹn-|kuan-|kuan, él es |gā̦u-gá̦ubu-tī, él es |érritẹn-|kuan-|kuan».

Por lo tanto, |nā̦-ka-tī fue a causa de esto. Fue a rodar (la pelota) allá, mientras no pronunció el nombre del otro, mientras sintió que su madre fue la que le había hablado así a él. Ella dijo: «Tú no debes, primero, pronunciar el nombre del compañero. Debes, primero, guardar silencio, aun si el compañero es quien está pronunciando tu nombre. Así, debes, cuando hayas pronunciado el nombre del compañero, correr a casa mientras sientas que el viento te llevaría».

Debido a esto, |nā̦-ka-tī fue hacia allá; ellos fueron allá a rodar (la pelota), mientras el otro fue quien pronunció su nombre (el de |nā̦-ka-tī). Mientras él (|nā̦-ka-tī) sintió que deseaba que su padre debía primero terminar de resguardar la choza. Y (cuando) él viera que su padre se sentaba, entonces él pronunciaría, después, el nombre del otro, cuando contempló que su padre había terminado de resguardar la choza.

Por lo tanto, cuando él observó que su padre había terminado de resguardar la choza, entonces exclamó: «¡Ahí va! ¡Oh |érritẹn-|kuan-|kuan! ¡Ahí va! Oh |gā̦u-gá̦ubu-tī». Y él corrió, corrió a casa; mientras el otro comenzó a ladearse, y

---

⁴ Es decir, hacer una fuerte pantalla de arbustos para la choza de estera.

el otro se cayó. Estaba recostado pateando violentamente sobre la hondonada.[5] Así, las chozas de la gente desaparecieron, el viento sopló, rompiendo sus arbustos protectores, junto con las chozas, mientras la gente no podía ver a causa del polvo. Por lo que la madre (del viento) salió de la choza[6] (es decir, de la choza del viento); su madre vino, agarrándolo para levantarlo; su madre, agarrándolo, lo puso de pie. Y él estaba poco dispuesto, (y) quería estar recostado. Su madre, agarrándolo, lo puso de pie. Así, el viento paró; mientras el viento, había, primero, mientras él estaba recostado, ocasionado que el polvo se levantara.

Por lo tanto, nosotros que somos bosquimanos, nosotros estamos habituados a decir; «Parece que el viento está recostado, pues no sopla suavemente (es decir, sopla fuerte). Pues, cuando está parado (vertical), entonces está quieto, cuando está parado; pues parece que está recostado cuando lo hace de esta manera. Su rodilla es la que hace un ruido, cuando se recuesta; pues su rodilla hace ruido. Yo he deseado que pudiera soplar suavemente para nosotros, que pudiéramos salir, que pudiéramos ascender a ese lugar allá, que pudiéramos contemplar el lecho del río que está ahí, detrás de (la colina). Pues, hemos alejado a la gacela de este lugar. Por lo tanto, la gacela ha ido allá, al lecho del río (seco) que se encuentra detrás de (la colina). Pues no tenemos una pequeña gacela en este lugar; pues, en este lugar, hemos cazado gacela dejando que el sol se ponga».[7]

---

[5] Una depresión en el suelo, a veces seca, a veces cubierta con pasto grueso y juncos, y a veces llena de agua.
[6] Su choza permaneció en pie, mientras ésta sentía que ellos mismos eran el viento.
[7] Literalmente, «habiendo puesto el sol».

El viento

El Viento[8] (es decir, el hijo del Viento) era antes un hombre. Se convirtió en pájaro.[9] Y él estaba volando, ya no caminaba más, como solía hacerlo; pues él estaba volando, y habitaba en la montaña (esto es, en una cueva de la montaña). Por lo tanto, él estaba volando. Él era antes un hombre. Por lo tanto, antes estaba rodando (una pelota); estaba moviéndose rápidamente; mientras él sentía que él era una persona. Él se convirtió en pájaro; y él estaba volando, y él habitaba en una cueva de la montaña. Y él estaba saliendo de ésta, voló alrededor y regresó a ella. Y él vino a dormir dentro de ella; y él, despertando temprano, sale de ella; se va volando, de nuevo, se va volando. Y él de nuevo regresa, mientras él siente que él ha encontrado comida. Y él come, por ahí, por ahí, por ahí, por ahí, él de nuevo regresa.

[Esta curiosa creencia de que el viento tiene ahora la forma de un pájaro, estaba aún vigente entre los bosquimanos, y lo siguiente bastará para mostrarlo:]

El Hombre del Humo[10] fue quien primero me habló sobre el viento, cuando aún vivía con su maestro, Jacob Kotzé.[11] Él dijo que Haarfontein fue el lugar donde había visto el viento;[12] mientras su nombre bosquimano es ǂkōā̃χa; mientras su nombre, (por) el que los europeos lo llamaban, es Haarfontein.

El Hombre de Humo espió al viento en la montaña de Haarfontein. Lanzó una piedra al viento, mientras creía que éste

---

[8] El joven viento sopló, mientras el joven viento sintió que sus padres parecían haber soplado antes; pues ellos eran el viento. Por lo que ellos soplaron. Pues la gente no me dijo sobre los padres del viento; pues ellos apenas hablaban conmigo acerca del joven viento.

[9] El Viento era antes una persona; se convirtió en pájaro. Por lo tanto, está envuelto en *stuff*. Su piel es aquella a la que llamamos *stuff*.

[10] ǁgöö-ka-ǀkui, o «Witbooi Torren», era el hijo de ǁkhabbo («Oud Jantje Tooren») y su esposa, ǀkuábba-an (n.e.b.) («Oude Lies»). ǀhanǂkass'ō solía enseñar a «Witbooi» cómo cazar gacelas.; él siendo ya grande mientras «Witbooi» aún era un niño.

[11] Jacob Kotzé es un *Bastaard*. Solía vivir en «Hartus Kloof».

[12] Las montañas de Haarfontein en las que él vio al Viento.

era un |ku̯e̥rre |ku̯e̥rre (cierto pájaro). Entonces el viento estalló en cólera. Por lo que el viento no sopló suavemente; el viento levantó el polvo, porque él había lanzado una piedra al viento. El viento levantó el polvo, y se fue. El viento fue a una cueva de la montaña, y el viento estalló; el viento no sopló suavemente.

Y él (el Hombre de Humo), asustado, se fue a casa; fue a sentarse debajo de los arbustos de la choza,[13] mientras que no miró a las ovejas. Las ovejas[14] por sí mismas regresaron, mientras él se sentó bajo los arbustos (de la choza); mientras sintió que no percibió a las ovejas a causa del polvo. Por lo que fue a sentarse bajo los arbustos (de la choza), se sentó cerca bajo los arbustos que protegen la choza, mientras sintió que el lugar era frío. Así, él se sentó bajo los arbustos (de la choza), mientras sintió que se sentó calentándose. Y él se levantó después, él trajo las ovejas[15] al corral, mientras él sintió que el sol se había puesto. Así, él de nuevo fue a sentarse bajo los arbustos (de la choza), mientras deseó que su madre fuera quien le trajera comida.[16] Cuando trajo las ovejas al corral fue a sentarse bajo los arbustos (de la choza). Fue a sentarse bajo los arbustos de la choza, mientras su madre, que trabajaba ahí,[17] ella era quien le traería comida. Por lo tanto, él se sentó bajo los arbustos (de la choza), mientras deseaba recostarse.

De esta manera, su madre trabajó (y) trabajó, su madre le trajo comida. Así, él se comió esta pequeña comida, se recostó; mientras sintió que los *Bastaards* no acostumbran dar comida

---

[13] Es decir, los arbustos rotos y utilizados para proteger la choza de estera.

[14] Las ovejas Africander (aquellas con las colas gruesas) regresarán a casa solas (dice |haṅ‡kass'ō); mientras que las ovejas Va'rland no regresarán a casa solas, sino que permanecerán donde fueron dejadas.
|k'öä o «Moff» son los nombres para las ovejas Va'rland, y |ge̅i o «Kaap Shaap» son los de las ovejas Africander.

[15] Las ovejas se pararon sobre un lugar descubierto (no cerrado), las ovejas de los *Bastaard*. Por lo tanto, el pastor mora (es decir, tiene su choza) de este lado de las ovejas; el vagón se encuentra en ese (el opuesto) lado de las ovejas, mientras que las ovejas se encuentran en medio.

[16] Él era (en ese momento) un niño.

[17] Trabajaba con el maestro, con el *Bastaard*.

libremente. «Silla» era quien daba comida libremente, la esposa de Jacob Kotzé, mientras ella sentía que era una (mujer) bosquimana; ella habla (el lenguaje) de los bosquimanos. Nosotros acostumbrábamos, estando satisfechos, dejar la comida que ella nos había dado. Yo solía vivir con ella (es decir, en su casa). Silla (y) Jacob Kotzé, ellos son con quien yo solía vivir.

Fotografía de un bosquimano de la hierba.
Tomada en Ciudad del Cabo, 1880.

IIIa.- 35.L. ‡KÁGÁRA[18] Y |HAŨNU, QUIENES PELEARON ENTRE SÍ CON RAYOS

Ellos antes, ‡kágára antes fue a buscar a su hermana mayor, fue para llevársela; fue para llevársela lejos de |haũnu;[19] y él la llevó con sus padres.

|haũnu persiguió a su cuñado, él pasó por detrás de la colina.

Vinieron las nubes, nubes que eran desiguales en belleza (literalmente, «nubes que no son hermosas como ellas»); ellas desaparecieron.

‡kágára dijo:[20] «Tú debes seguir caminando». Su hermana menor caminó, cargando (un bulto pesado de) cosas, las cosas de (su) esposo. Él (‡kágára) dijo: «Tú debes seguir caminando; pues la casa no está cerca». |haũnu pasó por detrás (de la colina).

Vinieron las nubes, las nubes desaparecieron.

‡kágára dijo: «Tú debes seguir caminando, pues tú eres la que ve». Y él, porque la casa estaba más cerca, exclamó: «¡Sigue caminando! ¡Sigue caminando!» Él esperó a su hermana menor; su hermana menor se paró a su lado. Él exclamó; «¿Qué cosas[21] pueden ser éstas, que tú debes cargar pesadamente?»

---

[18] (Éste) es un pájaro; (éste) es un pequeño pájaro; se asemeja al *Lanius Collaris* (un *Butcher-Bird*).

[19] (Éste) es un hombre; (éste) es la Lluvia. Pienso que (él) debió haber sido un Hechicero de la Lluvia. Su nombre se asemeja al (a aquél del) moco que acostumbramos soplar fuera de nuestra nariz, el que es grueso, el que los bosquimanos llaman |haũ|haũn.

[20] A su hermana menor.

[21] Las cosas que la esposa cargaba se asemejaban al agua; ellas, de esta manera, la empujaban; mientras ellas sentían que no eran agotadoras, ellas lo hicieron de esta manera (es decir, se bamboleaba hacia delante), detrás de su espalda.

ǀkʼò ǀā́ıti, grulla del paraíso, hembra.   ǀkʼò gwā́ı, grulla del paraíso, macho.

ǀhánǂkass'ō, 2 de marzo, 1879.

Tóï ǀā́ıti, avestruz hembra.

ǀhánǂkass'ō, 20 de enero de 1879.

Entonces ǀhaũnu estornudó a causa de esto;²² salió sangre de sus fosas nasales; furtivamente lanzó un rayo a su cuñado. Su cuñado lo eludió rápidamente,²³ su cuñado también, furtivamente, le lanzó un rayo. Él eludió a su cuñado rápidamente. Su cuñado también le lanzó un rayo. Él (ǂkágára) dijo: «Tú debes venir (y) caminar cerca de mí; pues tú eres la que ve que tu esposo no nos da tiempo; pues él no lanza rayos de uno en uno».

Ellos (ǂkágára y ǀhaũnu) se enfadaron el uno con el otro. ǀhaũnu ha pensado que debe ser él quien lance rayos para batir a ǂkágára. ǂkágára era el fuerte (literalmente «no era ligero», o «no se sentía ligero»), él continuó eludiendo al esposo de su hermana menor, ǀhaũnu. El esposo de su hermana menor también le estaba lanzando rayos; lanzaba rayos a su cuñado. Luego, furtivamente lanzó rayos negros²⁴ a su cuñado, él, lanzando rayos, lo batió (y lo llevó a una corta distancia).

Así, el esposo de su hermana menor yacía moribundo; él, de esta manera, quedó fulminado,²⁵ mientras ǂkágára ató su cabeza²⁶ con la red, él regresando, llegó a casa.

Él fue a recostarse en la choza, mientras ǀhaũnu yacía fulminado;²⁷ él quedó fulminado allá, mientras ǂkágára fue a recostarse

---

²² ǀhaũnu fue aquél de cuyas fosas nasales salió sangre cuando intentó estornudar. Estornudó a causa de sus cosas, a las cuales ǂkágára hizo de esta forma (es decir, las sintió bruscamente).
²³ En la palabra ǁkhábbe(t) la t apenas es pronunciada. El significado de esta palabra es explicado por el narrador de la siguiente manera: «(Él) elude a su cuñado (moviendo su brazo). Eludir es cuando otras personas están peleando contra sus compañeros con sus puños. Eludir es aquello que ellos no acostumbran hacer, agitan un brazo, mientras esquivan el brazo del otro. Él (ǂkágára) eludió el rayo del otro».
²⁴ Los rayos negros son los que nos matan, los que no vemos venir; se parecen a una pistola, nosotros apenas nos asustamos por los truenos de las nubes, mientras el otro hombre yace, yace marchitado.
²⁵ Mientras yacía.
²⁶ Se le abría la cabeza (del dolor); tenía un dolor de cabeza agudo.
²⁷ Fulminar es ǀkuérrīten; pero el narrador explicó que ǀkēǀkēya tà aquí significa «yacer fulminado»; e ilustró la expresión diciendo que «los bosquimanos no acostumbran decir que la gacela es una que yace balando; no está dispuesta a morir rápidamente».

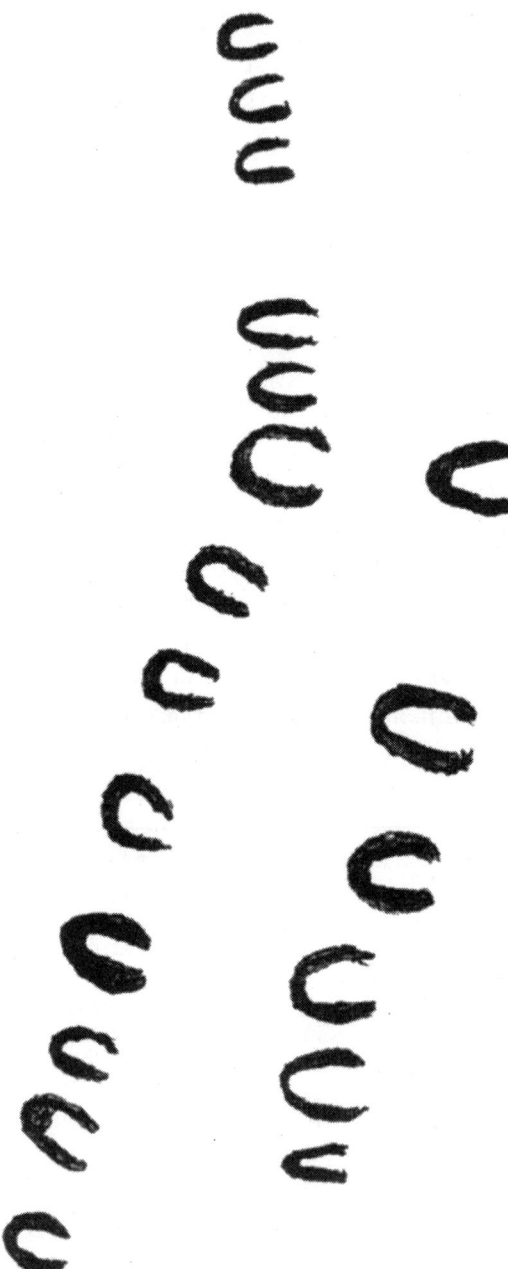

‖néi-‖néi, chozas (chozas bosquimanas).

!hantkass'ó. 8 de septiembre de 1878.

después de frotarlos (es decir, a sí mismo y a su hermana menor) con buchú,[28] buchú, buchú, buchú, él se recostó.

Nota del narrador

Mis abuelas solían decir: «⧧kǫ́gára y su compañero son aquéllos que pelean en el este, él y |haũnu».

Cuando las nubes eran gruesas, y las nubes, cuando las nubes eran gruesas, y las nubes estaban en este lugar, y las nubes se asemejaban a una montaña, entonces era cuando las nubes lanzaban rayos, a causa de ello. Y mis abuelas solían decir; «Es kagara con |haũnu».

[28] Se dice que el buchú es (en el *Webster's International Dictionary* de 1920) «Un arbusto sudafricano (Barosma)».

IV. *Fábulas animales*

IV.- 27.B. LA VENGANZA DE LA HIENA
Primera versión

La Hiena fue quien se dirigió a la casa del León, luego, engañó al León; mientras él sintió que el León había actuado mezquinamente hacia él con la carne de quagga;* por lo que el León fue a la casa de la Hiena cuando la Hiena estaba ahí, hirviendo en la olla de la Hiena; la Hiena hervía carne de avestruz dentro de ésta.

Así, la Hiena le ofreció sopa al León; el León agarró la olla, mientras la olla estaba caliente; la Hiena también agarró la olla con sus manos; la Hiena dijo: «¡Oh León! Permíteme verter sopa al interior de tu boca». La Hiena vertió sopa dentro de la boca del León; luego, colocó la boca de la olla sobre la cabeza del León, mientras la olla estaba caliente; la sopa quemaba los ojos del León; la sopa también quemó el interior de su boca. Luego tragó sopa caliente con su garganta, tragó, provocando su muerte con sopa caliente; él murió mientras su cabeza estaba dentro de la olla.

La Hiena tomó la vara de la Hiena, la Hiena lo estaba golpeando con su vara, mientras su cabeza estaba dentro de la olla; la Hiena lo estaba golpeando; la Hiena golpeó partiendo la olla en dos; mientras la Hiena sintió que la Hiena lo había engañado; por lo que él vino hacia la Hiena.

La Hiena lo mató con sopa caliente; mientras él sintió que la olla estaba sobre el fuego; él quitó la olla del fuego mientras sintió la intención de quemar al León hasta matarlo con el calor de la sopa; mientras tanto, él sintió que el León había sido mezquino con la carne de quagga; por lo que él lo engañó con la carne

---

* Mamífero africano extinto. (N. de la T.)

de avestruz mientras sintió que tenía la intención de poner la cabeza del León dentro de la olla; así, lo engañó; mientras él sentía que se había casado con una Hiena hembra, él también es una Hiena macho. Debido a esto, él es un «Brazo Podrido».[1]

El León también se casa con una Leona, siendo que el León es un León macho. También la Hiena se casa con una Hiena hembra, ya que la Hiena es una Hiena macho. El leopardo también se casa con un leopardo hembra, siendo que el leopardo es un leopardo macho. El guepardo[2] se casa con un guepardo hembra, ya que el guepardo es un macho.

Segunda versión

La Hiena fue quien se dirigió a la casa del León, luego, el León actuó mezquinamente hacia la Hiena. En seguida, la Hiena se enojó por esto, por lo que la Hiena engañó al León diciéndole que él también debía venir a su casa. La Hiena dijo: «¡Oh León! Debes visitar mi casa»; mientras él sintió que engañaba al León; debido a esto el León visitó su casa; fue a engañar al León con sopa.

La Hiena dijo: «Acostumbro verter sopa dentro de la boca de este niño, también vierto sopa dentro de la boca de este niño. También vierto sopa dentro de la boca del niño; también vierto sopa dentro de la boca de mi esposa».

De esta manera él vertió sopa dentro de la boca del León, puso la cabeza del León dentro de la olla, mientras sintió que puso toda la cabeza del León dentro de la olla; que él podía matar por completo al León con el calor de la sopa; mientras que él siente que es una Hiena que engaña a otras personas; él habla, por lo que habla con el León sobre esto. El León también habla; hablaban entre ellos; por lo que el León asentía, pues él tam-

---

[1] Esta expresión se utiliza para denotar a una persona que actúa tacañamente con respecto a la comida.
[2] *Felis jubata*.

bién es un León tonto, porque es un León que mata gente; él también come gente. La Hiena también mata gente, mientras la Hiena siente que él también come gente; por lo que la Hiena mató a la vieja mujer.[3]

Así, la Hiena tomó la vara, derribó al León, mientras la cabeza del León estaba dentro de la olla; lo golpeó con la vara mientras sintió que el León moría cuando su cabeza estaba dentro de la olla.

---

[3] Ésta es una alusión a un cuento popular bosquimano. Ver la página 80 del «*Brief Account of Bushman Folk-lore and other Texts*» del Dr. Bleek, Ciudad del Cabo, 1875.

IV.-28A.B. EL LEÓN CELOSO DE LA VOZ DEL AVESTRUZ

«*Ésta es la historia de los Leones y el Avestruz*»

Y los leones conspiraron[4] juntos para poder engañar al avestruz; pues, las mujeres[5] acostumbraban, con respecto al Avestruz, sólo alabar al Avestruz por su bello rugido; las mujeres no los alababan a ellos. Y ellos (los leones), hablando, dijeron: «¿Cómo debemos engañar?» Y otro León respondió, dijo: «Debemos decir a las mujeres que hagan un (juego de) ǂgébbĭ-ggŭ,[6] y así podremos ver si las mujeres harán de nuevo lo que acostumbran hacer; cuando ellas sólo admiran al Avestruz; que podremos realmente ver si es verdad que las mujeres admiran al Avestruz. Veremos lo que hará el Avestruz». Y otro León habló, dijo: «¿Por qué será que el avestruz tiene un rugido tan bello (literalmente, "no hace un pequeño rugido dulcemente")?» Y el León respondió, dijo: «El avestruz ruge con sus pulmones; y así su garganta suena de esa manera, el frente de su pecho. Tú ruges con la boca; por lo que tú no ruges bellamente».

---

[4] El León era un hombre, el Avestruz era un hombre también en el tiempo en el que el León pateó el ǁháttẹn-ttŭ del Avestruz; cuando llamaron (dentro) al ǂgébbĭ-ggŭ. Así, la uña del avestruz se pudrió, mientras sintió que él (el Avestruz) había pateado la ǀuañ-ttŭ del León. Por lo tanto, se pudrió. De esta manera, la gente dice que es (de) la uña del León, refiriéndose a la cicatriz ahí en el ǁháttẹn-ttŭ del Avestruz.

[5] Las mujeres de las avestruces y de los leones.

[6] El ǀgóǫ o ǂgébbĭ-ggŭ entre los bosquimanos de la hierba.

Ellos (los bosquimanos de la hierba) rugen [como el avestruz macho]; las mujeres les aplauden; ellos (los hombres) rugen. Y esta mujer sale (del baile), ella se para [fatigada], mientras otras dos personas (es decir, otras dos mujeres) se meten entre los hombres, mientras los hombres rugen. Rugen dulcemente, mejor que nadie, pues sus gargantas suenan como si fueran de avestruces reales; las mujeres son quienes cantan, mientras que los hombres rugen.

El otro León respondió, dijo: «Debemos hacer un (juego de) ǂgébbi-ggŭ, que ustedes puedan matar al Avestruz, que puedan sacarle los pulmones al Avestruz, que puedan comérselos; y, cuando se hayan comido los pulmones del Avestruz, rugirán como el Avestruz».

Y los leones hablaron, dijeron a las mujeres: «Hagan un (juego de) ǂgébbi-ggŭ». Ellos escucharán si es verdad que el Avestruz ruge bellamente.

Debido a esto, las mujeres hicieron un (juego de) ǂgébbi-ggŭ; y el León rugió. El Avestruz aún estaba allá en su casa; el León rugió; las mujeres no le aplaudieron al León porque sintieron que el León no rugió bien; y continuaron mirando al León; y el Avestruz vino; y el Avestruz rugió, sonando distante. Y las mujeres exclamaron: «Desearía que el León rugiera de esta manera, pues suena como si hubiera metido su cola dentro de la boca, mientras que el Avestruz ruge de una manera resonante».

Y el León, respondiendo, dijo: «¿Es que no ves que las mujeres actúan de esta manera hacia el Avestruz? Y sólo es el Avestruz a quien adoran, pues él posee este dulce rugido. Las mujeres sólo lo adoran a él».

Debido a esto, el otro León se enfadó; es decir, porque el Avestruz era a quien las mujeres adoraban; parecía como si él se fuera a ir; y él rasgó la ǁháttẹn-ttŭ del Avestruz; la rasgó, rompiéndola. Y gritó: «¿Es ésta una cosa que ruge dulcemente?» mientras pateaba la ǁháttẹn-ttŭ del Avestruz. Y el Avestruz también se volvió rápidamente. Y el Avestruz también pateó, rompiendo su luañ-ttŭ; y el Avestruz, hablando, dijo: «Esta persona, es su luañ-ttŭ, él está enfadado conmigo, porque él es quien acostumbra retener la cola en su boca cuando ruge; es por eso por lo que las mujeres no lo adoran a él; en tanto que las mujeres sienten que él no ruge bellamente para las mujeres. Es por esto por lo que las mujeres no están dispuestas a hacerle un ǂgébbi-ggŭ; las mujeres sienten que él no ruge, sonando como yo; en tal caso las mujeres lo hubieran adorado».

!khwǎ kǎ χóro, o toro de agua

(Un animal del que se dice vive en el agua, y que ha de ser capturado por los hechiceros y llevado por el campo cuando quieren hacer que llueva).

Diá!kwáin, mayo de 1875.

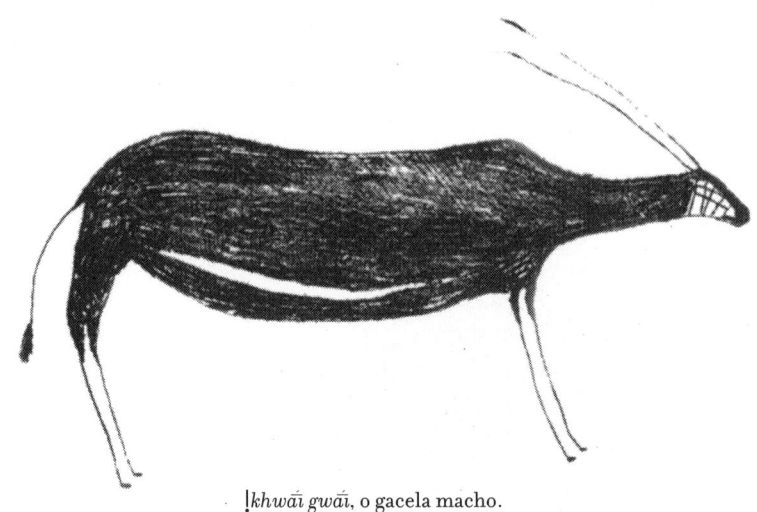

ǃkhwãĩ gwãĩ, o gacela macho.

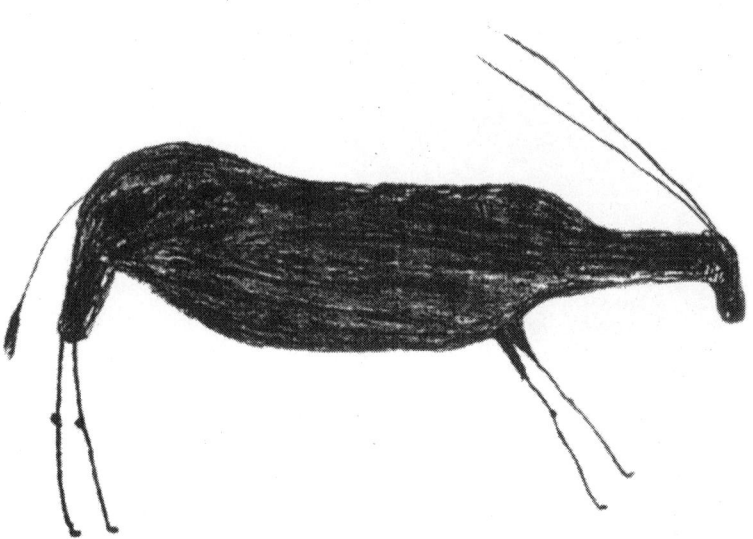

ǃkhwãĩ ǀãĩyĩ, o gacela hembra.

Diä ǃkwáin, abril de 1875.

Así, mi abuelo habló, nos dijo[7] que nosotros también debemos hacer como antes el León hizo al Avestruz, cuando mató al Avestruz; se comió los pulmones del Avestruz, mientras deseaba poder rugir como el Avestruz. Por lo tanto, se comió sus pulmones.

Mi abuelo también nos dio los pulmones del Avestruz para comer, que también nosotros debíamos parecernos al Avestruz; y nosotros hablamos, preguntamos a nuestro abuelo si debíamos cocinar los pulmones del Avestruz; y nuestro abuelo habló, nos dijo que no debíamos cocinar los pulmones del Avestruz; pues nosotros, de esta manera, debíamos comer los pulmones del Avestruz, comerlos crudos. Que si nosotros comiéramos los pulmones del Avestruz cuando éstos estuvieran cocinados, no rugiríamos como el Avestruz, si los comiéramos cocinados. Nuestro abuelo, hablando, nos dijo que no debemos masticar los pulmones del Avestruz, los debemos tragar mientras están enteros. Ya que debíamos, si hubiéramos masticado los pulmones del Avestruz, debíamos no rugir, sonando como el Avestruz, si los hubiéramos masticado.

Y nuestro abuelo, hablando, dijo: «Ustedes deben venir y pararse por aquí, que yo pueda cortar los pulmones del Avestruz, que yo podría estar dándoselos a ustedes, que ustedes podrían estar tragándoselos». Y nosotros, respondiendo, dijimos: «¡Oh mi abuelo! No deseamos comer los pulmones del Avestruz cuando están crudos». Y nuestro abuelo contestó que nosotros también deseamos parecernos al León; él primero se enojó con el Avestruz por el bello rugido del Avestruz. Nosotros también debemos estar acostumbrados si escuchamos que nuestros compañeros rugen, sonando dulcemente; debemos enfadarnos con nuestros compañeros cuando escuchemos que rujan, sonando dulcemente; debemos pelear con ellos si sentimos que las mujeres no nos aplauden. Entonces, nos enfadamos. Estamos peleando con ellos porque estamos enfadados debido a que las mujeres no nos aplauden.

[7] «Nosotros que somos niños pequeños», explica el narrador.

Traducción de las notas

El León era un hombre, el Avestruz era un hombre también en aquel tiempo cuando el León pateó la ‖hátten-ttŭ del Avestruz; cuando estaban llamando al ǂgébbĭ-ggŭ. Por lo que la uña del Avestruz se pudrió; mientras sintió que había pateado la lṵăñ-ttŭ del León. Es por eso por lo que se pudrió. Debido a esto, la gente acostumbra decir que la cicatriz que está ahí sobre la ‖hátten-ttŭ del Avestruz es la uña del León.

En el tiempo cuando el León no había matado al Avestruz, fue cuando ellos hicieron pelear al ǂgébbĭ-ggŭ. Después, él mató al Avestruz y se comió al Avestruz; fue en otro tiempo cuando se comió al Avestruz; e hizo del Avestruz «una cosa comestible»; es por eso por lo que la gente vieja dice que el León es una cosa que está habituada, cuando ha matado un Avestruz, él no está dispuesto a irse con miedo, abandonando al Avestruz; pues, él está habituado, aunque nosotros le hablemos con mucho enfado, él no está dispuesto a irse con miedo, abandonando al Avestruz. Porque él estaría muy enfadado con nosotros, si tan sólo pensáramos en alejarlo.

IV.-34.B. LA RESURRECCIÓN DEL AVESTRUZ

Un bosquimano mata un Avestruz que estaba protegiendo sus huevos; se lleva al Avestruz a su casa. Y su esposa le quita las plumas cortas que se encontraban dentro del nido, pues estaban llenas de sangre; ella va a ponerlas (en los arbustos). Ellos se comen la carne del Avestruz.

Un pequeño remolino de aire se acerca a ellos; éste hace volar las plumas del Avestruz. Hace volar una pequeña pluma de Avestruz que tiene sangre sobre ella; la pequeña pluma vuela por el cielo. La pequeña pluma cae del cielo, ésta, habiendo girado cae, cae dentro del agua, se moja en el agua, está consciente, yace dentro del agua, se convierte en carne de Avestruz; le salen plumas, se pone sus alas, toma sus piernas mientras yace en el agua. Sale caminando del agua, se regodea bajo el sol en la orilla del agua, pues es todavía un avestruz joven. Sus plumas son plumas jóvenes (cálamos); pues sus plumas son plumas pequeñas. Son negras, pues es un pequeño avestruz macho. Él seca (sus plumas) recostándose sobre la ribera, para que más tarde pueda irse, cuando sus plumas estén secas, que él pueda caminar desentumeciendo sus piernas. Pues ha estado en el agua; que él pueda caminar fortaleciendo sus pies, pues piensa que sus pies deben estar en zapatos firmes (de Avestruz), porque sus pies se han vuelto fuertes. Mientras él camina fortaleciendo sus pies, se recuesta, endurece su pecho, que su esternón pueda convertirse en hueso. Se va caminando, come arbustos tiernos, ya que es un Avestruz joven. Traga plantas jóvenes que son pequeñas, ya que es un Avestruz joven. Fue su pequeña pluma la que se convirtió en Avestruz, fue aquella que el viento hizo volar, mientras el viento era un pequeño remolino de aire; él piensa en el lugar donde había rascado la tierra; se permite crecer, que debe primero estar crecido para después poder, recostado (por cierto), ir a su vieja casa, donde murió yaciendo ahí, que pueda ir a rascar en la vieja casa,[8] mientras él va a buscar a sus esposas. Él añadirá (a las dos previas) un nuevo Avestruz «hembra»; debido a que él murió, se casará con tres esposas avestruz. Porque su esternón es hueso, él ruge, endureciendo sus costillas, que sus costillas puedan convertirse en hueso. Luego, rasca (una casa), pues él, durmiendo (por cierto), llega a la casa; rugiendo ruge a las esposas avestruz, que las esposas avestruz puedan venir hacia él. Así, el rugido llama, que él pueda percibir que las avestruces hembras vengan hacia él; y él se encuentra con ellas, que pueda correr alrededor de las hembras, pues él ha estado muerto; él, muriendo dejó a sus esposas. Él mirará las plumas de sus esposas, pues las plumas de sus esposas parecen estar bien.

Cuando él ha fortalecido su carne se siente pesado, pues sus piernas son largas, sus rodillas son grandes; ha crecido grandes plumas, ya que los cálamos son grandes plumas; estas plumas se vuelven fuertes, son plumas viejas. Así, ruge fuertemente pues las costillas son grandes. Y él es un Avestruz adulto; las plumas de sus alas son largas. Él piensa que rascará, que las hembras pondrán huevos; pues sus uñas son duras, ellas quieren rascar; pues él trae a las hembras a la casa. Las hembras comen paradas. Entonces, él retrocede y rasca, mientras las esposas avestruces comen ahí. Él primero va a rascar secando la casa, ya que está húmeda, que el interior de la casa pueda secarse. Los avestruces hembra deben mirar la casa; una esposa avestruz se recuesta para probar la casa, prueba la casa para ver si es bonita; ella primero duerme fuera de la casa, pues el interior de la casa está mojado ya que la lluvia había caído recientemente. De la misma manera, todos ellos se recostaron fuera de la casa, durmieron fuera de la casa. Ella debía recostarse para suavizar la tierra dentro de la casa; ella se recues-

---

[8] Haciendo la nueva casa sobre la vieja.

ta, suavizando la tierra de la casa, que el interior de la casa debe estar seco, para que otra hembra venga y ponga un huevo dentro del interior de la casa, la cual está seca, pues la tierra de la casa está mojada. Ella va a recostarse fuera de la casa. Otra hembra regresa de nuevo, viene a poner un huevo nuevo; ella viene a batir sus alas en la casa, pues dos pequeños huevos yacen (ahí); ella, de nuevo, va a dormir fuera de la casa. Todas las hembras duermen en la casa. Él, galopando en la oscuridad, lleva a las hembras a la casa; él debe, corriendo, llevar a las hembras a la casa; todos ellos llegan caminando a la casa. Otra hembra, una distinta, pone otro huevo; ellas, una vez más batiendo sus alas, lo picotean. Él saca a las hembras; él se recuesta dentro de la casa. Estas hembras, siguiéndose una a otra, lo alcanzan en la casa; lo mandan fuera; todas ponen huevos. Él se va, ya que se aleja para comer. Dos esposas yacen en la casa; otra esposa también va con él, van a comer juntos; se duermen. Las dos esposas duermen en la casa. Ellos dos (el macho y la hembra) regresan temprano, deben sacar temprano a las dos esposas, las cuales se habían recostado en la casa. La esposa que había estado con él, pone otro huevo; las esposas se van, todas ellas, mientras él se recuesta, que él pueda dormir en la casa. Ahuyentará al chacal, cuando piense que el chacal venga por los huevos, el chacal empujará los huevos. Es por esto por lo que él cuida los huevos, pues ellos son sus hijos. Así, él también los cuida, para que pueda ahuyentar al chacal, que el chacal no pueda matar a sus hijos, que él podrá patear al chacal con sus pies.

IV.-43.L. LOS BUITRES, SU HERMANA MAYOR Y SU ESPOSO

Los buitres hicieron a su hermana mayor de una persona;[9] vivían con ella.

Cuando el esposo de su hermana mayor[10] trajo una gacela (a casa) los buitres se la comieron. Y el esposo de su hermana mayor los maldijo, él los reprendió.

Y su[11] hermana mayor tomó la piel de la gacela, la cocinó. Su hermana mayor hirvió la piel de la gacela, su hermana mayor la sacó (de la olla).

Y ellos estaban agarrando[12] los pedazos de piel,[13] se los tragaron. El esposo de su hermana mayor los reprendió, pues ellos, de nuevo, se comieron la piel de gacela con su hermana mayor, cuando se acababan de comer el cuerpo de la gacela, ellos, una vez más, se comieron la piel de gacela con su hermana mayor.

Y ellos le temían al esposo de su hermana mayor, se fueron, se fueron en todas direcciones, ellos, de esta forma, se sentaron. Y vieron al esposo de su hermana mayor, lo miraban a escondidas.

El esposo de su hermana mayor se fue de cacería. Él, de nuevo, fue (y) mató una gacela; la trajo a casa, colgada en su espalda.[14]

---

[9] Fue una mujer a la que hicieron su hermana mayor. La mujer era una persona de la raza temprana.

[10] Un hombre de la raza temprana era (él).

[11] lhaṅ‡kass'ō explica la forma singular del pronombre, así, de la siguiente manera: «La hermana mayor era una, ellos eran muchos».

[12] Yo creo que fue (con) sus manos, si es que no estaban agarrando cosas con sus bocas; pues ellos volaron.

[13] Su hermana mayor era quien les había estado dando la piel de gacela.

[14] Cargó la gacela.

De nuevo, ellos vinieron (y) se comieron la gacela. El esposo de su hermana mayor los reprendió. Ellos se movieron de ahí, se sentaron.[15]

Su hermana mayor cocinó la piel de gacela; la hirvió. Su hermana mayor les estaba dando pedazos de piel, ellos la tragaban.

Por la mañana, el esposo de su hermana mayor dijo que su esposa debía ir con él; ella debía comer todo en el terreno de cacería, pues sus cuñadas más chicas acostumbraban comerse la gacela. Por eso la esposa debía ir con él. Así, la esposa fue con él.

De esta forma, ellos,[16] cuando su hermana mayor se había ido, salieron de la casa,[17] se sentaron fuera de la casa[18] y, juntos, conspiraron sobre esto. Dijeron, este otro dijo: «Tú debes ascender, y después tú debes venir y decirnos cómo es el lugar». Y otro dijo: «Hermana menor[19] debe ser la que lo intente; y luego debe contarnos». En seguida, un Buitre que era una pequeña niña Buitre, se levantó, ella ascendió.

Ellos dijeron: «Permítenos, que podremos ver lo que hermana menor hará». Entonces, ella se fue, desvaneciéndose en el cielo, ellos ya no la veían más.

Se sentaron; estaban esperando la hora en que su hermana menor descendiera. Luego, su hermana menor descendió (literalmente, «cayó») del cielo, ella (vino y) se sentó en medio de ellos.

Y ellos exclamaron: «¡Ah! ¿Cómo es el lugar?» Y su hermana menor dijo: «Nuestra compañera[20] que está aquí debe ascender, para que pueda ver. Pues el lugar parece uno donde nosotros debiéramos ver algo, cuando estamos arriba».

---

[15] Cuando la carne se había terminado; se habían comido toda la carne.
[16] Los Buitres.
[17] La casa de su hermana mayor, en la que habían estado viviendo con su hermana mayor.
[18] Sintieron que eran personas.
[19] Una niña pequeña.
[20] Su hermana mayor era de la que ella hablaba.

Entonces, su hermana mayor que era una niña grande, se levantó, descendió, se fue, desvaneciéndose en el cielo. Ella descendió, se sentó en medio de las otras personas.[21]

Y las otras personas dijeron: «¿Cómo es el lugar?» Y ella respondió: «No hay nada malo con el lugar, pues el lugar está despejado. El lugar es hermoso; yo contemplo todo el lugar; las raíces de los árboles,[22] yo las contemplo; el lugar parece uno en donde podríamos ver una gacela, si una gacela estuviera echada bajo un árbol; pues el lugar es hermoso».

Entonces, todos juntos se levantaron, todos ellos, ascendieron hacia el cielo,[23] mientras deseaban que su hermana mayor comiera; pues el esposo de su hermana mayor los reprendió.

Por lo tanto, cuando ellos observaron que el esposo de su hermana mayor se acercaba, comieron apresuradamente. Ellos dijeron: «¡Deben comer! ¡Deben comer! ¡Deben comer apresuradamente! Pues aquel maldito hombre que viene ahí no puede tolerarnos». Y ellos terminaron la gacela, se fueron volando, volaron rápidamente, y así, ellos apearon ahí; mientras el esposo de su hermana mayor venía a recoger los huesos.

Ellos, cuando vieron una gacela, descendieron, y su hermana mayor los miró, su hermana mayor los siguió.[24] Ellos comieron, (ellos) comieron, miraban a su alrededor; dijeron: «Deben comer, deben mirar a su alrededor, deben dejar algo de comida para (nuestra) hermana mayor; deben dejar el solomillo[25]* para (nuestra) hermana mayor, cuando vean que (nuestra) hermana mayor es la que se acerca». Y ellos vieron a su hermana mayor acercarse, exclamaron: «Parece que nuestra

---

[21] Los Buitres.
[22] Grandes árboles.
[23] Mientras sintieron que se convertían por completo en Buitres.
[24] Los Buitres son aquéllos a los que nosotros seguimos.
[25] Carne; la !kuǧiten es la carne que se encuentra en el frente de la parte superior de la espina. La palabra !kuǧiten traducida aquí como «solomillo» (de acuerdo con la descripción de su ubicación), se asemeja a aquella dada para «carne de tasajo» en el dialecto katkop, por Diä!kwãin que es !kwãü.
* El solomillo es la capa muscular situada entre las costillas y el lomo en los animales de matadero. (N. de la T.)

hermana mayor realmente viene ahí, deben dejar la carne pegada a la piel de la gacela».[26] Y ellos partieron dejándola. Y cuando contemplaron que su hermana mayor se acercaba a ellos, ellos se fueron, se fueron hacia todas direcciones.

Su hermana mayor dijo: «¡Qué vergüenza! ¿Cómo pudieron actuar de esa manera conmigo? ¡Como si yo hubiera sido quien los reprendió!»

Y su hermana mayor se dirigió hacia la gacela, ella[27] la levantó, regresó a casa; mientras los buitres se adelantaron, fueron a volar por ahí, mientras buscaban otra gacela, la cual pretendían comer una vez más.

---

[26] Ellos comieron juntos la piel (con la carne).
[27] Su hermana mayor, la hermana mayor de los Buitres.

IV.- 37.L. DDǏ-χÉRRETẸN, LA LEONA Y LOS NIÑOS

Ddǐ-χérretẹn,[28] antes, cuando la Leona estaba tomando agua,[29] (cuando) ella se había ido a tomar agua allá, Ddǐ-χérretẹn sintió que la Leona fue aquélla que había juntado a los hijos de la gente, pues la Leona sintió que era una inválida a causa de (su) pecho; por lo tanto, juntó a todos los hijos de la gente, que los niños debían vivir con ella, que los niños debían trabajar para ella; pues ella estaba inválida, y no podía realizar trabajo duro.

Por lo tanto, Ddǐ-χérretẹn se dirigió a su casa, cuando ella estaba tomando agua. Ddǐ-χérretẹn fue en su ausencia a la casa, Ddǐ-χérretẹn fue hacia los niños que estaban en la casa. Ddǐ-χérretẹn fue a la casa para alcanzar a los niños. Ddǐ-χérretẹn se sentó. Y Ddǐ-χérretẹn dijo: «¡Oh niños aquí sentados! El fuego de su gente es aquel sobre el barranco que baja desde la punta (de la colina)». Entonces, dos niños se levantaron, se fueron con su propia gente.

Ddǐ χérretẹn dijo de nuevo. «¡Oh niños aquí sentados! El fuego de su gente es aquél que está debajo de la parte más alta del barranco, de este lado (de la colina)». Y tres niños[30] se fueron así, mientras se iban con su propia gente.

Y él, una vez más, dijo: «¡Oh pequeña niña aquí sentada! El fuego de tu gente es aquél que está debajo de la parte más alta del barranco, de este lado (de la colina)». Y la niña se levantó, se fue así, mientras la niña se iba con su propia gente.

---

[28] Un hombre de la raza temprana era él. Su cabeza era de piedra.
[29] Yo creo que probablemente ella sacó agua con el estómago de un antílope; pues ella mataba antílopes.
[30] Literalmente, «niños que se volvieron tres».

Fotografía de una familia bosquimana.
Tomada en Salt River en 1884.

Y dijo, otra vez: «¡Oh niños aquí sentados! El fuego de su gente es aquél que está debajo[31] de la parte más alta del barranco,[32] de este lado (de la colina)». Y dos niños se levantaron, ellos se fueron así, mientras se iban con su propia gente.

Y él, de nuevo, dijo: «¡Oh niños aquí sentados! El fuego de su gente es aquél sobre el barranco que baja desde la punta (de la colina)». Y tres niños se levantaron, ellos se fueron así; mientras se iban con su propia gente.

Y dijo él una vez más: «¡Oh niños aquí sentados![33] El fuego de su gente es aquél sobre el barranco que baja desde la punta (de la colina)». Y dos niños se levantaron, ellos se fueron así; mientras se iban con su propia gente; mientras tanto, *Ddí-χérreten* se sentó esperando a la Leona.

Y la Leona vino del agua, ella regresó. Vino mirando (la casa); no vio a los niños. Y ella exclamó (tartamudeando de rabia): «¿Por qué los niños niños niños niños, los niños no me hacen eso a mí? ¿Y los niños no juegan aquí, como están habituados a hacer? Debe ser este hombre que se sienta fuera de la casa; su cabeza se asemeja a *Ddí-χérreten*».[34]

Y ella se enojó cuando vio a *Ddí-χérreten*.[35] Ella exclamó: «*Ddí-χérreten* ¡efectivamente se sienta aquí!» Caminó hacia la casa. Ella exclamó: «¿Dónde están mis hijos?»[36] Y *Ddí-χérreten*[37] dijo: «Nuestros hijos (ellos) no son». Y la Leona exclamó: «¡Vete tú! ¡Aléjate! ¡Debes regresarme a mis hijos!» *Ddí-χérreten* dijo: «Nuestros hijos (ellos) no eran».

Y la Leona agarró su cabeza. Exclamó: «*χábbabu*» (rugiendo) a la cabeza del otro. Y ella exclamó: «¡Oh! ¡Oh cielo! ¡Oh

---

[31] Porque la casa está en el barranco (es decir, no donde corre el agua, sino entre los arbustos).
[32] Él habla de otro barranco.
[33] Sus hijos no estaban ahí; pues los niños de la gente era quienes ella tenía.
[34] Ella lo reconoció.
[35] Porque ella no vio a los niños.
[36] La traducción del narrador de *!ne !aūwaki |kauken* fue «¿Dónde están mis hijos?» pero «Dame a los niños» o «Enséñame a los niños» sería verbalmente más acertado.
[37] Porque ella no vio a los niños.

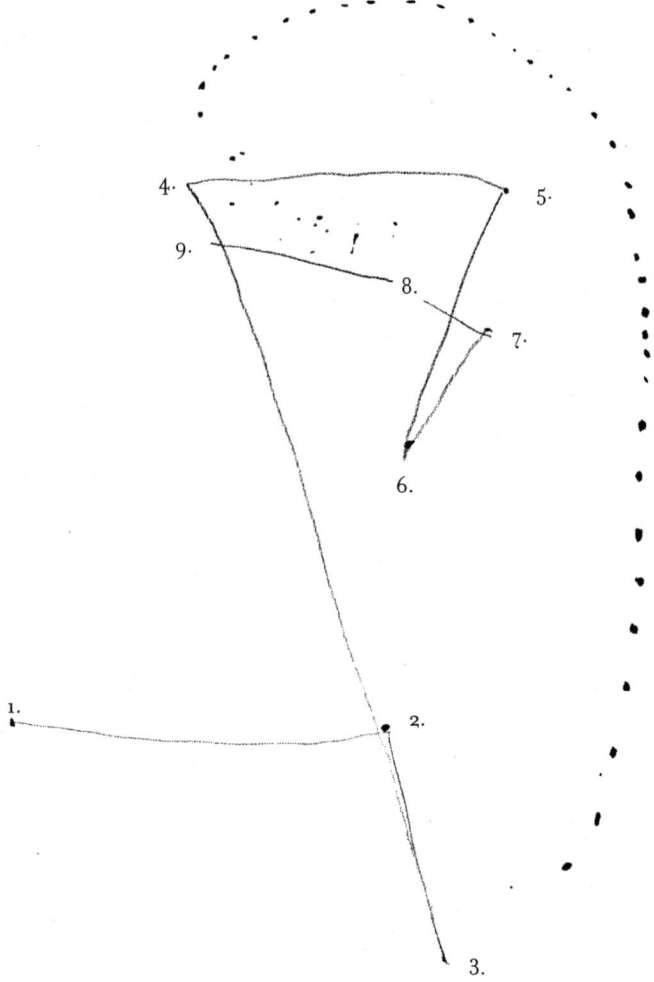

Fila de palos con plumas atadas sobre ellos, usados para la caza de gacelas, para equilibrar el juego. Las líneas representan a los bosquimanos acostados en espera.
1. De esta dirección proviene la manada de gacelas.
2. Aquí ellos van hacia la fila de palos con plumas atadas sobre ellos.
3. Aquí se para una mujer que tira polvo en el aire.
4. Este hombre, de quien son los palos, yace al frente.
5.
6.
7.   } Véase VII.- 164. L., página 235.
8.
9.

han⊦kass'õ, diciembre de 1878.

cielo! ¡Oh cielo! ¡Oh cielo! ¡Mis dientes! ¡Es por esto por lo que la gran cabeza de este maldito hombre vino a sentarse frente a mi casa!» Mientras *Ddí-x̯érret̯en* decía: «¡Te advertí que nuestros hijos ellos no eran!» La Leona exclamó: «¡Destrucción! Tú has sido aquél cuya gran cabeza vino a sentarse (aquí)». «Nuestros hijos[38] (ellos) no eran.»

Y él se levantó, regresó (a casa); mientras la Leona se sentó enfadada en su casa; pues él había venido (y) le había quitado a los niños, quienes habían estado (viviendo) en paz con ella; porque ella sentía que había sido buena con los niños; no los quería poco mientras lo hacía.

---

[38] *Ddí-x̯érret̯en* fue quien habló así.

IV. 47.L. LA AVISPA ALBAÑILA[39] Y SU ESPOSA

Antes, la Avispa Albañila[40] hizo así mientras caminaba, y (su) esposa caminaba detrás de él, la esposa dijo: «¡Oh esposo mío! ¡Mata a esa liebre para mí!». Y la Avispa Albañila dejó su aljaba; la Avispa Albañila dijo: «La liebre yace ahí».

Y la Avispa Albañila sacó una flecha; la Avispa Albañila, de esta manera, caminó agachado.[41] Y la esposa dijo: «¡Deja (tu) capa! ¿Por qué es que no estás dispuesto a dejar (tu) capa?» Así, la Avispa Albañila, caminando, aflojó los cordones de su capa; dejó su capa. Entonces la esposa dijo: «¿Por qué eres así?[42] Seguramente fue por eso que no estabas dispuesto a dejar tu capa».

Debido a esto, la Avispa Albañila caminó, volviéndose hacia un lado; apuntó a (su) esposa, disparó, golpeando la (cabeza de) la flecha en el esternón[43] de (su) esposa.

Así, (su) esposa cayó muerta. Luego él exclamó: *Yĩ ū hĩ hĩ* «¡Oh mi capoon hĩ! » (Llorando) como si no hubiera sido él quien disparó a (su) esposa. Lloró por haber hecho así, por haber disparado a su esposa; su esposa murió.

---

[39] La Avispa Albañila se asemeja a la palpares y a la libélula. Tiene un cuerpo pequeño. La Avispa Albañila vuela, y puede verse durante el verano cerca del agua; lhaṅ‡kass'ō la ha visto en nuestro jardín en Mowbray. Es más pequeña que la palpares y la libélula.

[40] Era antes un hombre; por lo tanto tenía un arco; así disparó a su esposa, cuando ni siquiera había disparado a la liebre.

[41] Acostumbramos agacharnos cuando deseamos que la liebre pueda estar yaciendo escondida en silencio (sabiendo que hay gente cerca; yaciendo inmóvil, pensando que pasará desapercibida).

[42] Se burló del hombre, de la parte media del cuerpo del hombre, el cual era esbelto; así, se burló del hombre.

[43] Es decir, rompiendo su esternón.

V. *Leyendas*

V.- 3₇.B. EL HOMBRE JOVEN DE LA RAZA ANTIGUA QUE FUE LLEVADO POR UN LEÓN MIENTRAS DORMÍA EN EL CAMPO

Un hombre joven[1] fue quien, antes, cazando, ascendió por una colina; sintió sueño; mientras se sentaba observando a su alrededor (buscando alguna presa), sintió sueño. Y pensó que primero se recostaría; pues no sentía poco sueño. ¿Por qué le habrá pasado esto hoy? Pues, anteriormente, no se había sentido así.[2]

Debido a esto se recostó; y se durmió. Mientras tanto llegó un león; éste fue al agua,[3] pues el (calor) del mediodía lo había «matado»; estaba sediento; y espió al hombre que yacía dormido; y levantó al hombre.

Y el hombre, despierto, se asustó; y vio que había sido un león quien lo había levantado. Pensó que no se movería, pues el león lo mataría a golpes si se moviera; vería primero lo que el león pretendía hacer; pues parecía que el león pensaba que estaba muerto.

Y el león lo cargó hasta un *zwart-storm*;*[4] y el león lo recostó en el árbol.[5] Y el león pensó que (seguiría) teniendo sed si se lo comiera al hombre; primero iría al agua, que podría ir a beber; vendría después a comer, cuando hubiera tomado; pues (seguiría) teniendo sed si comiera.

---

[1] Era un hombre joven de la raza temprana.
[2] Gracias a otra versión de esta leyenda, dada por ǀkwéite̥n ta ǁkēn resulta evidente que la inusual somnolencia es supuestamente causada por el león.
[3] A una fosa de agua.
* Un tipo de árbol. (N. de la T.)
[4] Descrito por el narrador como un árbol grande, el cual tiene flores amarillas y carece de espinas.
[5] El león recostó al hombre (la mitad de su cuerpo) en el árbol, en la parte inferior; sus piernas no estaban en él.

Y pisó, (presionando) la cabeza del hombre entre las raíces del *zwart-storm*; y regresó. Y el hombre giró un poco la cabeza.[6] Y el león, debido a esto, dio la vuelta; es decir, ¿por qué se había movido la cabeza del hombre, cuando primero pensó que había pisado, fijando firmemente la cabeza del hombre? Y el león pensó que no había recostado gentilmente al hombre; pues el hombre cayó. Así que de nuevo pisó, presionando la cabeza del hombre en medio (de las raíces) del *zwart-storm*. Y lamió las lágrimas que salían de los ojos del hombre.[7] Y el hombre lloró; por lo que el león lamió los ojos del hombre. Entonces, el hombre sintió que una vara[8] hacía un agujero nada pequeño en la parte de atrás de su cabeza; y el hombre giró la cabeza un poco; mientras miraba constantemente[9] al león, giró su cabeza un poco. Y el león miró (para ver) por qué parecía que el hombre se había movido. Y lamió las lágrimas de los ojos del hombre. Y el león pensó que pisaría, presionando a fondo la cabeza del hombre, que así podría ver realmente si había sido él quien no había recostado gentilmente al hombre. Pues parecía ser como si el hombre se hubiera movido. Y el hombre vio que la cosa parecía como si el león sospechara que él estaba vivo; y él no se movió, aunque la vara lo estaba perforando. Y el león vio que la cosa parecía como si él hubiera recostado gentilmente al hombre; pues el hombre no se movía; se alejó algunos pasos, miró hacia el hombre, mientras el hombre se secaba los ojos; él miró a través de sus pestañas; vio lo que el león estaba haciendo. Y el león se fue ascendiendo por la colina; y el león descendió (la colina por el otro lado), mientras que el hombre giraba su cabeza cuidadosamente pues quería ver si el león realmente se había ido. Y observó que el león había descendido (la colina por el otro

---

[6] El árbol lastimaba la nuca del hombre, por lo que la movió un poco.
[7] El hombre lloró silenciosamente, pues se vio a sí mismo en grave peligro sometido al poder del león.
[8] El narrador explica que la vara era un pedazo que se había roto, caído y almacenado en el fondo del árbol.
[9] El hombre miraba con los ojos casi cerrados; pero observó para ver si el león había notado el movimiento de su cabeza.

lado); y vio que, de nuevo, el león, parado, (alzando su cabeza) se asomaba por detrás de la cima de la colina; pues el león pensaba que la cosa parecía como si el hombre estuviera vivo; por lo que primero quería volver a mirar con detalle. Pues parecía como si el hombre hubiera intentado levantarse; ya que pensó que el hombre había estado fingiendo su muerte. Y vio que el hombre aún estaba recostado; y pensó que correría rápidamente hacia el agua, que podría ir a beber, que, de nuevo, podría salir rápido (del agua), que podría venir a comer. Pues estaba hambriento; él era quien no estaba poco sediento; ya que primero intentó ir a beber para poder venir después a comer, cuando hubiera bebido.

El hombre yacía mirándolo, mirando aquello que había hecho; y el hombre vio que el giro (y la desaparición) de su cabeza,[10] con la que había dado vuelta (y desaparecido), parecía como si se hubiera esfumado por completo. Y el hombre pensó que primero yacería inmóvil, que podría ver si el león no regresaría asomándose. Ya que es una cosa astuta; intentaría engañarlo, para que la cosa pareciera (como si) realmente se hubiera ido; mientras pensaba que se levantaría; pues había parecido como si él se hubiera movido. Pues el león no sabía por qué el hombre, cuando él pensaba que lo había recostado gentilmente, se había estado cayendo. Por lo tanto, pensó que correría rápidamente, que vendría rápidamente, que podría venir a ver si el hombre aún yacía. Y el hombre vio que había pasado mucho tiempo desde que el león había venido a asomarse; y la cosa parecía como si realmente se hubiera ido. Y el hombre pensó que primero esperaría un poco; ya que (de otra manera) asustaría al león, si el león aún estuviera en su lugar. Y el hombre vio que ahora había pasado poco tiempo, y no lo había visto (al león); y la cosa parecía como si éste realmente se hubiera ido.

Él estuvo bien en el lugar donde yacía; no se levantó (y) se fue; pues, se paró y primero saltó a un lugar diferente; mientras

---

[10] El león, cuando regresó a ver al hombre esta vez, sólo tenía a la vista su cabeza y sus hombros.

Niños bosquimanos.
Fotografía tomada en Salt River en 1884.

deseaba que el león no supiera a qué lugar parecía que se había ido. Él, al hacerlo de esta manera, corrió en zigzag,[11] mientras deseaba que el león no oliera sus pasos, que el león no supiera a qué lugar parecía que se había ido; ya que el león, cuando viniera, vendría a buscarlo a él (ahí). Es por esto por lo que pensó en correr en zigzag, para que el león no oliera sus pasos; que se pudiera ir a casa, pues el león, cuando viniera, vendría a buscarlo a él. Así, no correría directo a su casa; ya que el león, cuando viniera (y) no lo encontrara, intentaría hallar sus huellas, que el león podría, siguiendo su rastro, buscarlo, que el león vería si podría o no atraparlo.

Así, cuando salió por la cresta de la colina, el hombre le contó a la gente en casa acerca de todo esto, que había sido «levantado»[12] mientras el sol permanecía en lo alto, él había sido «levantado»; es por esto por lo que debían buscar pieles de antílope, que debían envolverlo en éstas; pues había sido «levantado», mientras el sol estaba en lo alto. Entonces, él pensó que el león —cuando saliera del lugar al cual se había ido— vendría (y) no lo encontraría; éste determinaría seguirle la pista y buscarlo. Debido a esto, quería que la gente lo envolviera en pieles de antílope, para que así el león no viniera (y) lo atrapara. Pues ellos son aquéllos que sabían que el león es una cosa que actúa así con la cosa a la que ha matado, no la deja ni no se la ha comido. Es por esto por lo que la gente debía hacer así con las pieles de antílope, la gente debe envolverlo en éstas; y también (en) esteras; éstas (son) cosas en las que la gente debe envolverlo (para que) el león no lo atrape.

Y la gente lo hizo así; la gente lo envolvió en esteras,[13] y también (en) pieles de antílope, las cuales enrollaron junto con las esteras. A causa de que el hombre era quien les había habla-

---

[11] No corrió derecho; sino que corrió primero en una dirección, luego saltó a otro lugar, luego corrió de nuevo, etc.
[12] Él evitó el nombre del león; así, de esta manera contó a la gente acerca de esto.
[13] Muchas esteras.

do así sobre esto, fue que lo envolvieron en pieles de antílope, mientras ellos sentían que el hombre joven de sus corazones era (él), a quien no deseaban que el león devorara. Intentaron esconderlo bien para que el león no lo pudiera atrapar. Pues un hombre joven a quien no querían poco era él. Es por esto por lo que ellos no querían que el león lo devorara; y dijeron que cubrirían al hombre joven con los arbustos que protegen las chozas,[14] para que así el león, cuando llegara, vendría buscando por ahí al hombre joven; no debía atrapar al hombre joven, cuando llegara; vendría buscándolo por ahí.

Y la gente fue a buscar |kúĭ-ssĕ [una raíz comestible]; y encontró |kúĭ-ssĕ; y ellos trajeron (a casa) |kúĭ-ssĕ, al mediodía, y cocinaron[15] |kúĭ-ssĕ. Y un viejo bosquimano, mientras iba recogiendo madera para su esposa, para que su esposa pudiera hacer fuego sobre el |kúĭ-ssĕ,[16] espió al león mientras éste iba (por la cresta de la colina) al lugar donde el hombre joven había ido. Y él le contó esto a la gente de la casa; y él habló, dijo: «¡Ustedes son quienes ven la colina allá, su cresta, aquel lugar desde (donde) ese hombre joven vino, lo que éste parece!»

Y la madre del hombre joven habló, dijo: «No debes permitir que el león venga a las chozas;[17] debes matarlo cuando aún no haya venido a las chozas».

Y la gente se colgó sus aljabas; y fueron a encontrarse con el león; y estaban disparando al león; el león no moría, aunque la gente le disparaba.

Y otra mujer vieja habló, ella dijo; «Ustedes deben darle un niño al león (para que) el león se aleje de nosotros.» El león respondió, dijo que él no quería un niño; pues quería a la persona cuyas lágrimas había lamido; él era a quien quería.

---

[14] El bastidor o protector de la choza. El narrador utiliza la palabra *scherm*.
[15] En un agujero en la tierra, previamente calentado, y el cual es cubierto con tierra cuando el |kúĭ-ssĕ ha sido puesto dentro de él.
[16] Es decir, sobre la tierra con la que el agujero había sido cubierto.
[17] El narrador explica aquí que varias chozas se encontraban en hilera; la madre se refiere a todas las chozas, no solamente a una. El león no debe venir dentro del *werf* («patio» o «terreno»).

Mujer bosquimana con un palo para excavar.
Fotografía tomada en Salt River en 1884.

Y las (otras) personas, hablando, dijeron: «¿De qué manera estaban disparando al león que no pudieron matarlo?» Y otro hombre viejo habló, él dijo: «¿Acaso no pueden ver que debe ser un hechicero? No morirá cuando le disparemos; pues insiste en (tener) al hombre que se llevó».

La gente le aventaba niños al león; el león no quiso a los niños que la gente le aventaba; y éste, observando, los dejó solos.

La gente le disparaba,[18] mientras éste buscaba al hombre, —podría atrapar al hombre,— la gente le disparaba. La gente dijo: «Deben traernos azagayas, debemos matar[19] al león». La gente le disparaba; no parecía como si la gente le estuviera disparando; lo estaban apuñalando[20] con azagayas, mientras ellos intentaban apuñalarlo hasta matarlo. No parecía como si la gente lo estuviera apuñalando, ya que seguía buscando al hombre; decía que quería al hombre joven; decía que quería al hombre joven cuyas lágrimas había lamido; él era a quien quería.

El león despedazó, rompiendo en pedazos las cabañas a la gente, mientras despedazaba, buscando al hombre joven. Y la gente, hablando, dijo: «¿Acaso no pueden ver que el león no se comerá a los niños que le hemos dado?» Y la gente, hablando, dijo: «¿Acaso no pueden ver que un hechicero éste debe ser?» Y la gente, hablando, dijo: «Ustedes deben darle una niña al león, que debemos ver si el león no se la comerá, que pudiera irse».[21] El león no quiere a la niña, ya que el león solamente quería al hombre que se había llevado; él era a quien quería.

Y la gente habló, dijo que no sabía de qué manera debía actuar frente al león; pues había sido en la mañana[22] cuando le

---

[18] Ellos querían matarlo antes de que pudiera encontrar al hombre.
[19] Al ver que sus flechas no parecían alcanzar un punto que matara al león, ellos pensaron que podrían hacerlo mejor con sus azagayas.
[20] El narrador explica que algunos lanzaron azagayas; otros apuñalaron al león con éstas. La gente lo rodeaba; pero éste no los mordía ya que quería al hombre joven a quien se había llevado.
[21] El león no se la hubiera comido en las casas.
[22] Era ahora tarde, y ellos le habían estado disparando al león desde la mañana, y no sabían ya qué tenían que hacer para deshacerse de él.

disparó al león; el león no moría; pues éste había, cuando la gente le estaba disparando, éste había estado caminando por ahí. «Así que no sabemos de qué manera debemos actuar frente al león. Pues los niños que le dimos al león, el león los rechazó por el hombre a quien se había llevado.»

Y la gente, hablando, dijo: «Cuenten ustedes a la madre del hombre sobre esto, que ella debe, aunque ame al hombre joven, debe sacarlo, debe dárselo al león, aunque él sea el niño de su corazón. Pues ella es quien ve que el sol está a punto de ponerse, mientras el león está amenazándonos; el león no se irá (y) nos dejará; pues insiste en (tener) al hombre joven».

Y la madre del hombre joven habló, ella dijo: «Ustedes pueden darle a mi hijo al león; pero no deben permitir que se lo coma; que el león puede caminar por ahí; pues ustedes deben, matando, recostarlo sobre mi hijo; que pueda morir, como mi hijo; que pueda morir recostado sobre mi hijo».

Y la gente, cuando la madre del hombre joven habló así, la gente sacó al hombre de las pieles de antílope en las que lo había envuelto, se lo dieron al león. Y el león mordió al joven hasta matarlo; la gente, cuando estaba mordiendo al hombre joven, le disparaba; la gente lo apuñalaba; y éste mordió al hombre joven hasta matarlo.

Y el león habló, le contó a la gente sobre esto, que éste era el momento en el que moriría; pues había atrapado al hombre a quien había estado buscando; ¡lo había atrapado!

Y el león murió, mientras el hombre también yacía muerto; el león también yacía muerto con el hombre.

V.- 49.L. UNA MUJER DE LA RAZA TEMPRANA Y EL TORO DE LA LLUVIA

La Lluvia, en otros tiempos, cortejó a una joven mujer, mientras la joven mujer estaba en (su) choza, pues sentía que aún estaba enferma. La Lluvia la olió y la Lluvia se acercó a causa de ello; mientras, el lugar se hizo brumoso.[23] Y él, de esta manera, vino cortejando, mientras él cortejaba a la joven mujer debido a su aroma. Él, de esta manera, vino trotando; mientras la joven mujer estaba recostada y puso a (su) hijo (por ella) sobre la alfombra; ella estaba recostada.

Y ella yacía, oliendo el aroma de la Lluvia, mientras el lugar era fragrante,[24] mientras el lugar sintió que su aliento (el de la Lluvia) era aquél que cercó el lugar; era aquel[25] a través del que, viniendo, pasó; parecía una neblina.

Y la joven mujer lo percibió cuando él subía; mientras bajó su cola. Y la joven mujer lo vio[26] mientras él pasó junto a ella a un lado de la choza. Y la joven mujer exclamó: «¿Quién puede ser este hombre que viene hacia mí?» Mientras él, agachándose,[27] apareció.[28]

---

[23] Asemejándose a la neblina (o niebla). La gente habló, me dijo que el aliento de la Lluvia estaba habituado a cercar el lugar cuando sale a buscar comida; (mientras) estaba comiendo, la niebla estaba «sentada» ahí.
[24] Era el aroma de la Lluvia. La gente dice que no hay aroma más suave, de ahí que la gente diga que es fragrante.
[25] Su aliento es aquél a través del cual él, viniendo, pasa.
[26] Él parecía un toro, mientras él sintió que él era el cuerpo de la Lluvia. La palabra χóro también significa un buey; sin embargo el narrador explicó que aquí quiere decir toro (χóro gwáɩ).
[27] Sus orejas (éstas) eran; aquellas que él recostó; mientras él sintió que se agachaba.
[28] Mientras él sintió que se paró frente a la apertura de la choza.

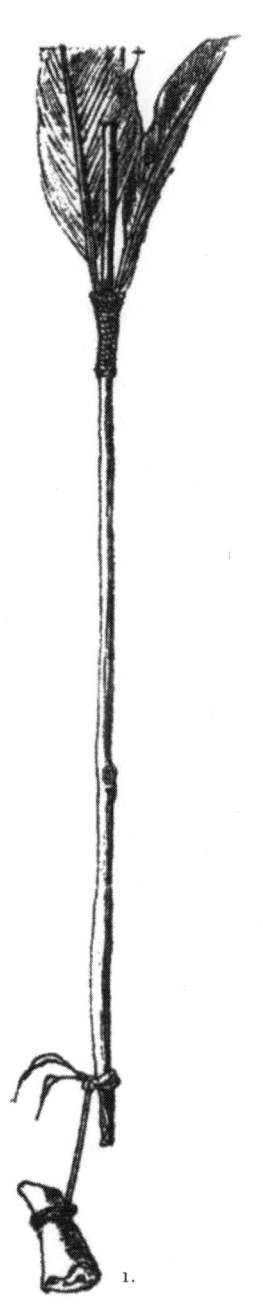 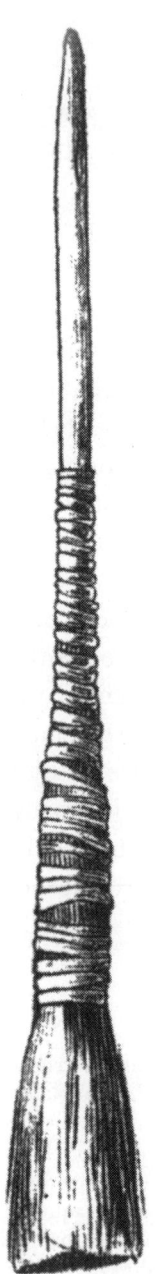

1. Juguete hecho por los ǀkuṅ.   2. El ǀkhū o cuchara sopera bosquimana.
(Casi a la mitad de su tamaño.)

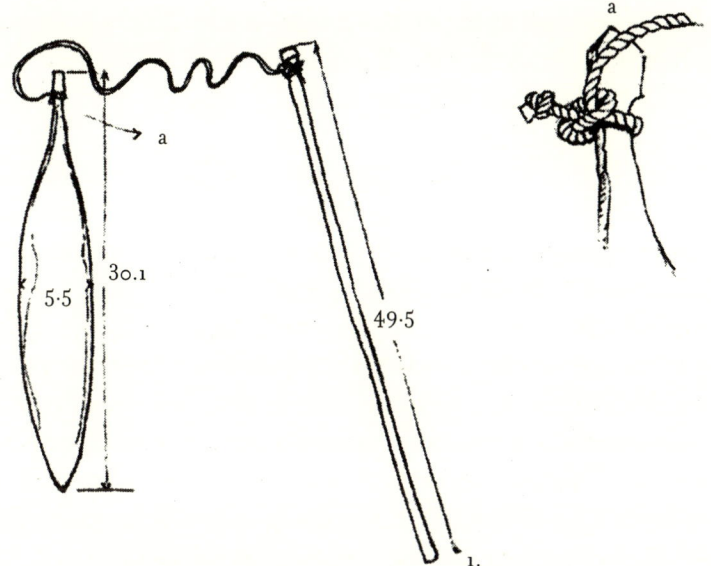

Largo de la cuerda en fig. 1 = 48 cm, en fig. 2 = 54 cm.
Ancho de la madera, casi 3-4 mm. Las orillas son afiladas.

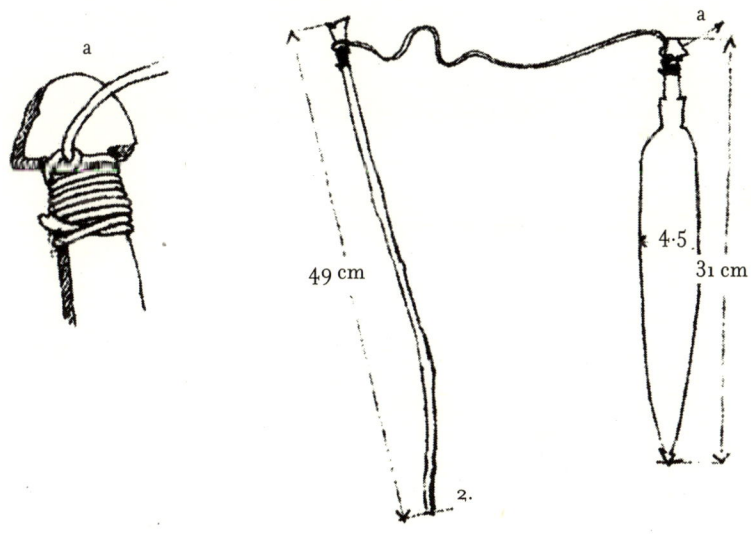

Instrumentos similares a |gŏiṅ-|gŏiṅ, hechos por los |kuṅ.

La joven mujer tomó en sus manos buchú, la mujer joven lanzó buchú sobre su frente. Y ella se levantó; y ella presionó (el buchú) en su frente (con su mano); lo empujó fuera; y ella levantó (su) capa; la amarró.

La joven mujer levantó al niño,[29] lo tomó gentilmente; ella, asiéndolo gentilmente, recostó al niño sobre una capa; ella, cubriéndolo, recostó al niño.[30]

Ella montó a la Lluvia; y la Lluvia se la llevó.[31] Ella se fue; se fue mirando los árboles. Y ella se fue, ella habló, ella dijo: «Tú debes ir hacia el árbol parándote ahí, aquél que es grande, tú debes ir (y) ponerme ahí, pues me duele; tú debes primero ir a ponerme sobre él». Por lo tanto, la Lluvia trotó, llevándola directo al lkuèrriten lkuèrriten.[32] Y él trotó hacia el lkuèrriten lkuèrriten. Y la mujer joven dijo: «Tú debes ir por debajo, cerca de las raíces del árbol». Así, él fue por debajo, cerca de las raíces del árbol. La mujer joven lo miró; la mujer joven sacó buchú, y frotó (con éste).[33] Luego, debido a esto, la Lluvia se fue a dormir.

Es por esto por lo que, cuando ella vio que la Lluvia cayó dormida, ella escaló, se escabulló suavemente, ella escaló, escaló

---

[29] Parece como si hubiera recostado al niño para (su) esposo; mientras sentía que ella no iba a vivir; pues viviendo se iría, iría, iría iría, se iría para convertirse en sapo, ya que la Lluvia pretendía que ella fuera a la fosa de agua, aquella fosa de agua desde la que él se acercó, él cortejando fue.

[30] En la choza. Lo recostó, mientras ella pensó que debía morir (e) ir a convertirse en sapo.

[31] Mientras la Lluvia sentía que la Lluvia estaba yendo a la casa de la Lluvia, la fosa de la que él salió. Por lo tanto, la mujer joven dijo que él debía irse para dejar que ella se sentara. La gente dice que el Toro de la Lluvia sale de su fosa y que la fosa se seca, mientras que se siente que la Lluvia ha salido, el Toro de la Lluvia. Por lo tanto, es por eso que se seca la fosa.

[32] Es un árbol grande, el cual se encuentra en el valle.
La forma singular de lkuèrriten lkuèrriten es lhan⊧kass'ō, dice lkui lkuèrri. Es el nombre de un arbusto que se encuentra en las barrancas de una montaña «roja», de este lado de Kenhardt, llamado Rooiberg por los hombres blancos.

[33] Frotó su cuello (con buchú).
Con cosas secas ellos frotan. Así, están habituados a decir que frotan con ellas.
Si las cosas están mojadas, ellos están habituados a decir que untan con ellas.

a través del ǀkṵèrritẹn ǀkṵèrritẹn. Y ella descendió a cierta distancia, ella de esta manera se escabulló suavemente, mientras la Lluvia continuaba dormida. Ella, distante, regresó discretamente a casa; mientras la Lluvia se despertó a sus espaldas, cuando la Lluvia sintió que el lugar estaba enfriándose.

Él se levantó, se fue caminando; fue hacia la parte media del manantial del que él había, cortejando, salido, mientras él creía que la mujer joven estaba aún sentada sobre su espalda. Él se fue, se fue al agua. Él se metió en (ella) mientras la mujer joven se iba, ella se fue a quemar buchú; mientras ésta estaba «verde», mientras olía fuertemente[34] el aroma del *khōu*; ella se estaba frotando, mientras se frotaba quitándose el olor del *khōu* de sí misma.

Las mujeres viejas que habían estado fuera buscando comida fueron quienes vinieron a quemar cuernos, mientras ellas deseaban que el olor de los cuernos se elevara, para que la Lluvia no se enfadara con ellas.[35]

---

[34] Oler fuertemente.
Su propio olor fue el que se asemejaba (al de) el ǁ*khōu*. El ǁ*khōu* (probablemente un hongo) es una cosa que pertenece a la Lluvia.

[35] Su inteligencia (la de la mujer joven) fue aquella con la que actuó sabiamente respecto a la Lluvia; de ahí que toda la gente viviera; (de otra manera) ellos hubieran sido asesinados; todos ellos se hubieran convertido en sapos.

V.- 41.B. LA HISTORIA DE LA NIÑA; LA HISTORIA DEL SAPO

Una niña antes yacía enferma; estaba recostada. No comía la comida que le daban sus madres.[36] Yacía enferma. Ella mató a los niños del Agua;[37] ellos eran lo que ella comió. Sus madres no sabían que ella había hecho eso, (que) ella mató a los hijos del Agua; (que) ellos eran lo que ella comió; ella no comería lo que sus madres le daban.

Su madre estaba ahí. Ellas[38] fueron a buscar arroz bosquimano. Ellas hablaron, ordenaron a una hija[39] que permaneciera en casa. La niña no sabía (sobre) la hija. Y la mujer vieja dijo que ella debía vigilar las cosas que su hermana mayor comiera. Y dejaron a la hija en casa;[40] y salieron a buscar comida (arroz bosquimano). Ellos pretendían que la hija vigilara las cosas que su hermana mayor comiera.

La hermana mayor salió de la casa de la enfermedad (y) bajó al manantial, pues pretendía matar de nuevo al hijo-del-Agua. La hija (bosquimana) estaba en la choza,[41] mientras ella (la niña) no sabía (sobre) la hija. Y ella fue (y) mató un hijo-del-Agua, cargó al hijo-del-Agua hasta la casa. La hija (bosquimana) estaba mirando; y ella (la niña) hirvió la carne del hijo-del-Agua; y ella se la comió; y ella se recostó; y ella de nuevo

---

[36] Es decir, su madre y las otras mujeres.
[37] |kwéiten ta ||kēn no había visto estas cosas por sí misma, pero escuchó que eran hermosas, y se desnudó como una lhábba, es decir, cebra. El Agua era tan grande como un toro, y los hijos del Agua eran del tamaño de los becerros, siendo los hijos de grandes cosas.
[38] Todas las mujeres, y todos los niños excepto uno.
[39] Una niña pequeña, tan grande como una europea de 11 años.
[40] Literalmente, le «permitieron» permanecer ahí.
[41] En la choza de su madre.

fue a recostarse, mientras ella (la hija) la miraba. Y ella fue a recostarse cuando sintió que había terminado de comer. La hija la miró; y ella se recostó.

Y su madre regresó. La hija le contó sobre esto a su madre; que su hermana mayor había ido a matar una cosa hermosa en el agua. Y su madre dijo: «¡Eso es un hijo-del-Agua!» Y su madre no habló sobre esto; fue de nuevo a buscar arroz bosquimano.

Y cuando estaba por ahí buscando comida, las nubes subieron. Y ella habló, ella dijo: «Algo no está bien en casa; pues un torbellino está trayendo (cosas) hasta el manantial. Porque algo no está bien en casa. Ya que el torbellino está llevando (cosas) al manantial». Porque su hija mató a los hijos del Agua es que el torbellino los llevó al manantial. Algo no había salido bien en casa, pues su hija había estado matando a los hijos del Agua. Es por esto por lo que el torbellino los llevó hasta el manantial. Fue porque su hija mató a los hijos del Agua, que el torbellino los llevó hasta el manantial; porque ella mató a los hijos del Agua.

La niña fue quien primero fue al manantial, y enseguida se convirtió en sapo. Luego, sus madres fueron dentro del manantial; el torbellino las arrastró hasta él, cuando ella ya estaba en el manantial. Ella era un sapo. Sus madres también se convirtieron en sapos; mientras el torbellino fue el que las trajo, cuando estaban en el terreno de cacería; el torbellino las trajo hasta el manantial, cuando su hija estaba ya en el manantial. Ella era un sapo. Y después sus madres vinieron; el torbellino fue el que las trajo hasta él, cuando estaban en el terreno de cacería. Mientras tanto, su hija estaba en el manantial; ella era un sapo.

Su padre también vino a convertirse en sapo; pues el torbellino trajo a su padre —cuando él estaba ahí, en el terreno de cacería— hasta el manantial, (al) lugar donde estaba su hija. Las flechas[42] de su padre crecían junto al manantial; pues el gran

---

[42] Toda la familia y sus esteras fueron arrastrados dentro del manantial por el torbellino, también todas sus cosas.

torbellino los había traído, las había traído hasta el manantial. Él también se convirtió por completo en sapo, como su esposa, ella también se convirtió en sapo; mientras ella sintió que el torbellino los había traído al manantial. Sus cosas entraron a ese manantial (en el que) ellos estaban. Las cosas entraron a ese manantial, ya que ellos (la gente) eran sapos. Debido a esto es que sus cosas fueron hasta el manantial, porque eran sapos. Las esteras[43] crecían al lado del manantial, como las flechas; sus cosas crecían[44]al lado del manantial.

---

[43] Esteras con las que los bosquimanos hacen sus chozas (¿hechas de un pasto grueso o de caña?)
[44] Estas cosas que crecen junto al manantial pertenecían a los primeros bosquimanos, quienes precedieron a la raza actual, dice ǀkwéiten ta ǁkēn. Su madre le contó esto.
ǀχwé-ǀnā-ssĕ-ǀk'é es el nombre de los bosquimanos que vivieron primero en la tierra.

V. 35.L. EL HOMBRE QUE ORDENÓ A SU ESPOSA CORTARLE LAS OREJAS

Él[45] antes deseó que (su) esposa le cortara las orejas, pues la cabeza de su hermano menor seguramente había sido despellejada;[46] en tanto que la esposa de su hermano menor solamente había rasurado la cabeza de su hermano menor.

Por lo tanto, (su) esposa le cortó las orejas; y él estaba gritando, a causa de su piel, mientras él por sí mismo había sido quien deseó que la esposa lo hiciera así; pues la cabeza de su hermano menor seguramente había sido despellejada; en tanto que su hermano menor apenas tenía la cabeza rasurada; mientras (su) esposa rasuraba, quitando el pelo viejo.

---

[45] Yo soy uno que no sabe su nombre, porque la gente fue aquélla que no pronunció su nombre para mí; pues ellos eran hombres de la raza temprana; por lo tanto, ellos hacían cosas tontas a causa de esto.

[46] Él realmente pensaba que la piel de la cabeza de su hermano menor ya no estaba, mientras que fue el pelo de la cabeza de su hermano menor el que había sido rasurado.

V.- 70.L. LA ǂNÈRRU Y SU ESPOSO[47]

Un hombre de la raza temprana se había casado con una ǂnèrru.[48] La ǂnèrru puso el polvoso (es decir, terroso) arroz bosquimano dentro de una bolsa, cuando su esposo había desenterrado (literalmente, «había matado») arroz bosquimano. Ella fue a lavar el arroz bosquimano; ellos regresaron a casa.

Temprano por la mañana salieron a buscar comida, ella y (su) esposo; pues ella estaba sola con su esposo. Él fue quien desenterró[49] (arroz bosquimano). Por lo tanto, ella estaba con su esposo. Así, ella fue a buscar comida por la mañana. El esposo desenterró arroz bosquimano; él puso el arroz bosquimano dentro de una bolsa.[50] Y el esposo de nuevo desenterró otro arroz bosquimano. Lo colocó arriba, puso el arroz bosquimano sobre el arroz bosquimano de la mañana. Él, una vez más, se levantó, él buscó otro arroz bosquimano. Él, de nuevo, encontró otro arroz bosquimano; él desenterró (la tierra de éste). Y él de nuevo lo desenterró (el arroz). Lo puso encima (del otro). Lo puso encima; y la bolsa[51] se llenó.

Y él se levantó, él buscó otro arroz bosquimano. Él encontró otro arroz bosquimano; desenterró (la tierra de éste). La desente-

---

[47] Yo creo que debió haber sido la madre de la otra abuela de la abuela de la abuela de !χabbi-a'n quien antes, de esta manera, le habló a ella.
[48] La ǂnèrru (ahora un pájaro) era antes una persona; por lo tanto, un hombre de la raza temprana fue quien se casó con ella.
[49] Lo que quiere decir aquí es «desenterrar con una vara».
[50] El hombre era aquél que estaba poniendo arroz bosquimano dentro de la bolsa, mientras la mujer fue la que estaba agarrando la bolsa; ella era quien pretendía agitar el arroz bosquimano. Él se paró dentro de la boca del agujero, mientras la esposa se paró arriba.
[51] Yo creo que aparentemente era un saco de gacela (es decir, una bolsa hecha de piel de gacela).

rró. Y él exclamó: «Dame (tu) pequeña capa,⁵² que yo pueda poner el arroz bosquimano sobre ésta». Y la esposa dijo:⁵³ «No estamos acostumbrados a poner el arroz bosquimano, teniendo tierra en él, dentro de nuestra capa trasera, nosotros quienes somos de la casa de ǂnèrru».⁵⁴ Y él exclamó: «Dame, dame la pequeña capa, que yo pueda poner el arroz bosquimano sobre (ésta)». Y la esposa dijo: «Tú debes poner el arroz bosquimano en el suelo, pues no estamos acostumbrados a poner el arroz bosquimano, teniendo tierra en él, dentro de nuestra capa trasera». Y él exclamó: «Dame, dame la pequeña capa, que yo pueda poner el arroz bosquimano sobre (ésta)». Y la esposa exclamó: «Tú debes poner el arroz bosquimano en el suelo, que debes cubrir el arroz bosquimano».⁵⁵

Y él exclamó: «¡Dame la capa, que yo pueda poner el arroz bosquimano sobre (ésta)!», mientras arrebataba la capa. Las entrañas de la esposa, las cuales estaban sobre la pequeña capa,⁵⁶ se derramaron.⁵⁷ Y él, llorando, exclamó: «¡Oh querida! ¡Oh mi esposa! ¿Qué debo hacer?» mientras la esposa se levantó, la esposa dijo (es decir, cantó):

«Nosotros, quienes somos de la casa de ǂnèrru,
nosotros no estamos acostumbrados a poner arroz
　　　　　　　　　　　　　　[bosquimano polvoriento
(dentro) de nuestra capa trasera;
nosotros, quienes somos de la casa de ǂnèrru,
nosotros no estamos acostumbrados a poner arroz
　　　　　　　　　　　　　　[bosquimano polvoriento
(dentro) de nuestra capa trasera.

---

⁵² Es una capa pequeña. Una piel (es decir, la piel de un animal) que ellos llaman |k'õussi.
⁵³ Ella habló suavemente (es decir, aquí no canta).
⁵⁴ Yo creo que sus casas deben haber sido numerosas; pues ellos eran numerosos, ya que cuando ellos son pájaros pequeños no son poco numerosos.
⁵⁵ Con otra tierra.
⁵⁶ No sé bien (sobre esto), pues mi gente fue quien habló así; ellos dijeron que las entrañas de ǂnèrru estaban primero sobre la pequeña capa.
⁵⁷ Ella estaba sentada.

mientras ella caminaba colocando de nuevo sus entrañas. Ella cantaba:[58]

«Nosotros, quienes somos de la casa de ǂnèrru, nosotros no estamos acostumbrados a poner arroz [bosquimano (dentro) de nuestra capa trasera.»

Por lo tanto, su madre, cuando estaba sentada,[59] exclamó: «Mira el lugar al que (tu) hermana mayor fue a buscar comida, pues el ruido del viento es aquél que suena como una persona;[60] ya que los esposos de (tus) hermanas mayores no actúan correctamente. Mira que el ruido del viento es aquel que suena como una persona, cantando contra el viento». Ella (la hija) exclamó: «(Tu) hija es quien viene cayendo». Luego su madre dijo: «Deseo que ustedes puedan ver a los esposos[61] de (sus) hermanas mayores hacer cosas locas, como si no entendieran; ellos se casan entre nosotros (literalmente, "dentro de nosotros") como si entendieran.»

Después, ella corrió a encontrarse con su hija; fue a poner la pequeña capa[62] sobre su hija; ella, abrazando, colocó las entrañas de la hija sobre la pequeña capa; y ató a su hija;[63] lentamente condujo a su hija a casa; fue a llevar a su hija dentro de la choza (de su madre).

Debido a esto, ella se encontraba molesta por su hija; cuando el esposo de su hija quiso venir hacia su hija, ella estaba molesta. Por lo tanto, el esposo de su hija regresó con su propia gente, cuando ella había dicho que el esposo de su hija debía

---

[58] Ella se fue cantando, mientras se alejaba de casa (hacia la casa de su madre).
[59] Estaba sentada en su casa.
[60] Su hija fue de quien ella hablaba, (de) su canto.
[61] Yo creo que ella estaba hablando del esposo de su hija.
[62] La pequeña nueva capa de su madre, la cual no había sido utilizada (literalmente, «sentada»), y la cual ella había guardado.
[63] Con las cuatro correas del ǀk'õũssi, formadas por las cuatro patas de la piel de gacela.

regresar, ya que él no entendía. Así, el esposo de su hija regresó, mientras ellas⁶⁴ continuaron habitando (ahí).

La ǂnèrru como pájaro

El pico del ǂnèrru es muy corto. El ǂnèrru macho es aquel cuyo plumaje se asemeja (al del) avestruz; es negro como el avestruz macho. El ǂnèrru hembra es aquél cuyo plumaje es blanco como (el del) avestruz hembra. Debido a esto, se parecen a los avestruces; pues los ǂnèrru machos son negros, los ǂnèrru hembras son blancos.

Comen las cosas que los pequeños pájaros suelen comer, las cuales recogen del suelo.

Hacen nidos de pasto en el suelo, junto a la raíz de un arbusto.

Cuando no se están reproduciendo, se encuentran en grandes cantidades.

---

[64] Es decir, los ǂnèrru, muchos ǂnèrru.

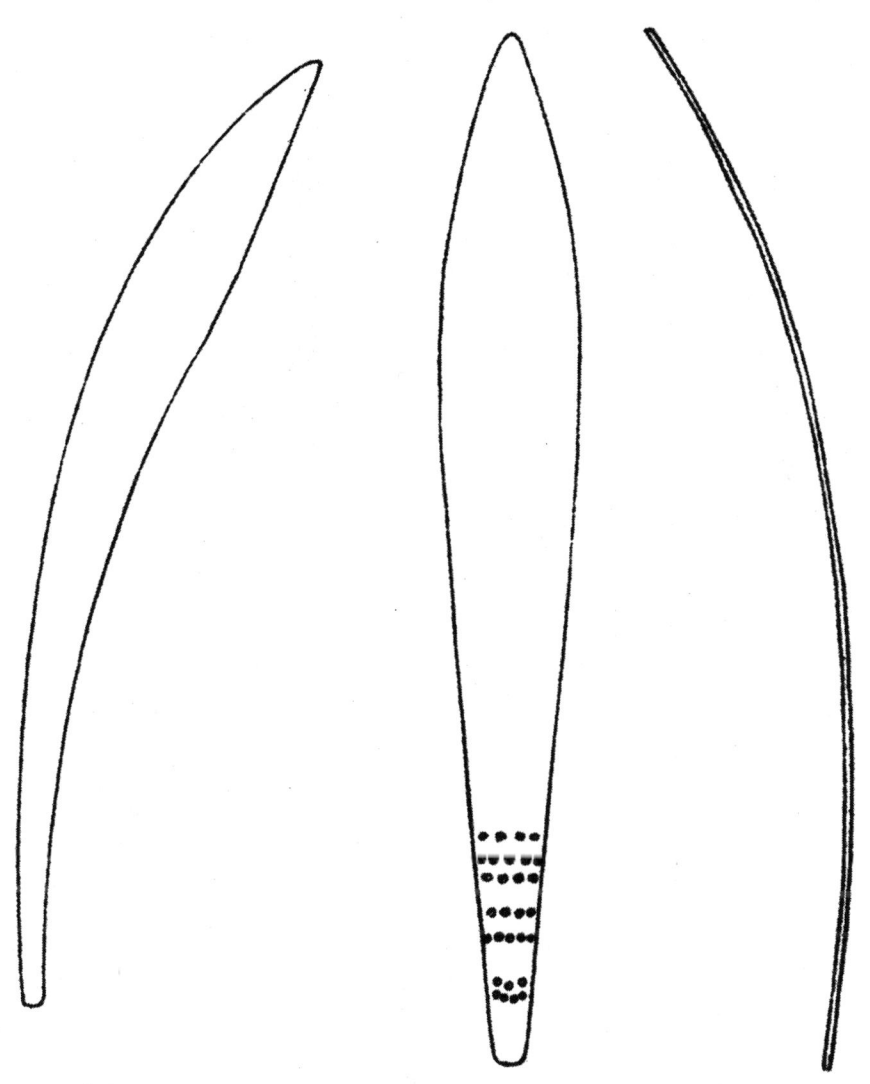

Un hueso de costilla moldeado llamado |āù, utilizado para comer ciertos alimentos. (2/3 de su tamaño real.)

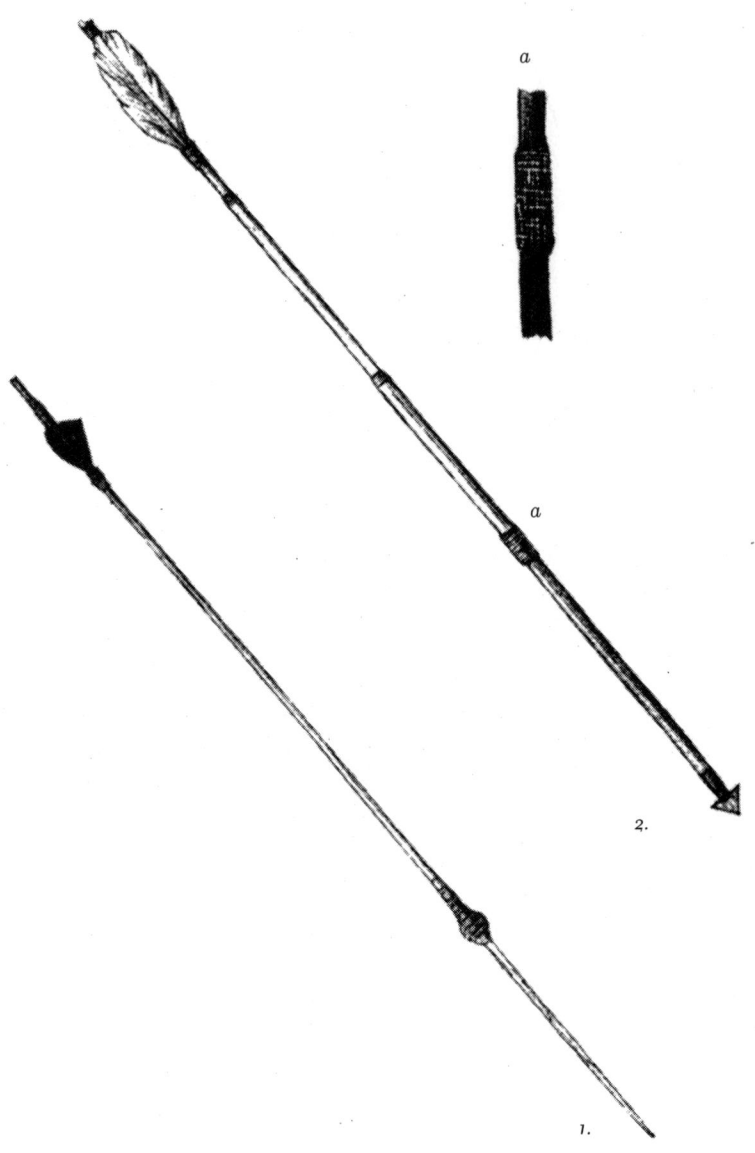

1. Flecha hecha por los ǀkuṅ.
(A la mitad de su tamaño.)

2. Flecha bosquimana.
(1/6 de su tamaño.)

a. Sección que muestra marcas rojas por las cuales las flechas son reconocidas por los bosquimanos.

V.- 72.L. LA MUERTE DEL LAGARTO

El lagarto⁶⁵ antes cantaba:

> «Porque,
> yo por lo tanto pretendo ir,
> atravesando,
> el desfiladero de ⌊*gúru*-⌊*nā*.
>
> »Y,
> yo por lo tanto pretendo ir,
> atravesando,
> el desfiladero de |ǰé-⌊*khwãĩ*.
>
> »Porque,
> yo por lo tanto pretendo ir,
> atravesando,
> el desfiladero de ⌊*gúru* ⌊*nā*.
>
> »Porque,
> yo por lo tanto pretendo ir,
> atravesando,
> el desfiladero de |ǰé-⌊*khwãĩ*.»

Y cuando él atravesaba,⁶⁶ el estrujón de las montañas lo quebró, cuando él había pretendido atravesar; pues parece como

---

⁶⁵ El ⌊*khǫ́ü* era un hombre de la raza temprana. Ahora es un lagarto del género *Agama*. «Principalmente hallado en lugares rocosos y arenosos. Muchas especies se encuentran distribuidas por Sudáfrica.»

⁶⁶ Estas montañas son grandes, cerca de lítten̩lhin̩.

si hubiera pensado que atravesaría por el desfiladero, el cual era como esto (aquí el narrador mostró el primer y segundo dedo de su mano izquierda en una posición ahorquillada casi vertical). Luego, las montañas lo atraparon así (juntando sus dedos), las montañas lo mordieron, quebrándolo. Por lo tanto, su parte delantera se desplomó[67] (y) se quedó quieta, se convirtió en ǀgúru-ǀnā; mientras su parte trasera se desplomó (y) se quedó quieta; fue aquello que se convirtió en ǀǀé-ǀkhwāi.

Comentarios del narrador acerca de la historia precedente

Yo creo que aparentemente se dirigía hacia las colinas de arena roja, que él pueda venir (y) habitarlas. Pues yo creo que las pozas (poco profundas), las cuales descansan en las colinas de arena roja, parecen haber sido aquéllas hacia las que él se dirigía, que él podría venir (y) vivir en éstas. Aparentemente él iba hacia ǀkāūgẹn-ǀką̄ǀką́ (cierta poza), que él podría venir (y) vivir en ésta. Yo que pienso que ǀkāūgẹn-ǀką̄ǀką́ está cerca de este lugar. Él es aquél quien, cuando pasó por aquí, vendría a lo largo del «vlei», que él pueda ascender, pasando por un lado de la colina; y él por completo descendería dentro de ǀǀnā́-ǀǀkuárra (cierto río), y él iría muy abajo, a lo largo (del cauce del río) hacia ǀkāūgẹn-ǀką̄ǀką́. ǀkāūgẹn-ǀką̄ǀką́ sería el lugar donde él descendió; era donde él iba a habitar; ése debe ser, pienso, el lugar hacia el cual aparentemente él había estado yendo. Se rompió en (dos) cuando parecía estar dirigiéndose hacia él.

---

[67] Verdaderamente se volcó.

VI. *Poesía*

VI.- 42.B. LA CANCIÓN DEL GATO

Há[1] hă hă,
Há hă,
yo soy aquél de quien el Lince se burla,
yo soy quien no corrió rápido;
pues el lince es el que corre rápido.
Há hă hă,
Há hă,
yo soy aquél de quien el Lince se burla,
⊱á⊱ā ⊱ā,
⊱á ⊱ā,
yo soy aquél de quien el Lince se burla,
yo soy quien no pudo correr rápido
⊱á⊱ā ⊱ā,
⊱á ⊱ā,
yo soy aquél de quien el Lince se burla,
«El Gato no pudo correr rápido.»
⊱á⊱ā ⊱ā,
⊱á ⊱ā,
el Gato es aquél de quien el Lince se burla
«Es aquél que no pudo correr rápido,»
⊱á⊱ā ⊱ā,
⊱á ⊱ā,
«El Gato es aquél que no pudo correr rápido,
no era astuto.
Hacía tonterías;
pues el Lince es alguien que comprende,

---

[1] Aquí el gato abre mucho la boca para cantar.

el Gato no comprende.»
El Gato (sin embargo) es astuto.
    ⟩ă⟩ā⟩ā,
    ⟩ă⟩ā.
El Gato es aquél sobre el que el Lince habló.
«Es aquél que no pudo correr rápido.»
Debía ser astuto.[2]
Pues el Lince es alguien que es astuto.
    ¡Hággla[3] hággla hággla
    Hágglă hággla,
    Héggle héggle héggle
    Hégglí
    Héggli Hégglı Hégglı
    Hégglı n̈!

---

[2] La referencia aquí se hace a la manera de redoblar del Gato cuando es perseguido.
[3] Aquí el narrador explica que el Gato «habla con su lengua», asintiendo lo que ha estado diciendo.

VI.- 44.B. LA CANCIÓN DEL ZORRO CAAMA

Aquél que atraviesa el rastro, aquél que atraviesa
                                                [el rastro,[4]
aquél que atraviesa el rastro, ¡aquél que atraviesa
                                                [el rastro!
Cruza el rastro del zorro caama,
¡cruza el rastro del zorro caama![5]
Cruza el rastro del zorro caama,
¡cruza el rastro del zorro caama!

---

[4] Al zorro caama se le conoce como aquél «que atraviesa el rastro», ya que evade al perro cuando éste lo persigue y, girando repentinamente, corre hacia atrás, atravesando el rastro del perro (detrás de él), mientras éste corre al frente, pensando que, haciéndolo así, atrapará al zorro caama.

[5] El zorro caama se ríe del perro, que piensa que lo matará; sin embargo, el perro no lo matará, pues el zorro caama atraviesa astutamente el rastro de otro zorro caama. Mientras el perro casi muere agotado, el zorro caama se recuesta tranquilamente bajo la sombra a descansar. Entre tanto, el perro regresa doliente con su amo.

VI.- 45.B. LAS CANCIONES DE LA GRULLA DEL PARAÍSO

1.

Es la historia de la grulla del paraíso la que ésta canta; canta (acerca) de su hombro, a saber, que las bayas del «krieboom»* están sobre su hombro; va por ahí cantando—

«Las bayas están sobre mi hombro,
las bayas están sobre mi hombro,
la baya, está[6] sobre mi hombro,
las bayas están sobre mi hombro.
Las bayas están aquí arriba (sobre su hombro),[7]
Ɍrrú están aquí arriba;
las bayas están aquí arriba,
Ɍrrú están aquí arriba
están aquí arriba;
las bayas rrú se quedan (sobre) su (hombro).»

---

* Un árbol. (N.de la T.)

[6] Su nombre es uno; éstas (las bayas) son numerosas; su nombre es (todavía) uno. Las «bayas» del «krieboom» son muchas; el nombre de las bayas es uno. Parece como si sus bayas fueran una, (pero) son muchas. La palabra ǀgára es la misma en singular y en plural, como sigue, ǀgára (o ǀgára tsä̈χau) ā ǀkwāi, «una baya», y ǀgára (o ǀgára tsä̈χaiten) ē ǃkwāiya, «muchas bayas». La ǀgára es una parte de la ǁna, o «krieboom», las bayas de éste, tal como yo lo entiendo. Se dice que son redondas, blancas y «duras» (es decir, contienen algo duro en su interior). La carne externa es dulce. Los negros y los bosquimanos las comen. Las mujeres van al «krieboom», recogen las bayas, las meten en una bolsa y las llevan a casa para comer, primero mezclándolas con otras bayas. No las comen sin mezclar a causa de sus dientes, pues temen que lo dulce de las bayas puedan hacerlos inútiles para masticar bien la carne.

[7] ǁkábbo no puede explicar por qué las bayas no se caen; él dice que no lo sabe. Ésta es una canción de la gente más vieja, los «primeros» viejos, la cual estaba en sus pensamientos.

2.
(*Cuando se corre huyendo de un hombre.*)
Una esquirla de piedra que es blanca,[8]
una esquirla de piedra que es blanca,
una esquirla de piedra que es blanca.

3.
(*Cuando se camina lentamente, abandonando el lugar
[caminata de la paz].*)
Una esquirla de piedra blanca,
una esquirla de piedra blanca.

4.
(*Cuando bate sus alas.*)
Rasca (la piel de gacela[9] para) la cama.
Rasca (la piel de gacela para) la cama.
   ¡*Ṛṛṛṛú rrra,*
   Ṛṛṛṛú rrra,
   Ṛṛú rra!

---

[8] ǁ*kábbo* explica que el pájaro canta alrededor de su cabeza, la cual tiene la forma de un cuchillo de piedra o una astilla, y tiene plumas blancas. Él dice que los bosquimanos, cuando no tienen cuchillo, utilizan uno de piedra para cortar la presa. Ellos rompen una piedra obteniendo una esquirla, y con ésta cortan la presa. Los bosquimanos de la hierba, dice ǁ*kábbo*, hacen cabezas de flechas de puntas de cuarzo blanco (puntas de cristal, como se pudo entender).

[9] Los bosquimanos hacen camas (es decir, pieles sobre las que se duermen) de pieles de gacela y de cabra.

VI.- 46.B. LA CANCIÓN DE LA VIEJA MUJER

Primera versión

La vieja Mujer canta; va cantando por ahí; canta mientras camina; la vieja Mujer canta acerca de la Hiena:

«La vieja Hiena hembra,
la vieja Hiena hembra,
se estaba llevando a la vieja Mujer de la vieja choza;
la vieja Mujer saltó a un lado,
se levantó
y venció a la Hiena.
La Hiena por sí misma,
la Hiena mató[10] a la Hiena.»

Segunda versión

«La vieja Hiena hembra,
la vieja Hiena hembra
se estaba llevando a la vieja Mujer
mientras la vieja Mujer yacía en la vieja choza.[11]

---

[10] La Hiena se mató a sí misma lanzándose violentamente sobre la roca puntiaguda sobre la que pretendía lanzar a la vieja Mujer que cargaba en la espalda. La vieja Mujer se salvó saltando a un lado.

[11] La vieja Mujer, incapaz de caminar, yacía en una vieja choza abandonada. Antes de que sus hijos la dejaran habían cerrado los lados circulares de la choza, así como también la abertura de la puerta con palos de otras chozas, dejando el techo abierto para que ella pudiera sentir el calor del sol. Habían dejado una fogata para ella y traído más madera seca. Se vieron obligados a dejarla, pues todos estaban hambrientos y ella era demasiado débil para ir con ellos a buscar comida a otro lugar.

|kw'ā gwāí, antílope macho.

han‡kass'ō, 2 de marzo de 1878.

|k̯uiṅ gwái, antílope macho.

|k̯uiṅ láiti, antílope hembra.

han‡kass'ō, 28 de febrero de 1879.

|khwaí láiti, antílope hembra.

|khwaí gwaí, antílope macho.

han‡kass'ō, 28 de febrero de 1879.

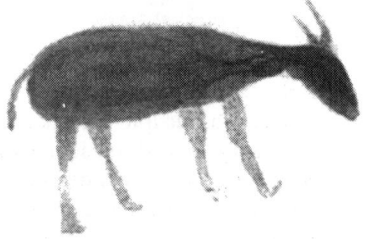

Waí láiti, gacela hembra.

Waí gwāí, gacela macho.

han‡kass'ō, 20 de enero de 1879.

1. ǃχó gwāi, puercoespín macho.   2. ǃχó lāiti, puercoespín hembra.

hanǂkass'ō, 24 de noviembre de 1878.

ǀkhą̄o, Suricata Zenik, o «Mierkat» [mangosta].
1. y 2., machos; 3. hembras.
4. Un chacal persiguiéndolos.

hanǂkass'ō, 2 de octubre de 1878.

VI.- 82.L. UNA CANCIÓN CANTADA POR LA ESTRELLA ǀGÁŨNŨ Y ESPECIALMENTE POR MUJERES BOSQUIMANAS

¿Acaso la flor de ǁgárrakẹn[12] se abre?
La ǂkũ-⊁am̓[13] es la flor que se abre.
¿Acaso tú te abres?
La ǂkũ-⊁am̓ es la que se abre.

[12] Los ǁgárrakẹn son bulbos; los bosquimanos los desentierran.
[13] *Dimorphoteca annua*, una flor parecida a la margarita que floreció en Mowbray en agosto de 1879.

VI.- 83.L. SIRIUS Y CANOPO

Mi abuela(stra), *Ttu̯ãi-an̂*, acostumbraba regocijarse con Canopo. Ella decía:

«¡Sirius!
¡Sirius,
centellea como
Canopo!

¡Canopo,
centellea como
Sirius!

¡Canopo,
centellea como
Sirius!

¡Sirius
centellea como
Canopo!»

Mientras mi abuela sentía que la comida era abundante.[14]

---

[14] Acostumbramos decir |χù, cuando la comida es abundante.

VI.- 91.L. LA CANCIÓN DE LA AVUTARDA[15]*

Mi cuñado menor
puso mi cabeza en el fuego.[16]
Mi cuñado menor,
mi cuñado menor,
puso mi cabeza en el fuego.

Cuando espantamos a la avutarda, ésta vuela, (grita): «¡*Wára ǁkhāũ, wára ǁkhāũ, wára ǁkhāũ, ǁkhāũ ǁkhāũ, ǁkhāũ wára ǁkhāũ, ǁkhāũ, ǁkhāũ, ǁkhāũ, ǁkhāũ!*» Cuando está parada en la tierra dice: «¡*Ã wą̃, ã wą̃, ã wą̃!*» cuando está parada en la tierra.

---

[15] *Eupodotis afra.*
* Ave zancuda de unos 80 cm. de longitud de la cabeza a la cola y de color rojo manchado de negro, cuello delgado y largo y alas pequeñas, por lo que su vuelo es corto y pesado. (N. de la T.)
[16] Cuando el «Knorhan Brandkop» era todavía un hombre, su cabeza fue arrojada al fuego por su cuñado para castigarlo por haberse casado clandestinamente con una hermana. Desde entonces, él sólo es una avutarda.

VI.- 101.L. LA CANCIÓN DE LAS MADRES DE LAS GACELAS

Las madres de las Gacelas cantaron para consolar a sus hijos:

«Á̗-a̤̗ hñ̀,
¡Oh hijo de la gacela!
Duerme para mí.
Á̗-a̤̗ hñ̀,
¡Oh hijo de la gacela!
Duerme para mí.»

VI.- 106.L. LA CANCIÓN DE ǁ*KÁBBO* POR LA PÉRDIDA DE SU PAQUETE DE TABACO[17]

Es el hambre,
es el hambre,
el hambre está aquí.

Es el hambre,
es el hambre,
el hambre está aquí.

Hambre [se refiere aquí a «hambre de tabaco»]; él no fumó porque un perro vino por la noche
y le robó su paquete. Él se levantó de noche, extrañaba su paquete. Se volvió a acostar, mientras que no fumó. Y temprano buscábamos el paquete. No encontramos el paquete.

---

[17] Fue robada por un perro hambriento llamado «Blom», el cual pertenecía a ǀ*goú*ǀ*nűï*.

VI.- 108.L. EL CORDÓN ROTO

La gente fue aquélla que
me rompió el cordón.
Por lo tanto,
el lugar se volvió así para mí,
a causa de ello,
porque el cordón fue aquél que se rompió para mí.[18]
Por lo tanto,
para mí el lugar no se siente
como el lugar solía sentirse para mí,
a causa de ello.
Pues,
el lugar se siente como si permaneciera abierto ante mí,
porque el cordón se ha roto para mí.
Por lo tanto,
el lugar no se siente agradable para mí,
a causa de ello.

---

[18] Ahora que el «cordón se ha roto», el primer «sonido de timbre en el cielo» ya no es escuchado más por el cantador, como había sido en la vida del mago.

VI.- 109.L. LA CANCIÓN DE ⎪NŬ⎪NUṀMA-⎪KWÍTẸN

⎪nŭ⎪numma-⎪kwítẹn¹⁹ antes dijo (cantó):

«Hṅ̀-ṅ, hñ́;
yo mato a los niños que lloran;
Hṅ̀-ṅ, hñ́;
yo mato a los niños que lloran;
Hṅ̀-ṅ, hñ́;
yo mato a los niños que lloran.»

Un animal de rapiña (él, ⎪nŭ⎪numma-⎪kwítẹn) es. Mi abuelo solía decir (que) ⎪nŭ⎪numma-⎪kwítẹn antes dijo:

«Hṅ̀-ṅ, hñ́;
yo mato a los niños que lloran;
Hṅ̀-ṅ, hñ́.
yo mato a los niños que lloran.»

---

[19] El narrador ofreció la siguiente explicación del nombre ⎪nŭ⎪numma-⎪kwítẹn:

«Un hombre que come grandes (trozos de) carne, él los corta, él los mete en su boca. Yo pienso que los huevos son blancos; por lo tanto, yo pienso que su nombre parece ser "Boca-blanca".»

«⎪nŭ⎪numma-⎪kwítẹn es un animal de rapiña. Un hombre fue quien engulló huevos, tragó huevos. Por lo tanto, él era [su nombre era] ⎪kǫ́tta-kkōë.»

La referencia es hecha aquí a un hombre de la raza temprana que tragaba huevos de avestruz enteros y que es el jefe en una leyenda relatada por ⎪haṅ╪kass'ō (V.-56 L.).

Cuando mi abuelo deseó que nosotros debíamos dejar de hacer ruido,[20] él dijo que un |nŭ|numma-|kwítęn antes solía decir:

«Hǹ-ṅ, hñ́;
yo mato a los niños que lloran;
Hǹ-ṅ, hñ́.
yo mato a los niños que lloran.»

Y (cuando) él escucha a un niño llorando ahí, sigue el sonido hasta él. Mientras el pequeño niño está llorando ahí, él, siguiendo el sonido va hacia él, se acerca a él furtivamente, acercándose furtivamente, llega a la choza en la que el pequeño niño está llorando. Él salta, salta dentro de la choza. Atrapa al pequeño niño, él salta, llevándoselo. Él va a tragárselo. Se va.

---

[20] Estábamos gritando, haciendo un ruido allá mientras jugábamos.

B. HISTORIA (NATURAL Y PERSONAL)

VII. *Animales y sus hábitos
—aventuras con ellos— y cacería*

VII.- 66.B. EL LEOPARDO Y EL CHACAL

El chacal mira al leopardo cuando el leopardo ha matado una gacela. El chacal aúlla (con la lengua levantada), ruega al leopardo por carne de gacela. Aúlla, ruega, pues él es un chacal. Así, él aúlla, suplica, pues es un chacal. Por lo tanto, él aúlla cuando ruega, incluso desea que el leopardo le dé carne, que él pueda comer, que él también pueda comer.

Debido a esto el leopardo está enfadado, el leopardo lo mata, el leopardo lo muerde hasta que muere, lo levanta, va a ponerlo dentro de los arbustos. Así, lo esconde.

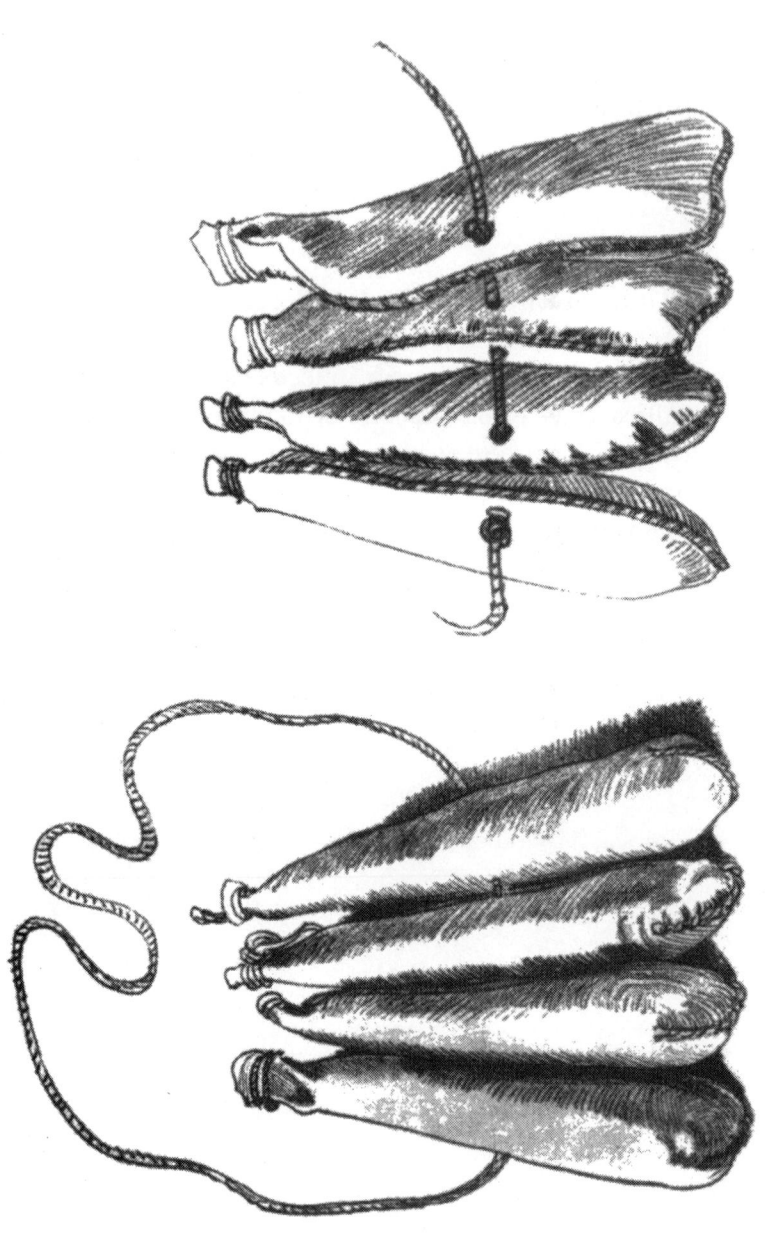

Sonajas de danza bosquimanas.
(A la mitad de su tamaño.)

VII.-121.L. ACCIONES DE LA GACELA

La gacela madre está habituada a hacer así, mientras pasa trotando, cuando ella tiene un pequeño niño gacela, ella gruñe[1] mientras pasa trotando. Ella dice: «ą̃ ą̃ ą̃»[2] mientras pasa trotando. Entonces, ellas (las gacelas) hacen un sonido resonante (¿?), pues son varias. Entre tanto, los niños gacela también lloran (balan) al llorar (gruñir) sus madres. Éstas dicen: «ą̃ ą̃ ą̃», los niños gacela dicen: «me, me, me» mientras sus madres dicen: «ą̃ ą̃ ą̃» al gruñir. Los hijos de las gacelas dicen: «mḛ, mḛ, mḛ, mḛ» cuando sus madres dicen «ą̃ ą̃ ą̃» al avanzar gruñendo.

Es por esto[3] por lo que acostumbramos a decir: «¡Oh animal de rapiña! Tú eres quien escucha aquel lugar atrás, es resonante. Por lo que yo dije que me sentaría aquí. Pues estas gacelas macho paradas alrededor, son las que seguirán pasando detrás de ti, pues yo me estoy agachando y ellos no me ven. Deberán seguir pasando detrás de ti cuando tú hayas ido detrás (de la colina), ellos deberán seguir pasando detrás de ti».

---

[1] Porque se lleva con ella al niño protegiéndolo; ella gruñe mientras que el niño juega.

[2] Aquí el narrador hizo un sonido como el rugido el cual, dijo, estaba «en su garganta» y sobre el cual comentó: «cuando me siento a imitar a las gacelas, toso a causa de esto».

[3] Es por esto por lo que los bosquimanos suelen decir: «¡Oh animal de rapiña! Parece que (el rebaño de gacelas) se levantará, ya que tú eres quien ve a los hijos de las gacelas. Pues tú eres quien ve (que) los hijos de las gacelas, al parecer, se levantarán». (Ellos habían estado agachados, o, como lo expresa el narrador, «sentados».)

VII. - 70A.B. COSTUMBRES DEL MURCIÉLAGO Y EL PUERCOESPÍN

Mamá dice que el murciélago,[4] cuando el puercoespín está todavía en el lugar donde busca comida, no viene, pues el murciélago se queda con él mientras busca comida. Cuando éste (el puercoespín) regresa a casa, entonces es cuando el murciélago viene a su agujero.[5] Así es como sé que el puercoespín parece haber regresado.

Mamá me contó sobre esto, que yo debo vigilar al puercoespín si veo al murciélago. Sé que el puercoespín debe venir cuando el murciélago viene. Y no debo dormir, ya que debo vigilar al puercoespín, pues cuando el puercoespín se acerca me da sueño, me da sueño (a causa) del puercoespín. Porque el puercoespín es una cosa que suele, cuando se acerca, pasar haciéndonos dormir en contra de nuestra voluntad, pues no desea que sepamos la hora en que viene, desea meterse en el agujero mientras nosotros estamos dormidos. De esta manera, él pasa haciéndonos dormir, desea que pueda venir mientras estamos dormidos, que pueda oler si algún daño le espera en el agujero, si algún hombre yace en el agujero en su espera. Y si el hombre está dormido, se escabulle suavemente [levantando sus púas para que no hagan ruido] cuando ha percibido el olor del hombre. Así, está acostumbrado a causarnos sueño cuando desea oler si habrá paz.

Es por eso por lo que mamá solía decirme que yo debía hacer así aunque sintiera sueño. Debo saber que el puercoespín fue el que pasó haciéndome sentir sueño en contra de mi voluntad; fue el que pasó haciéndome dormir. Debo hacerlo

---

[4] El otro nombre del murciélago es ǁgōgen.
[5] El murciélago habita el mismo agujero que el puercoespín.

así, aunque sienta que quiero dormir, no debo dormir, pues el puercoespín vendrá si duermo ahí. Y el puercoespín se escabullirá suavemente mientras yo duermo. No debo saber la hora en que el puercoespín vino, debo pensar que el puercoespín no ha venido, mientras que el puercoespín vino hace largo rato. Ha venido y se ha ido mientras yo dormía. Es por eso por lo que no debo dormir, que debo saber cuando ha venido el puercoespín. Porque debo hacerlo así: si me durmiera, no podría saber cuando ha venido.

Por lo tanto, estoy acostumbrado a hacerlo así: cuando me recuesto en espera de un puercoespín no duermo, cuando estoy vigilando al puercoespín. El puercoespín viene mientras lo estoy vigilando; lo veo regresar mientras siento que soy yo quien no ha dormido. Pues mamá fue quien me lo contó así, que no debo dormir aunque sienta sueño, debo hacer como mi padre solía hacer cuando él vigilaba bien al puercoespín. Así, él solía saber cuando el puercoespín venía; aunque sintiera sueño no se dormía ya que sentía que quería saber la hora en que el puercoespín vendría.

Éstas son las cosas que mi madre y los otros me contaron, en especial, que yo no veía que el puercoespín es una cosa que no aparece durante el día, pues aparece en la noche, ya que no puede ver de día. Es por eso por lo que aparece en la noche, mientras siente que la noche (es la hora) en que ve. Él estaría, si apareciera durante el día, estaría yendo dentro de los arbustos sintiendo que sus ojos no están cómodos. Entonces estaría yendo dentro de los arbustos sintiendo que sus ojos no están cómodos. Pues sus ojos se sentirían deslumbrados. La noche es (la hora) en que ve bien. Él sabe que ésta es la hora en que percibe. Al lugar que vaya, ve los arbustos de noche.

Mi padre solía decirme que, cuando esté recostado en espera de un puercoespín, en el momento en que la Vía Láctea se voltee, yo debo saber que ésa es la hora en que el puercoespín regresa. Mi padre me enseñó acerca de las estrellas, que yo debo hacer así cuando esté recostado esperando en un agujero de puercoespín, debo mirar las estrellas. El lugar donde las estrellas caen[6] es el que debo vigilar con atención. Pues es realmente ese lugar en el que el puercoespín está, donde las estrellas caen.

Debo también estar sintiendo (probando) el viento. Sobre cosas que debo vigilar, mi padre, de esta manera, me enseñó; cosas que debo vigilar. Mi padre me contó sobre esto, que no debo vigilar al viento (es decir, a barlovento), ya que el puercoespín no es una cosa que regresará saliendo del viento. Suele regresar cruzando el viento en dirección diagonal, pues desea oler. Por lo que cruza el viento en dirección diagonal debido a que quiere oler, ya que los agujeros de su nariz son los que le dicen si hay peligro en este lugar.

Mi padre solía decirme que no debo respirar hondo cuando esté recostado esperando un puercoespín, ya que una cosa que no escucha[7] poco es él. Tampoco debo susurrar fuertemente, pues el puercoespín es una cosa que no escucha poco. Así, estamos acostumbrados a darnos la vuelta suavemente cuando estamos sentados porque tememos que de hacerlo (ruidosamente), mientras él viene, nos pueda escuchar.[8]

---

[6] El puercoespín vendrá del lugar donde las estrellas parecían caer.

[7] Es, de hecho, una cosa cuyos oídos escuchan finamente. Es por eso por lo que nosotros no susurramos mucho, ya que (ésta es) una cosa que, aunque nosotros pensemos que no hemos susurrado mucho, escucharía.

[8] Si el puercoespín hubiera escuchado, habría dado la vuelta.

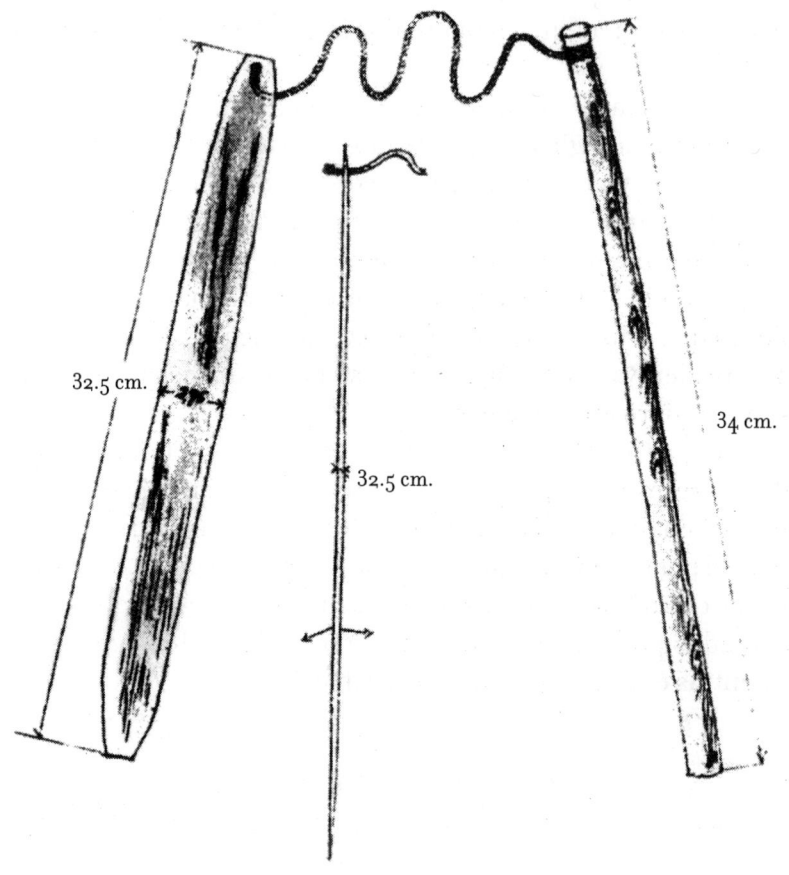

Largo de la cuerda (una vez enrollada) = 40.5 cm.

|gö́iṅ-|gö́iṅ

VII.- 127.L. LA TARABILLA*⁹ Y EL GATO MONTÉS

Éste (la tarabilla) dice: «Tchá̰, tchá̰, tchá̰, tchá̰» cuando se ríe del gato montés, cuando ha espiado al gato mientras éste está recostado, recostado durmiendo, y él se ríe del gato a causa de esto.

Los otros pequeños pájaros (escuchándolo) van hacia él, todos se ríen del gato.

---

* En el texto original aparece como Saxicola Castor. (N. de la T.)

9 El *lkā̰-kaũ* o Saxiola Castor es un pequeño pájaro encontrado en la tierra de los bosquimanos. Vive en los árboles y vuela alrededor de ellos. No es comido por los bosquimanos.

VII. - 148.L. LOS BABUINOS Y ǁḳÁBBITĘNǁḳÁBBITĘN

Los babuinos espiaron a ǁḳábbitęnǁḳábbitęn mientras él se apartaba de los hombres blancos que había visitado. Cargaba harina que le dieron los hombres blancos. Y los babuinos dijeron: «Parece que el tío ǁḳábbitęnǁḳábbitęn está regresando allá; crucémonos en su camino, que podamos derribarlo».

Así lo hicieron los babuinos. ǁḳábbitęnǁḳábbitęn pensó en hablar con ellos, les preguntó qué es lo que estaban diciendo. Y ǁḳábbitęnǁḳábbitęn comentó sobre lo pronunciado de sus frentes.[10] Y los babuinos, airadamente, se lanzaron hacia ǁḳábbitęnǁḳábbitęn. Ellos rompieron varas con las cuales pretendían venir a golpear a ǁḳábbitęnǁḳábbitęn.

Los hijos de los babuinos vinieron. Pasando por ahí, gritaron a sus padres: «¡Oh padres! Deben darnos la cabeza de ǁḳábbitęnǁḳábbitęn, que podamos jugar con ella».

ǁḳábbitęnǁḳábbitęn hizo lo siguiente: cuando escuchó que los hijos de los babuinos hablaban de esta manera, pensó para sus adentros, «¿Qué debo hacer? Pues los babuinos no son pocos». Él pensó: «Me subiré a un *krieboom*, que pueda sentarme arriba en el *krieboom*; los babuinos tendrán que arrastrarme desde el *krieboom*».

Y los babuinos subieron por él mientras estaba sentado arriba, en el *krieboom*. Los hijos de los babuinos hablaron entre ellos sobre esto, dijeron: «Primero miren la gran cabeza de ǁḳábbitęn ǁḳábbitęn, estaremos un largo rato jugando allá, con la cabeza

---

[10] «¡Hablen conmigo! ¡Ustedes son feos! ¡Sus frentes parecen salientes acantilados!» Los babuinos se enfadaron con él pues se burló de ellos; dijo que sus frentes parecían salientes acantilados. Y ellos rompieron varas a causa de esto, fueron hacia ǁḳábbitęnǁḳábbitęn.

de ǁχábbitẹn ǁχábbitẹn, pues ustedes son quienes miran que su enormidad es así, parece que no se romperá rápidamente». Un babuino, que era un adulto,[11] habló a los hijos de los babuinos, cuestionó a los hijos de los babuinos, ¿acaso los hijos de los babuinos no vieron que ǁχábbitẹnǁχábbitẹn era viejo —que ellos, que eran niños, debían pensar en que pueden poseer los pedazos de ǁχábbitẹnǁχábbitẹn—? Ellos hablaron como si él fuera su primo pequeño, que ellos deben poseer sus pedazos. ¿Acaso no vieron que aquéllos que son adultos serán los que obtendrán los pedazos de ǁχábbitẹnǁχábbitẹn, aquéllos que son adultos?

Y ǁχábbitẹnǁχábbitẹn pensó para sus adentros: «¿Qué debo hacer (para) que los babuinos puedan dejarme? Pues hablan airadamente sobre mí. Parece como si de verdad me fueran a atacar». Y ǁχábbitẹnǁχábbitẹn pensó para sus adentros: «Espera, primero contaré a los hombres blancos acerca de los babuinos. Pues los babuinos no le temen poco a una pistola. Debo ver si ellos no tendrán miedo si oyen que estoy hablando de ellos con los hombres blancos».

Y ǁχábbitẹnǁχábbitẹn gritó —mientras los engañaba—, él dijo: «¡Oh hombres blancos! Los babuinos están aquí, ellos están conmigo, ustedes deben ahuyentarlos». Y los babuinos hicieron así cuando oyeron que ǁχábbitẹnǁχábbitẹn habló acerca de ellos, que los hombres blancos debían ahuyentarlos. Los babuinos miraron a su alrededor a causa de esto. Y los babuinos corrieron dejando a ǁχábbitẹnǁχábbitẹn, y él escapó en el momento en que los babuinos huyeron asustados; descendió pronto del *krieboom*. Él se fue corriendo escapando de los babuinos. Mientras ellos corrían hacia los acantilados, él se fue corriendo.

---

[11] El nombre del líder babuino, el grande, el viejo, el que va después de los demás, es ǀuhāī hŏ ǀkwã̄ o «Schildwacht».

VII.- 75.B. LA HISTORIA DE UN LEÓN

La niña lloraba por «arroz bosquimano». Un león, escuchando, vino hacia ella mientras ella lloraba. Sus padres estaban dormidos, ella se sentó a su lado, se sentó llorando.
Y el león escuchaba mientras ella lloraba. Y el león vino hacia ella a causa de esto.
Y ella sacó (algo del) pasto[12] sobre el cual sus padres estaban recostados porque ella había percibido al león. El león intentó matar (y) llevarse a sus padres. Ella incendió al león con el pasto.[13] El león escapó; los arbustos se incendiaron[14] porque la niña había incendiado al león.
Y después, la madre de la niña le dio «arroz bosquimano» (ya que) ella sintió que el león los hubiera matado si la niña no hubiera incendiado al león con pasto.
Y el león fue a morir a causa del fuego pues lo había quemado matándolo.
Y la madre de la niña dijo: «Si mi hija no hubiera incendiado al león de esta manera, nosotros hubiéramos muerto. Pues tú incendiaste al león por nosotros; hubiéramos muerto si tú no hubieras incendiado al león por nosotros. Entonces será así, que nosotros romperemos para ti una cáscara de huevo de avestruz de "arroz bosquimano"; ya que tú nos has hecho vivir. Nosotros deberíamos estar muertos, debimos haber muerto, si tú no hubieras incendiado al león por nosotros; si tú no hubieras, de esta manera, incendiado al león por nosotros, hubiéramos muerto».

---

[12] El narrador explicó que los bosquimanos duermen sobre el pasto, el cual, con el tiempo, se seca.
[13] Encendió el pelo del león.
[14] Mientras él corría por los arbustos, éstos también se incendiaron.

VII.- 151.L. EL HOMBRE QUE ENCONTRÓ UN LEÓN EN UNA CUEVA

Mi padre, |χũge̥n-ddí, antes me contó que hace mucho un hombre hizo así: cuando vino la lluvia él pensó que iría (y) dormiría en una cueva. Un león fue quien había hecho que lloviera para él, para que no pudiera saber el lugar en el cual parecía estar (su) hogar; que pudiera pasarlo (en la oscuridad), para que él fuera a un lugar diferente, que el león pudiera atraparlo.

El lugar no estaba poco oscuro, pues él continuó metiéndose entre los arbustos; él no vio el lugar por el que estaba caminando. No conocía el lugar en el cual parecía estar (su) hogar. Y él pensó: «Debo continuar en la oscuridad buscando una cueva, que yo pueda ir a dormir dentro de ella, si la encuentro. Después en la mañana puedo regresar a casa, pues no cae poca lluvia sobre mí».

Y el león había venido primero a la cueva, vino a la cueva a esperar al hombre.

El león sintió que también estaba mojado; cuando se sentó (sólo por un instante) dentro de la cueva, se calentó y se durmió cuando se había calentado, mientras había pensado que se sentaría para vigilar al hombre, que haría así: si el hombre entrara —mientras el hombre pensó que buscaría un lugar para poner sus cosas— podría atraparlo. Así lo pensó él, (pero) rápidamente cayó dormido.

Y el hombre vino mientras el león dormía sentado. Y el hombre, cuando había entrado a la cueva, escuchó una cosa que parecía respirar. El hombre pensó: «¿pudo haber venido gente a la cueva? ¿Acaso esperan en la cueva aquellos que respiran aquí?» Y él pensó, «¿cómo es que la gente no habla, si fuera gente? ¿Acaso pudo haber caído dormida la gente, pues no me habla?» Y él pensó: «No llamaré a la gente, pues no sé si es gente; primero tentaré suavemente a mi alrededor (con las manos), que pueda sentir si ellos son gente real. Ya que yo debo, si fuera una cosa diferente, debo despertarlo».

Y él tentó a su alrededor y sintió que una cosa que parecía tener pelo estaba ahí. Y suavemente se acercó un poco más a él. Tentó bien alrededor, sintió que un león era el que, sentado, dormía dentro de la cueva. Y suavemente, dio un paso atrás (y) se dio la vuelta, salió de puntillas.

Y, cuando se alejó un poco, corrió rápidamente, pues pensó que el león lo olería (donde) había ido a tentar por ahí buscando al león; que el león correría a buscarlo.

Y cuando se hubo alejado un poco, cuando había pasado algo de tiempo, oyó al león pues éste lo olió mientras dormía. Y al sentarse a dormir de esta manera, el olor del hombre entró por su nariz, y gracias al olor del hombre, el cual hacía parecer que el hombre estaba parado a su lado, se levantó rugiendo. Fue por el olor del hombre que percibió, que pareció como si el hombre estuviera parado a su lado. Es por esto por lo que tiró un zarpazo al lugar donde el hombre parecía estar.

Y el hombre lo escuchó y exclamó: «Suena como si hubiera percibido mi olor, pues tú (dirigiéndose a sí mismo) eres quien así oyó los sonidos de la cueva, ya que suena como si (él) ha sido asustado por mi olor; suena como si (él) mordazmente, estuviera buscándome en la cueva».[15] Y el hombre pensó que no iría a casa, pues correría a otro lugar, ya que sabía que el león hallaría su rastro. Después haría lo siguiente: cuando el día irrumpa, —si el león no lo ha matado aún— correría en seguida buscando (su) hogar por la mañana.

Y el día irrumpió mientras el hombre seguía corriendo, pues había escuchado al león, es decir, el ruido que éste hizo mientras el león lo buscaba para atraparlo. Y, al ir corriendo, vio el fuego de otras personas, el cual habían encendido para calentarse. Y él pensó: «Correré hacia el fuego que se ve ahí, que

---

[35] El narrador explicó que el león estaba oliendo y rugiendo para encontrar a la persona (o personas) a la(s) que había olido.

yo pueda ir hacia las personas que están haciendo fuego allá, que pueda ir a dormir (entre) ellos». Y él pensó: «¿Acaso no piensas (que) nuestros padres también me dijeron que el ojo del león puede a veces también parecerse a una fogata en la noche? Veré si es una fogata real la que se quema allá». Y corrió acercándose a ella, miró y vio que las personas estaban acostadas alrededor, frente al fuego. Y pensó: «Iré hacia las personas, pues la cosa parece como si fueran personas».

Y él fue hacia las personas. Y les contó sobre esto: «¿Ustedes piensan que yo no he caminado hacia la muerte esta noche? ¡Me pasó que el león se durmió y por eso ustedes me ven! Pues ustedes no me verían si el león no se hubiera dormido, porque se durmió, de ahí que la cosa parezca que ustedes me ven. He venido hacia ustedes. Pensé que iría a esperar ahí (en) la cueva, pero el león vino a esperarme en la cueva. Yo no sabía que el león estaba sentado dentro de la cueva. Pensé que tentaría alrededor buscando un lugar que estuviera seco, que pudiera poner mis cosas ahí. Entonces, cuando caminé dentro de la cueva, escuché una cosa que sonaba como si respirara y pensé que parecía haber personas también esperando ahí (en) la cueva. Escuché que la respiración de la cosa no sonaba como la de un hombre; pensé que primero tentaría por ahí sin bajar mis cosas. Tenté mientras (aún) tenía mis cosas, tenté con cuidado por ahí. Sentí que tocaba pelo y me di cuenta que debía ser un león que dormía sentado en (la cueva). Cuando me di cuenta que era un león, me di la vuelta silenciosamente».

Él le contó a las demás personas sobre esto: ¿No habían escuchado su búsqueda las otras personas? Entonces, las otras personas debían vigilar al león, pues éste vendría cuando el león encontrara su rastro. Y ellos oyeron al león buscándolo mientras éste preguntaba. El león preguntó por el hombre que había ido hacia él, pues percibió que el olor del hombre había cesado en esta casa. La cosa parecía como si él estuviera en esta casa. Quería que el hombre se hiciera visible, que pudiera atrapar al hombre.

El día irrumpió mientras el león estaba (todavía) amenazándolos. Cuando el día irrumpió, fue entonces que el león se marchó dejando a las personas, ya que el sol estaba saliendo. Es por esto por lo que se marchó dejando a las personas, pues sentía que el sol salía, ya que, (de lo contrario), la gente lo vería, pues el león es una cosa que no está dispuesta a venir hacia nosotros cuando el sol está en lo alto (en el cielo).

VII.- 161.L. ALGUNAS PRÁCTICAS DE LA CACERÍA LLAMADAS !NÁNNA-SSĒ

Cuando mostramos respeto a la presa actuamos de esta manera, ya que deseamos que pueda morir. La presa no morirá si no mostramos respeto ante ella.

Hacemos como sigue: una cosa que no corre rápido es aquélla que nosotros comemos cuando le hemos disparado a la presa, pues deseamos que la presa también haga lo que hace. La presa suele hacer así, si nosotros comemos la carne de una cosa que es veloz, ésta (es decir, la presa) actúa como la cosa cuya carne comimos. La cosa también actúa como la cosa cuya carne hemos comido, (haciendo) eso que aquélla hace.

Así, la gente está acostumbrada a darnos la carne de una cosa que no es veloz. No nos dan toda (clase de) comida, pues solamente nos dan comida (que) ellos saben que fortalecerá el veneno, que el veneno pueda matar a la presa.

La gente hace así cuando hemos matado un antílope, no nos dan carne de gacela, pues sienten que la gacela no anda lento. Pues suele actuar así, aunque sea de noche, acostumbra caminar por ahí; el día irrumpe mientras está (todavía) caminando por ahí. Es por eso por lo que la gente vieja no nos da carne de gacela mientras sienten que la presa, si comemos carne de gacela, haría como hace aquélla. No iría a un lugar cercano, en tanto que sentiría que comimos gacela que no duerme, aunque sea de noche. Ésta (la presa) también hace lo que la gacela y la gacela acostumbra hacer así. Cuando el sol se ha puesto para ella en un lugar, el sol sale para ella en otro, mientas siente que no ha dormido. Pues caminaba por ahí de noche. Debido a esto, la gente vieja teme darnos carne de gacela ya que siente que el antílope no querrá irse a dormir, aunque sea de noche. Pues éste, viajando en la oscuridad, dejará que el día irrumpa sin haber dormido.

Por lo tanto, la gente vieja tampoco nos permite tomar la carne de gacela con las manos, ya que nuestras manos, con las que agarramos el arco y las flechas, son aquéllas con las que estamos agarrando la carne de la cosa. Disparamos a la cosa y nuestras manos están también como si hubiéramos percibido el olor de la gacela, ya que nuestras manos son aquéllas que agarraron las flechas (cuando) le disparamos a la cosa. Así, si agarramos carne de gacela, la cosa es como si hubiéramos comido carne de gacela pues nuestras manos son aquéllas que (hacen) que la cosa parezca como si nosotros hubiéramos comido carne de gacela con ellas. No hemos comido carne de gacela porque éstas son nuestras manos. Pensamos: «¿Cómo puede ser? ¿No he olido las cosas que estoy (ahora) oliendo?» Otro hombre, que es sagaz, habla así: «Tú debes haber agarrado carne de gacela, debió ser eso lo que actuó de esta manera, ya que siento que no parece que tú hayas olido otras cosas».

Es por eso por lo que la gente suele actuar así con respecto al hombre que disparó a la cosa. No le permiten cargar a la gacela, lo dejan sentarse a cierta distancia y no está cerca del lugar donde la gente está cortando la gacela. Se sienta a cierta distancia porque teme percibir el olor de las vísceras de la gacela. Es por esto por lo que él se sienta a cierta distancia, pues desea no percibir el olor de las vísceras de la gacela.

ǀNǎNNA-SSĒ
Segunda parte
MÁS INFORMACIÓN, PARTICULARMENTE CON RESPECTO AL TRATAMIENTO DE LOS HUESOS

Ellos (los bosquimanos) colocan bien los huesos de la cosa a un lado, no los tiran (por ahí).

Dejan los huesos del lado opuesto a la entrada de la choza [el lugar hacia donde da la boca de la choza, ellos la llaman «el opuesto de la fachada de la choza». Y ellos se van, depositan los huesos ahí. Por lo tanto, lo llaman «el montón de huesos»[16] mientras sienten que es el lugar al que van, en el que depositan los huesos. Ellos depositan los huesos al lado de un arbusto (un pequeño arbusto de espinas), en el lugar a donde van a depositar los huesos.

Y otra persona (quien vive del lado contrario) roe, poniendo los huesos sobre un esternón (de avestruz).[17] Él hace así: cuando ha terminado de roer los huesos, los levanta y va a depositarlos a ese lugar.[18]

Y cuando ellos han hervido otros huesos, roen[19] de nuevo, poniéndolos sobre (el plato de esternón de avestruz). Cuando han terminado de roer los huesos, ellos levantan el esternón de avestruz sobre el cual están los huesos y van a depositar los huesos del lado opuesto a la choza del otro. El otro (es decir, el

---

[16] Este montón de huesos (de gacela, antílope, liebre, puercoespín, etc.) se llama ǀūhāi teņ y también ǀkà.
[17] El esternón de un avestruz, utilizado como plato.
[18] Una choza tiene su propio montón de huesos; el otro hombre tiene también el montón de huesos del otro hombre; otro hombre tiene también su propio montón de huesos, los huesos de la gacela que ha matado.
[19] Arrancando a mordidas la carne de los huesos.

Fotografía de cuatro niños Ikuṅ: Inanni, Tamíme, Iúma y Dạ̃.

vecino que vive del lado contrario), también cuando ha hervido, toma los huesos que roe, los va a depositar del lado opuesto a la entrada de la choza del otro, (sobre) el montón de huesos[20] del otro; él va a depositar los huesos sobre éste. Otro hombre hace también así, cuando ha roído los huesos, va a depositarlos del lado opuesto a la entrada de la choza del otro, (sobre) el montón de huesos del otro.

Y ellos[21] también (lo hacen), un hombre diferente hace como sigue: también hierve, también roe poniendo los huesos sobre un esternón de avestruz; también viene a depositar los huesos del lado opuesto a la entrada de la choza del otro.

Ellos también hacen así cuando cortan una gacela, también sacan el estómago, mientras que, abriendo con un corte (a la gacela), sacan el estómago. Van a vaciar los contenidos del estómago del lado opuesto a la entrada de la choza del otro, van a vaciar los contenidos del estómago ahí (sobre el montón de huesos del otro). Ellos, [habiéndolo lavado bien] vienen a echar sangre dentro del estómago, bañan su mano[22] en sangre mientras la giran

---

[20] El montón de huesos que pertenecen al otro hombre que mató a la gacela.
[21] Otro hombre es él. Yo creo que tiene esposa e hijos. Aquellos hijos son para los que él corta la carne. Él corta carne, corta para su hijo (un niño) este pedazo de carne, corta para este (otro) hijo (también un niño) este (otro) pedazo de carne, mientras la mujer corta carne para la niña pequeña.
Las mujeres no comen (la carne del) omóplato de la gacela, ya que muestran respeto por las flechas de los hombres para que ellos puedan matar silenciosamente. Pues, cuando nos falla la puntería, el lugar no es bonito, ya que acostumbramos estar enfermos cuando nos falla la puntería, cuando disparamos destrucción a nosotros mismos, cuando vamos a estar enfermos. Por lo tanto nos enfermamos.
Las gacelas poseen flechas mágicas (invisibles). Por lo tanto, nosotros nos enfermamos gracias a las gacelas. Es por esto por lo que no permitimos a los niños pequeños jugar sobre la piel de gacela. Pues la gacela acostumbra meterse dentro de nuestra carne y nos enfermamos. Y la gacela está dentro de nosotros y nos enfermamos a causa de esto. Debido a esto, nosotros no jugamos juegos con los huesos de la gacela, guardamos bien los huesos de la gacela mientras sentimos que la gacela acostumbra meterse dentro de nuestra carne. Las gacelas también poseen cosas que son varas mágicas: si se paran en nosotros, nosotros siendo agujerados, caemos muertos.
[22] Una mano.

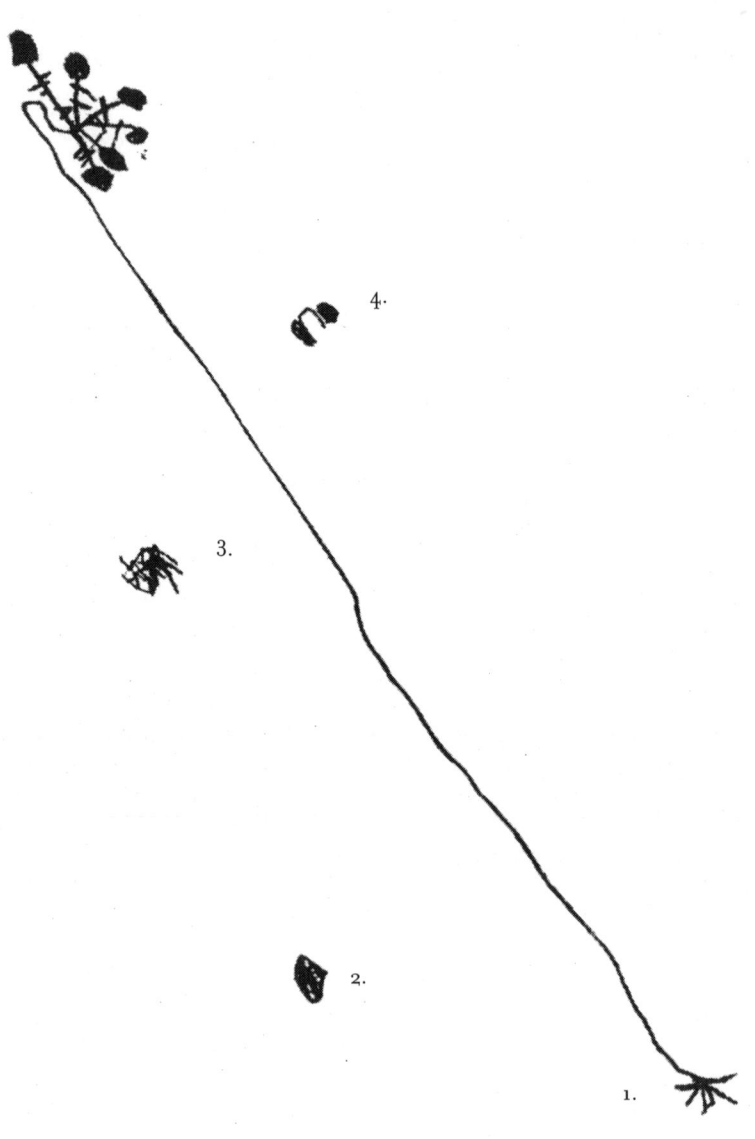

1. ǀχué como árbol en el día, y como él mismo por la noche.
2. ǀχué tuí.   3. ǀχué dǎǎ. ǀχué fuego.   4. ǀχué tchú, ǀχué choza.

ǀnanni, marzo de 1880.

(poniendo su mano derecha como una pala). Ellos, sosteniendo, forman un (caparazón) de tortuga con su mano. Con respecto a la sangre que se ha dividido,[23] aquélla que yace sobre la tierra, ellos también la levantan (con la tierra en la que yace), junto con los arbustos[24] sobre los que hay sangre. Van a depositarlos del lado opuesto a la entrada de la choza del otro hombre (la choza del hombre que mató a la gacela).

Con respecto a los huesos de lkāōkẹn,[25] de los cuales los niños (rompiéndolos) comen su tuétano, también los recolectan. Van a depositarlos del lado opuesto a la entrada de la choza del otro.

Con respecto a los huesos del omóplato, cuando ellos los han roído, los guardan en la choza[26] porque desean que los perros no los muerdan, mientras sienten que el otro hombre (el que disparó a la gacela) fallaría su puntería.

Ellos llevaron al otro hombre (quien disparó a la gacela) los huesos superiores de las patas frontales, mientras pretendían que el hijo del otro hombre fuera (y) se comiera el tuétano, pues el otro hombre fue quien mató a la gacela. Así, ellos llevaron al otro hombre los huesos superiores de la pata delantera. Guardan los huesos del omóplato, que roen entre las varas de la choza. Aquellas son entre las cuales ellos los guardan.

Ellos cortaron la parte trasera del cuello de la gacela, la llevaron al otro hombre (el que mató a la gacela). Mientras que hierven el lomo de la gacela, roen sus huesos junto con la cola, la cual ellos desean que la esposa tire, que la esposa pueda, frotando, hacerle bolsas suaves para que pueda ir a obtener cosas cuando él, canjeando, se dirige a otro hombre. Va a dárselas a otro

---

[23] Es sangre que yace (literalmente, «se sienta») sobre la tierra.
[24] Recuestan a la gacela en los arbustos.
[25] Huesos de gacela.
[26] En un artículo publicado en el *Westminster Review* (New Series, No. CVII, julio, 1878, II, «The Mythology and Religious Worship of the Ancient Japanese»), se afirma que los japoneses utilizaron el omóplato de un venado para propósitos de divinización, y que Pallas encontró una práctica semejante entre los Kirghiz, quienes empleaban el omóplato de un cordero.

hombre cuando la esposa ha frotado haciendo para él bolsas de suave piel de gacela. La esposa frota haciéndolas suaves para él, él las dobla, las pone dentro (de su propia) bolsa y se dirige hacia el otro hombre.

Ellos, (el hombre y su esposa) van a darle las cosas al otro hombre, y la otra persona (es decir, la esposa del otro hombre) también le da a (la esposa del primer hombre) su *tto̱*,[27] el cual es rojo. También le da algunos ǁ*hára* con *tto̱* porque la otra (la esposa del primer hombre) le dio las otras bolsas.

Luego, el hombre también le da al otro hombre sus propias bolsas —él que es el hombre—, sus propias bolsas. Y el otro hombre también le da flechas porque él (el hombre que trajo las bolsas) desea que el otro hombre pueda darle, a cambio, flechas envenenadas, que el otro hombre le pueda dar a cambio, veneno (es decir, flechas envenenadas). Así, el otro hombre le da a cambio veneno.

Tratamiento de huesos por el abuelo del narrador, Tsa̱tsi

Así, mi abuelo (*Tsa̱tsi*) fue quien puso (en las varas de la choza) los huesos superiores de la pata delantera y los omóplatos y el ǁ*khúrukeṉ* de la gacela, ya que es fácil que el primer dedo (de nuestra mano derecha) se lastime cuando estamos disparando. Si los perros se comen el ǁ*khü* ǁ*khúrukeṉ* de la gacela, nuestro primer dedo tiene una herida; nosotros no sabemos cómo controlarlo cuando jalamos la cuerda al disparar.

Por lo tanto, cosemos nuestro primer dedo dentro de un paño (es piel que ha sido raspada y hecha más suave), la cual la esposa corta, lo cose para nosotros. Metemos el dedo dentro de ésta y luego jalamos la cuerda (del arco) mientras sentimos que nuestro dedo está adentro. Nosotros disparamos cuando nos recostamos para esperar a las gacelas. Entonces es cuan-

---

[27] Para un poco más de información acerca de *tto̱* y ǁ*hára* véase IX. 237.L, página 305.

do nuestro dedo se hiere, mientras disparamos recostados en la cortina de arbustos y las gacelas vienen hacia nosotros. Entre tanto, nosotros yacemos, pues las gacelas no son pocas cuando hemos ido de noche (hemos ido entre ellas, haciendo un refugio detrás del cual disparamos). Debido a esto, la gacela macho sale de su lugar, camina hacia nosotros (debemos dispararle). Se va, se va a echar (a morir) mientras nosotros yacemos dentro de la pantalla de arbustos que hemos fabricado.

Cómo trataba los huesos el suegro del narrador

«Sueño» fue quien lanzó huesos sobre una pila, por lo que yo lo hice, sentía que me había casado con alguien de ellos (es decir, dentro de la familia). Lancé los huesos sobre una pila (y) les di huesos de omóplato a los perros, mientras sentía que mi suegro, «Sueño», fue quien hizo así. Por lo tanto, «Hombre del Humo» (hijo de «Sueño») hizo lo mismo.

VII.- 164.L. TÁCTICAS PARA LA CACERÍA DE GACELAS

Este hombre [quien está parado en el 5] tiene plumas de avestruz sobre varas.[28] Es por esto por lo que él clava (dentro de los pequeños arbustos) una vara grande con plumas de avestruz (sobre ésta) aquí [en el 6], ya que desea que parezca un hombre parado para que las gacelas lo puedan ver cuando van hacia las malezas (menores) de plumas. Pues las gacelas, (de lo contrario) pasarían, volviendo hacia atrás detrás de él cuando él estuviera dirigiendo[29] a las gacelas para las otras personas. Las gacelas pasarían, volviéndose hacia atrás, detrás de él en el lugar donde él se ha parado para llamarles. Él corre desde ahí hacia delante. Clava en una maleza de plumas, ahí [en el 6]. También va a clavar en una pequeña y corta maleza de plumas, [al 7], mientras que pretende, con la pequeña maleza de plumas que es muy chica, dirigir a las gacelas, deseando que la primera pueda correr, que atravesando, pueda correr pasando junto al hombre que yace entre él y la gacela [en el 9]. Aquél es hacia quien él (el hombre que dirige a las gacelas) pretende que la primera gacela corra.[30] Entonces, las gacelas hacen así, cuando este hombre dispara a la gacela que sigue a la primera, éstas se dividen

---

[28] Las |χui|χui son tres en número; de éstas clava dos (una más corta y una más larga) en la tierra (en el 6 y 7), sostiene en su mano la más pequeña de las tres agitándola sobre su cabeza para hacer que la gacela le tema. Él ha estado llamando a la gacela pero ahora está callado porque la gacela se ha metido dentro de la curva de la maleza de plumas.

[29] (Él) dirige a las gacelas, que puedan correr entre las otras personas. Él no corre lento por ahí, pues rebasa a la primera gacela mientras desea que las gacelas no puedan pasar a un costado del hombre que vino a recostarse de este lado.

[30] (Está en el 8) el hombre que yace...; el hombre que yace a sotavento. Él yace... «con una cabeza roja».

delicadamente, ya que la gacela que seguía a la otra se gira, se mueve hacia un lado rápidamente, mientras la gacela que la había estado siguiendo se gira [en la dirección contraria], mientras, saltando a un lado, se dividen al sonido de la flecha en la piel del otro, esto y (el sonido de) las plumas, las cuales iban tan rápido.

VIII. *Historia personal*

VIII. - 88.B. LA CAPTURA DE ǁKÁBBO Y EL VIAJE A CIUDAD DEL CABO

Primera versión

Vine desde ese lugar, vine (aquí) cuando vine de mi lugar, cuando estaba comiendo una gacela. El cafre[*] me agarró, ató mis brazos. Nosotros (es decir, yo) y mi hijo, junto con el esposo de mi hija, éramos tres cuando estábamos atados del lado opuesto a la carreta, mientras ésta permanecía parada. Atados, fuimos con el magistrado, fuimos a hablar con él, permanecimos con él.
Estábamos en la cárcel. Pusimos nuestras piernas dentro de las picotas. Los koranas vinieron hacia nosotros cuando nuestras piernas estaban en las picotas. Fuimos estirados en las picotas. Los koranas vinieron a poner sus piernas dentro de las picotas, dormían mientras sus piernas estaban dentro de las picotas. Estaban en la casa de las heces. Mientras estábamos comiendo el cordero del magistrado, los koranas vinieron a comerlo también. Todos lo comimos, nosotros y los koranas.
Fuimos, comimos cordero en el camino mientras veníamos a Victoria. Nuestras esposas comieron su cordero en el camino mientras venían a Victoria. Venimos a Victoria a rodar piedras mientras trabajábamos en la carretera. Levantamos piedras con nuestros pechos, rodamos inmensas piedras. Una vez más, trabajamos con tierra. Cargamos la tierra que estaba sobre la parihuela. Cargamos tierra, llenamos la carreta de tierra, la empujamos. Otras personas caminaban por ahí. Nosotros empujábamos las ruedas de la carreta, estábamos empujando. Arrojamos la tierra, empujamos de nuevo la carreta. La volvimos a llenar, nosotros y los koranas. Otros koranas cargaban la parihuela. Otras

---

[*] Apelativo usado en sentido ofensivo para referirse a cualquier persona de color negro de origen africano. (N. de la T.)

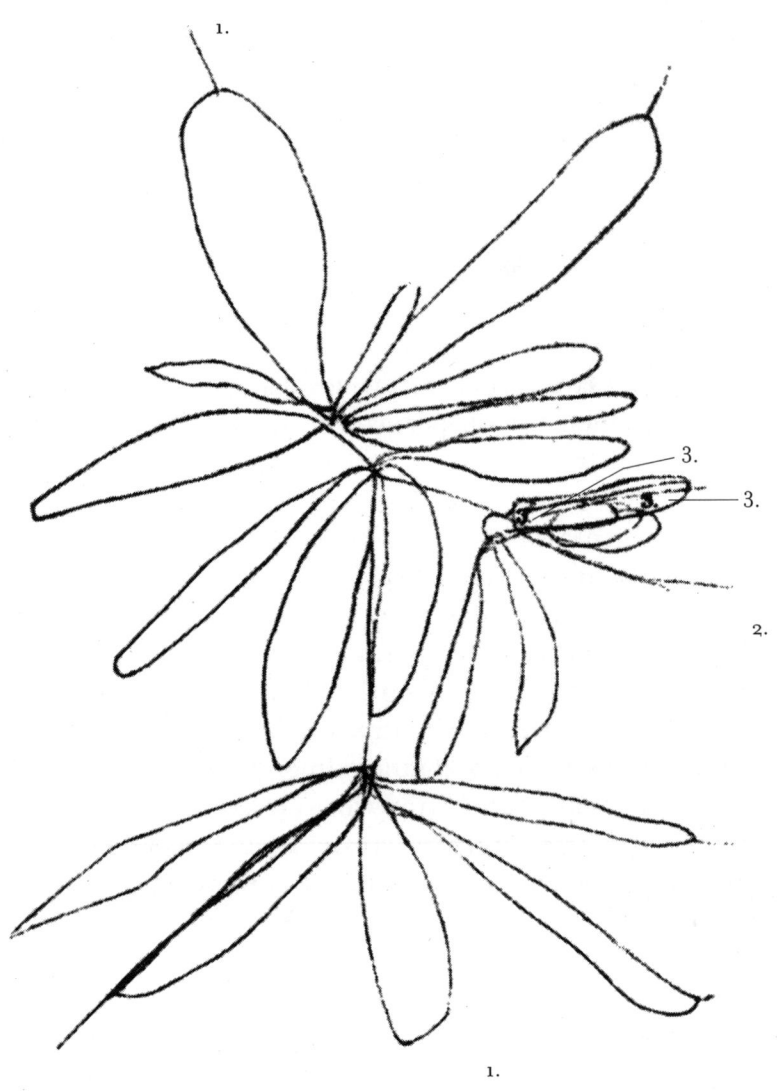

1. ǀx̯ué como la planta ǃnǎx̯ane, ⵝǎ ǃnǎx̯ane, tierra ǃnǎx̯ane.
2. El lugar al que ǀx̯ué fue dentro la tierra cuando se convirtió en ǃnǎx̯ane.
3. Un lugar donde ha habido agua.

ǃnanni, septiembre de 1880.

personas (es decir, bosquimanos) estaban con los koranas, también cargaban la tierra que estaba sobre la parihuela. Vinieron de nuevo a llenarla de tierra.

Una vez más, teníamos los brazos atados a la cadena de la carreta, caminamos asegurados a la cadena de la carreta y llegamos a Beaufort mientras el sol estaba caliente. Ellos (nuestros brazos) fueron liberados en el camino. El magistrado nos dio tabaco. Fumamos con huesos de cordero mientras caminábamos. Llegamos a la cárcel de Beaufort. La lluvia cayó sobre nosotros cuando estábamos en la cárcel de Beaufort.

Temprano, a la mañana siguiente, nuestros brazos (fueron atados, estábamos apresados). Saltamos en el agua, nosotros saltamos pasando a través del agua en el lecho del río. Caminamos sobre la calle mientras seguíamos a la carreta, ésta iba primero. Estando atados, caminamos siguiendo la carreta hasta que, estando atados, llegamos al rompeolas. Durante el viaje comimos cordero mientras llegábamos al rompeolas. Llegamos (y) trabajamos ahí.

Por la noche, un hombre blanco nos llevó a tomar el tren. Nos sentamos temprano en el tren. Éste se apresuró trayéndonos a Ciudad del Cabo. Llegamos a la prisión de Ciudad del Cabo cuando estábamos cansados, nosotros y los koranas. Al medio día nos acostamos a dormir.

Segunda versión

Mi esposa estaba ahí, yo estaba ahí, mi hijo estaba ahí, la esposa de mi hijo estaba ahí mientras cargaba un niño pequeño (en su espalda). Mi hija estaba ahí y también cargaba un niño pequeño; el esposo de mi hija estaba ahí, nosotros éramos así (en número). Entonces los cafres[1] nos tomaron (literalmente, «levantaron») cuando nosotros estábamos así, mientras no éramos numerosos, los cafres nos tomaron mientras no éramos numerosos.

[1] Probablemente se refiere aquí a un policía cafre.

Fuimos a sentarnos en la carreta, los cafres nos llevaron mientras estábamos sentados en la carreta. Nuestras esposas también se sentaron en la carreta. Ellas se bajaron de la carreta, caminaron sobre sus pies. La carreta permaneció inmóvil, nos bajamos de la carreta, nos acostamos habiendo hecho antes una fogata. Asamos carne de borrego. La esposa de mi hijo coció una gacela que yo había matado con mi flecha. Fumamos, nos acostamos. El día irrumpió, hicimos una fogata. Fumamos temprano en la mañana.

Luego, las dejamos, fuimos con el magistrado mientras que nosotros (que estábamos en la carreta) corríamos. Mientras estábamos sobre el camino, nuestras esposas caminaban sobre sus pies. Nosotros corrimos, dejándolas. Mientras corríamos por completo, las dejábamos.

Después fuimos a hablar con el magistrado, el magistrado habló con nosotros. Por la noche, los cafres nos llevaron a la cárcel. Fuimos a poner nuestras piernas dentro de las picotas. Un hombre blanco colocó otro (pedazo de) madera sobre nuestras piernas. Dormimos mientras nuestras piernas estaban en las picotas. El día irrumpió mientras nuestras piernas estaban en las picotas. Temprano, sacamos nuestras piernas de las picotas, comimos carne, volvimos a poner nuestras piernas dentro de las picotas. Nos sentamos mientras nuestras piernas estaban en las picotas. Nos recostamos, dormimos mientras nuestras piernas estaban dentro de las picotas. La gente hervía carne de cordero mientras nuestras piernas estaban en las picotas.

El magistrado vino a sacar nuestras piernas de las picotas porque deseaba que nosotros pudiéramos sentarnos cómodamente, que pudiéramos comer ya que era su cordero el que estábamos comiendo. *Kǎttēṅ* («Piet Rooi») se acercó (y) comió del cordero del magistrado con nosotros, también otro hombre, *Kkǎbbǐ-ddǎŭ*, también |*kwǎrra-gǎ-*|*k(e)o̓w*|*k(e)o̓w*.

Ellos, de nuevo, pusieron sus piernas dentro de las picotas, durmieron mientras sus piernas estaban en las picotas. Otros koranas también entraron, entraron a otra casa, a otra «casa carcelaria».

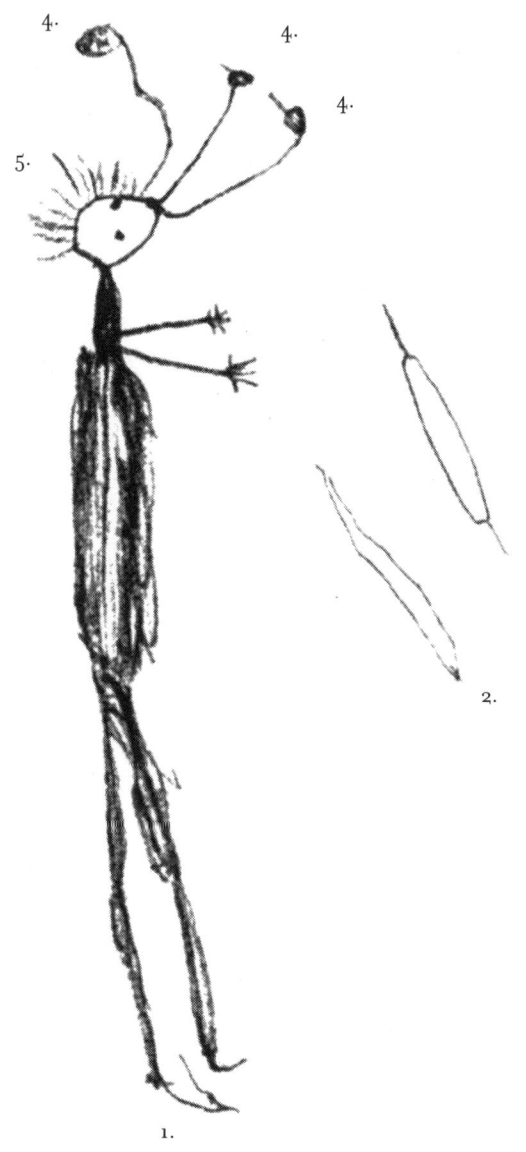

1. |ǂṵ́é.
2. |ǂṵ́é ǁnaú tséma.
   El pequeño arco de |ǂṵ́é.
3. |kúru, temblor.
4. |nǎǂane, que creció de sus dientes.
5. {ǂneǂnébbi |⟩u̯isiń.
   {plumas de torcaz.

|nanni, 10. de marzo de 1880.

VIII.- 89.B. EL VIAJE EN TREN DE ||KÁBBO[2]

Les he dicho a ustedes que el tren (un *fire wagon*) es bonito. Me senté cómodamente en el tren. Nosotros dos nos sentamos en (él), nosotros (yo) y un hombre negro.

Una mujer me tomó del brazo, me arrastró hacia dentro, pues me hubiera caído, por lo que me arrastró hacia dentro. Me senté junto a un hombre negro, su cara era negra, su boca (era) negra también, pues ellos son negros.

Los hombres blancos son aquéllos cuyas caras son rojas, pues son guapos. El hombre negro, él es feo. Así, su boca es negra pues su cara es negra.

Entonces el hombre negro me preguntó: «¿De dónde vienes?» Yo le dije al hombre negro: «Vengo de este lugar». El hombre negro me preguntó: «¿Cuál es su nombre?» Yo le dije al hombre negro: «El nombre de mi lugar es Bitterpits».

---

[2] De Mowbray a Ciudad del Cabo y de regreso.

VIII.- 93.B. EL PLANEADO REGRESO A CASA DE ǁKÁBBO

Tú sabes que yo me siento a esperar a que la luna regrese por mí, que yo pueda regresar a mi lugar. Que pueda escuchar todas las historias de la gente cuando la visite, que pueda escuchar sus historias, aquéllas que ellos cuentan. Ellos escuchan las historias de los bosquimanos del Llano desde el otro lado del lugar. Son las que ellos así nos cuentan.[3] Ellos las escuchan mientras el otro ǀχöë-sshŏ-ǀku̇i̇ (el sol) se calienta un poco, que yo pueda sentarme en el sol, que yo pueda, sentado, escuchar las historias que vienen de ahí, son historias que vienen de la distancia.[4] Entonces, yo tengo que atrapar una de sus historias, ya que éstas (las historias) flotan desde la distancia mientras el sol se siente un poco caliente, mientras yo siento que debo visitar cuanto antes, que yo pueda estar hablando con ellos, mis compañeros.

Pues yo trabajo aquí, en el trabajo doméstico de las mujeres. Mis compañeros son aquéllos que están escuchando las historias lejanas que flotan por ahí, están escuchando historias de otros lugares. Porque yo estoy aquí, no obtengo historias, pues no visito, de manera que podría escuchar historias que flotan por ahí, mientras siento que la gente de otro lugar está aquí. Ellos no poseen mis historias. Ellos no hablan mi lengua, pues ellos visitan a sus semejantes mientras sienten que son gente de trabajo, aquéllos que trabajan manteniendo casas en orden. Ellos trabajan (con) comida, que la comida pueda crecer para ellos; que ellos deben adquirir buena comida, aquélla que es nueva.

---

[3] También con las historias de su propia parte del país.
[4] ǁkábbo explica que una historia es «como el viento, viene de un lugar lejano y nosotros la sentimos».

Los bosquimanos del llano, unos van a las chozas de los otros, que ellos puedan, fumando, sentarse unos frente a otros. Así, ellos consiguen historias allí, ya que ellos acostumbran visitar, pues gente fumadora ella es. Con respecto a mí mismo, estoy esperando a que la luna regrese por mí, que yo pueda poner mis pies adelante en el camino.[5] Pues realmente pienso que yo sólo debo esperar a la luna, que yo pueda contarle a mi maestro (literalmente, «jefe») que siento que es éste el momento de sentarme entre mis compañeros, quienes, caminando, se encuentran con sus semejantes. Ellos se escuchan, yo pienso en visitar, (que) yo debería visitar, (que) yo debería hablar con mis compañeros, pues yo trabajo aquí, con las mujeres y no hablo con ellas, ellas simplemente me mandan a trabajar.

Debo, primero, sentarme un poco a refrescar mis brazos, que la fatiga pueda salir de ellos al yo sentarme. Yo solamente escucho buscando una historia, que ésta pueda flotar dentro de mi oído.[6] Aquéllas son las que estoy escuchando con toda atención, mientras siento que estoy sentado en silencio. Debo esperar (escuchando) detrás de mí,[7] mientras escucho a lo largo del camino. Ellos (mis tres nombres)* flotan hacia mi lugar. Iré a sentarme ahí, que pueda, escuchando, bajar (con mis oídos) a los talones de mis pies, sobre los que fui, mientras yo siento que una historia está en el viento. Ésta (la historia) suele flotar a otro lugar. Entonces nuestros nombres pasan a través de aquellas personas mientras que no perciben nuestros cuerpos pasando por ahí. Pues nuestros nombres son aquéllos que, flotando, alcanzan un lugar distinto. Las montañas yacen entre (los dos distintos caminos). El nombre de un hombre pasa detrás de la parte trasera de las montañas, aquellos (nombres) con los que

---

[5] Cuando un hombre planea regresar, él pisa girando, él pisa yendo hacia atrás.
[6] Las historias de la gente.
[7] ǁkábbo explica que, cuando uno ha viajado a lo largo del camino, va y se sienta, espera que una historia viaje hacia uno, siguiéndolo a lo largo del mismo camino.
* «Jantje», ǀŭhī-ddōrö, y ǁkábbo. (N. de la T.)

él, regresando, camina por ahí. Mientras él (el hombre) siente que el camino es aquél que yace así y el hombre está sobre él. El camino está alrededor de este lugar porque el camino tiene curvas. Los oídos de la gente que habita en otro lugar van a encontrarse con los nombres del hombre que regresa, aquéllos con los que él regresa.⁸ Él examinará el lugar. Pues los árboles del lugar parecen ser guapos, ya que han crecido altos mientras que el hombre del lugar (ǁkábbo) no los ha visto, que él pueda caminar entre ellos. Pues él va vivir a un lugar distinto, su lugar éste no es. Pues lo que pasó con él fue que la gente lo trajo a su propio lugar, que debía primero venir a éste a trabajar por un tiempo. Él es quien piensa que a su lugar debe regresar.

Él sólo espera el regreso de la luna, que la luna pueda girar, que él pueda regresar (a casa), que él pueda examinar las fosas de agua, aquéllas en las que él bebía. Él trabajará, poniendo en orden la vieja choza mientras siente que ha reunido a sus hijos, que ellos puedan trabajar teniendo el agua lista para él, pues él se fue, dejando el lugar mientras extraños caminaban por ahí. Su lugar no es, pues era el lugar del padre del padre de ǁkábbo. Y luego, el padre de ǁkábbŏ lo poseyó. Cuando el padre del padre de ǁkábbŏ murió, el padre de ǁkábbŏ fue quien lo poseyó. Y cuando el padre de ǁkábbŏ murió, el hermano mayor de ǁkábbŏ fue quien poseyó el lugar. El hermano mayor de ǁkábbŏ murió, (entonces) ǁkábbŏ poseyó el lugar.⁹ Y luego ǁkábbŏ se casó de adulto,

---

⁸ ǁkábbo explica que la gente sabe todos los nombres del hombre.

⁹ Ihań⧧kass'ō (el yerno de ǁkábbo) dio, en julio de 1878, la siguiente descripción del lugar de ǁkábbo o ǁgúbo o «Blawputs».
La gente (es decir los *Bastaards*) lo llaman «Balwputs», mientras sienten que sus rocas son negras pues son pizarras.
El lugar de ǁkábbo es ǁgúbo; y él junto fue, él, poseyendo fue a lo largo del lugar; entonces, él poseyó ǀkhüï-ttēń y ǁχaü-ka-ǀkhọā. Él poseyó ǁχuóbbeteń (un tipo de pozo de agua) y, él, poseyendo, fue a lo largo, él poseyó luńń.
Después, él cavó (en) ǁkā-ttŭ [el nombre de un lugar cercano a ǁgúbo]. Él cavó, haciendo un (profundo) pozo (para juego), ahí. Después, un avestruz fue asesinado en ese pozo, porque los pozos de mi suegro eran extraordinariamente buenos.

trayendo a ǀkṵóbbă-ăṅ al lugar, pues sentía que estaba solo. Por lo tanto, él envejeció con su esposa en el lugar, mientras sentía que sus hijos estaban casados. Los hijos de sus hijos[10] hablaron. Ellos, por sí mismos, se alimentaron mientras sentían que hablaban con entendimiento.

Debido a esto, ellos (los hijos de ǁkábbŏ) hicieron sus chozas mientras sentían que hacían chozas para ellos mismos. Hicieron bien sus chozas mientras que mi choza estaba aislada, en el medio. Entre tanto, ellos (mis hijos) habitaron en cualquier lado. Porque el hijo de mi hermano mayor (Betje) se casó primero, ellos (mis propios hijos) se casaron después. Por eso, el hijo de su prima creció primero, mientras que ella (la prima) sentía que se había casado, abandonándome. Ella quien desde lejos, viajando, vino hacia mí, pues fui yo quien, alimentándola, la crió. Pues su padre murió, abandonándola. Yo fui quien la trajo cuando su madre acababa de morir, la traje a mi hogar. Mientras yo sentía que no había visto morir a su padre,[11] tampoco vi morir a su madre, ya que su madre también murió,[12] abandonándola. Yo simplemente escuché la historia.

[10] La palabra ʘpṵoñddĕ aquí significa tanto el hijo como la hija de ǁkábbo.
[11] El padre fue asesinado por alguien que estaba enfadado con él, mientras que él no estaba enfadado. Había estado visitando otra casa y había dormido cinco noches lejos de casa. Un hombre que estaba en el lugar donde vivía su esposa, le dio comida al niño, pero éste seguía llorando por su propio padre. El hombre estaba enfadado con el padre porque había permanecido lejos de su esposa, dice ǁkábbo, y porque el niño seguía llorando por él. Y cuando el padre regresó y estaba durmiendo al lado de su esposa, en su propia choza, el hombre, por la mañana temprano, salió por detrás de la choza y lo apuñaló, mientras dormía, con una lanza de cafre, la cual había sido comprada en Wittberg. Mientras yacía muerto en la choza, los demás (incluyendo a su esposa) lo abandonaron por consejo del asesino.
[12] La madre murió tras una enfermedad interna. No fue enterrada porque, al momento de su muerte, solamente tenía una hermana menor con ella, la cual sufría de la misma enfermedad. La última se fue con dificultad, llevando al hijo de la madre muerta a la choza de un pariente, la cual no estaba cerca. El fuego de la morada de ǁkábbo podía verse de noche desde la choza del pariente. Ella avanzó hacia allá con el niño y se encontró con él a la mitad del camino. Antes de que él tuviera al niño, había visto los huesos de la madre muerta que se hallaban en su choza, siendo su cuerpo apenas comido

ǀχ̣ué o ǁgu̱í.
ǀχ̣ué es un ǁgu̱í-árbol.
(El ǁgu̱í es un árbol de la mitad del tamaño que el árbol loquat, que da un fruto comestible que se come crudo.)
ǀnanni, 17 de marzo de 1880.

Y luego la traje (a Betje) mientras yo sentía que era todavía un hombre joven y rápido para correr y disparar. Y pensé que ella tendría suficiente comida, que yo debía de darle. Ella la comería. La comería con mi (propio) hijo quien era todavía uno (solo). Y luego, ambos crecerían, yéndose de mí (a jugar cerca de la choza), porque ambos se comieron mi presa («cosas fulminadas»). Como yo era ágil para correr, sentía que podía, corriendo, atrapar cosas.

Entonces, yo solía correr (y) atrapar una liebre, la cual traje dentro de mi bolsa a mi hogar mientras el sol estaba caliente. Sentí que no había visto una gacela, pues vi una liebre. Yo solía disparar lanzando una avutarda. La puse dentro (en la bolsa) (y) la traje a casa. Mi esposa vendría a casa a desplumarla. Ella la hirvió en la olla, para poder tomar sopa. En la mañana cazaré a la liebre, estaré asomándome bajo la sombra de los arbustos. Le dispararé[13] para que los niños puedan comer. Pues, las gacelas se fueron. Por lo tanto, yo estaba disparando a las liebres, que yo pudiera, persiguiéndolas, causarles la muerte con el sol, cuando éstas hayan corrido por ahí bajo el sol de mediodía. Ellas estaban «calcinadas» por el sol cuando recordé que la liebre no bebe, vertiendo agua sobre los secos arbustos que crujen. Es por eso por lo que ésta permanece ahí sedienta sin beber. Habita sentándose en el (calor) del verano porque no entiende de cazos de agua, que pudiera ir hacia el agua, que pudiera ir a beber. Sin embargo espera, sentada bajo el sol.

---

por los chacales. ǀkábbo se había ido de su hogar con premura cuando escuchó que la hermana de la esposa estaba enferma temiendo que pudiera morir en el camino, y que el niño, todavía viviendo y jugando por ahí, pudiera ser devorado por chacales. Abandonó su propio hogar temprano por la mañana, y al mediodía alcanzó el punto donde estaban los huesos de la madre. Construyó una choza a cierta distancia y durmió ahí por una noche. A la mañana siguiente fue a recoger al niño a la choza del pariente, pero la hermana, junto con el niño, lo encontró en el camino. Él durmió en la choza recién construida, a la cual regresó con el niño por una noche más y luego regresaron a su propio hogar.

[13] Es decir, levantando su cuerpo y salir corriendo, cayendo muerto después.

Así que yo la persigo bajo el sol, que el sol pueda, quemándola, matarla para mí, que yo pueda comerla muerta gracias al sol. Siento ser yo quien la perseguía mientras huía con temor. Ésta, temerosa, se echó para morir a causa del sol, pues se había secado (mientras corría por ahí) bajo el sol. Me miró cuando la seguía. No se paró a caminar para poder mirar hacia atrás, pues había corrido por ahí cuando estaba cansada.

Parecía que estaba a punto de morir, ya que había sido obligada a correr por ahí. Por lo tanto, fue a echarse para morir, ya que la fatiga la había matado mientras había corrido por ahí en el calor, pues (éste) era el sol de verano, que era caliente. La tierra estaba caliente y quemaba sus pies.

Así, yo solía ir a recogerla mientras yacía muerta. Estaba en la bolsa de las flechas. Debo, andando por ahí, buscar otra liebre. Saltará (corriendo) dentro del sol. Ésta, temerosa, correría a través del sol mientras yo corría, siguiéndola. Debo, andando por ahí, esperar para que el sol pueda, quemándola, matarla. Yo iré a recogerla cuando caiga muerta. Yo, sentado, rompería sus (cuatro) patas y luego la guardaría. Pensé que probablemente otra liebre estaría del otro lado. Debo, primero, ir a buscar su forma alrededor del vecindario. Pues parece estar casada. Debo, vigilando alrededor, buscar a la liebre hembra, que pueda también perseguirla cuando haya desatado (y) dejado la bolsa. Debo perseguirla con mi cuerpo. Debo correr rápidamente sintiendo que debe darme sed.

Debo ir a beber a casa.[14] Pues los niños probablemente trajeron[15] agua. Mi esposa (solía) mandarlos por agua, pensando que yo había caminado por ahí bajo el sol cuando el sol estaba caliente, porque yo pensé que |kūï[16] mataría a los niños por mí. La lluvia debe primero caer, y después, debo vigilar por ahí. Mientras

---

[14] Agua que está dentro de un huevo de avestruz.
[15] En los huevos de avestruz y probablemente también en un estómago de gacela.
[16] También llamado «gambro», un vegetal comido por los bosquimanos, que es dañino si se utiliza como el alimento principal durante el invierno, causando intensos dolores de cabeza y zumbido en los oídos.

l𝑥̣ué o lkuị̄. l𝑥̣ué es un kuị̃-árbol.

Ịnanni, 29 de febrero de 1880.

miraba alrededor, buscando (un par de) avestruces, las cuales suelen buscar agua a lo largo del «Río Har», que puedan, andando por ahí, beber agua. Debo, dando vueltas en frente, descender dentro del «Río Har». Debo (en una posición encorvada) subir a escondidas hasta éstos dentro del lecho del río, que yo pueda disparar, yaciendo en el lecho del río. Pues las avestruces del oeste, buscando agua, regresan, que éstas puedan, andando por ahí, beber el agua nueva.

Por lo tanto, debo esperar sentado los domingos en los que permanezco aquí, en los que continúo enseñándote. No espero de nuevo otra luna, ya que es esta luna sobre la que te hablé. Así, deseé que debía hacer así, que debía regresar por mí. Pues me he sentado esperando las botas, las cuales debo ponerme para caminar y las cuales son resistentes para el camino. Porque el sol seguirá andando, quemando intensamente. Y luego la tierra se calentará mientras yo sigo a medio camino. Debo ir junto con el sol ardiente mientras la tierra está caliente, ya que no es un camino pequeño. Pues es un gran camino, es largo. Debo llegar a mi lugar cuando los árboles estén secos. Debo caminar, dejando que las flores se marchiten mientras sigo el camino.

Entonces, el otoño estará rápidamente (sobre) nosotros ahí,[17] cuando yo esté sentado en mi (propio) lugar. Pues no debo ir a otros lugares, debo permanecer en mi (propio) lugar. El nombre del cual le conté a mi maestro; él lo sabe, (habiéndolo) degradado. Y así, mi reputación está limpia (junto) a él. Es ahí donde me siento a esperar la pistola y luego, él me mandará la pistola ahí. Me manda la pistola en un carro, aquél que, andando, me trae la pistola. Mientras él piensa que no se me ha olvidado, que mi cuerpo puede estar en silencio como lo estaba cuando yo permanecía con él, mientras yo siento que disparo, alimentándome. Pues la inanición fue aquello a lo que yo me vinculé, —inanición de comida—, cuando yo, hambriento, regresé de perseguir a la oveja. Por lo tanto, yo viví con él, que yo pudiera obtener de él una pistola, que yo pudiera poseerla. Que yo pudiera

---

[17] Cuando él esté sentado en su propio lugar.

disparar por mí mismo, alimentándome para no comer la comida de mi compañero. Pues yo como mi (propia) presa.

Pues una pistola es aquélla que cuida al hombre viejo, es aquélla con la que nosotros matamos a las gacelas que atraviesan el frío (viento), nosotros vamos a comer en el frío (viento). Nos recostamos, satisfechos, (en nuestras chozas) en el frío (viento). Aquélla (la pistola) es resistente contra el viento. Ésta satisface a un hombre con comida, justo en medio del frío.

VIII.- 166.L. CÓMO FUE MATADA LA MASCOTA LEBRATO DE |HAṄ╪KASS'Ō'

|ẋábbi-an[18] mató a (mi) lebrato para mí y yo vine llorando hasta ella porque quería que ellas,[19] por lo tanto, buscaran otros lebratos; ya que ellas fueron quienes habían matado a (mi) lebrato para mí. Y ella me consoló, a causa de ello. Así, ella me dijo que el lagarto había dicho primero:

> «Pues,
> yo, así, pretendo ir,
> atravesando,
> el pasaje de *gúru-*|nā.
>
> »Pues,
> yo, así, pretendo ir,
> atravesando,
> el pasaje de |ẋé-|khwāi.»

Tsątsi[20] fue quien atrapó (y) levantó un lebrato en el campo de cacería, lo trajo vivo (a casa), él vino (y) me lo dio. Y yo jugué con el animal, lo dejé en el suelo, él corrió, yo también corrí tras él. Y fui a atraparlo, y vine a ponerlo en el suelo. De nuevo corrió y yo de nuevo corrí para atraparlo. Yo fui agarrándolo, vine a dejarlo en el suelo. De nuevo corrió y yo otra vez corrí tras él. Y yo de nuevo lo pesqué, y una vez más lo atrapé y vine a ponerlo en el suelo.

---

[18] La madre del narrador.
[19] Es decir, su madre y su abuela materna, ╪kąm̃mi.
[20] El abuelo materno del narrador.

|ǂábbi-an̂ deseaba que yo (debía) dejar de jugar con el lebrato, que yo (debía) matarlo, que yo (debía) dejarlo para asar. Yo no estaba dispuesto a matar al lebrato. Ella deseaba que yo dejara de jugar con el lebrato, que yo (debía) matarlo, que yo (debía) dejarlo para asar. Yo no estaba dispuesto a matar al lebrato, pues sentía que nada había actuado tan bellamente como él lo hizo mientras corría suavemente, suavemente corría por ahí. Él lo hizo de esta manera (mostrando el movimiento de sus orejas) mientras corría suavemente por ahí. Nada había actuado tan bellamente cómo él lo hizo. Él fue a sentarse.

Después ellas me dijeron que trajera agua, pues yo fui quien se apartó rápidamente del agua, no fui a jugar al agua. Por lo tanto, fui para traer agua cuando había atado al lebrato. Y fui para traer agua. Luego, ellas mataron a (mi) lebrato para mí, mientras yo estaba en el agua. Ellas mataron a (mi) lebrato para mí; y entonces yo vine (y) lloré a causa de esto porque yo había pensado que ellas dejarían en paz a (mi) lebrato. Ellas debieron de haber estado engañándome, me dijeron que trajera agua, mientras debieron haber estando pretendiendo matar a (mi) lebrato para mí, el cual yo había querido dejar solo para que pudiera vivir en paz. Ellas lo mataron para mí. Entonces, vine (y) lloré a causa de esto. Ellas dijeron que nosotros no debíamos atrapar otro lebrato de nuevo. Cuando yo quería que ellas buscaran algunos lebratos para mí, dijeron que no debíamos atrapar otro lebrato de nuevo.

Debido a esto, ellas, tranquilizándome, me consolaron con la (historia del) lagarto; mientras ellas deseaban que yo pudiera escucharlas en silencio; cuando yo cerrara la boca, podría escucharlas[21] en silencio.

---

[21] Ella (mi madre) me dijo que yo no debía jugar con carne, pues nosotros no jugamos con carne. Nosotros dejamos la carne para asar. Pues el lebrato no es poco gordo, por lo que lo matamos, lo dejamos para asar mientras nosotros no jugamos con él.

VIII.- 75.L. LA TORMENTA

Cuando por la noche la lluvia cayó sobre nosotros, yo lo hice así: mientras la lluvia caía, me recosté jugando al «goura»,[22] igual que ǁkuññ.[23] Y mamá me dijo que si acaso no veía cómo la lluvia se aligeraba, que yo hacía igual que ǁkuññ. Que si no sabía que ǁkuññ era una persona que solía, si la gente lo regañaba, solía (cuando) él estaba enfadado con la gente, decirle sobre esto, que la gente parecía pensar que la lluvia caería. Pero (al contrario), la lluvia permanecería inmóvil, la lluvia no caería. La lluvia solía realmente parar cuando ǁkuññ había dicho que la lluvia no debía caer.

Cuando mamá me regañó, yo no la escuché pues me recosté jugando al «goura», igual que ǁkuññ. Y mi madre guardó silencio cuando vio que no parecía que yo la hubiera escuchado. Y mamá se acostó, yo me acosté jugando al «goura».

Y la lluvia hizo así, mientras me recostaba, jugando al «goura», primero parecía que la lluvia brillaba dentro de nuestros ojos. Y la lluvia hizo así, (cuando) nosotros pensábamos que se aligeraría. Parecía como si la lluvia estuviera cerrando nuestros ojos mientras era luz la que entraba por ellos. Nos paramos, cerrando los ojos al sentir cómo la oscuridad mantenía nuestros ojos cerrados. Y cuando nosotros (aún) no cerrábamos los ojos, la lluvia nos entregó cosas que hicieron que éstos pare-

---

[22] Una descripción de este instrumento musical se encuentra en la página 109 de «The Native Races of South America», de Mr. G.W. Stow (Londres, 1905) y su dibujo en la lámina precedente (fig. 8).
[23] ǁkuññ o «Coos Groot-Oog» era un hechicero de la lluvia quien vivía en ǀkhāī ǀkū (también llamado «Fosas Evvicass», en honor a un árbol que se encuentra a un lado de las fosas).

cieran ser verdes. Y la lluvia se aligeró mientras nuestros ojos se sentían verdes.

Y la lluvia, aligerándose, cayó sobre nosotros. Y la lluvia hizo lo siguiente a una piedra que estaba afuera, en frente de nuestra choza: la lluvia, aligerándose, la agitó.

Y mamá exclamó: «¡Ṇ ṅ ṅ ṅ ṅ!» Y papá le preguntó que cuál era su problema; ¿que si la ráfaga de la tormenta[24] la había alcanzado, pues gritaba como si sintiera dolor? Y mamá le contó a papá que parecía como si la lluvia le estuviera desgarrando la piel, que por eso ella exclamaba con dolor. Y mamá dijo que nosotros habíamos deseado caer muertos, que había sido nuestra culpa no haber estado dispuestos a obedecerla cuando ella nos regañó por una cosa muy pequeña. Nosotros habíamos querido ver (lo que pasaría) cuando aparentemente no escuchamos lo que ella nos señaló.

Yo había actuado así cuando mamá me advirtió que dejara de jugar al «goura», —igual que ǁkuṉṉ—, yo no escucharía. Yo fui quien vio que la lluvia había pretendido matarnos a causa de mis acciones.

[24] El narrador compara esto con el viento en un cañón.

ǀχ̥ué a ǃk̃an̊-a; tá e kan̊ tséma um̊m; ta ǃk̥úä e ǀχ̥ué.
ǀχ̥ué es un ǃk̃an̊-a, un pequeño árbol frutal, porque no es ǀχ̥ué.

ǀnanni, 19 de mayo de 1880.

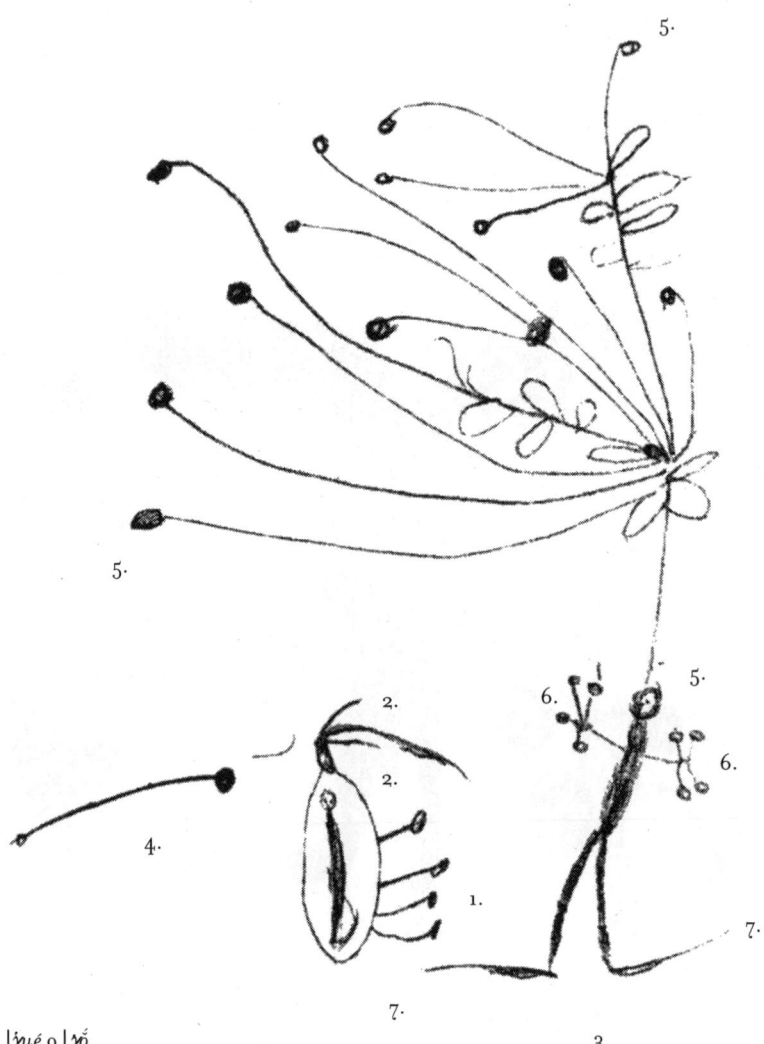

1. { ǀǂueé o ǀǂŏ
     ǀǂueé es un elefante.
2. Sus colmillos.

3. { Ha dzaú ssin ha, ta kɵá, ta tăba amm.
     Su esposa lo ve, y se asusta.
     Ella prepara comida.

4. { Ha dzaú ǂně-amm ha kue ǀgaúru.
     Su esposa lo derrota con un golpe.

5. ň‖ká̆ (el nombre de cierto árbol frutal grande).
6. Las manos de la esposa son la fruta ǀkań-a; el árbol ň‖ká̆ crece de su cabeza.
7. Los dedos pulgares largos de la esposa.

Tamme, 8 de octubre de 1880.

IX. *Costumbres y supersticiones*

IX.- 97.B. CORTAR LA PUNTA DEL DEDO PEQUEÑO, Y PERFORAR OREJAS Y NARIZ

Un niño pequeño tiene esta mano cortada.[1] Una niña tiene esta mano cortada,[2] ya que ella es una niña pequeña, por lo tanto ella tiene la mano de su brazo femenino cortado, ya que ésta es su mano femenina. El niño pequeño siente que es un niño pequeño, por eso tiene su mano cortada, de su brazo masculino, pues ellos disparan con esta mano. Otro niño no tiene su mano cortada; otra niña no tiene su mano cortada.

Así, el niño tiene este brazo cortado, con el cual ellos pretenden que él dispare. Por lo tanto, él gira esta mano (la derecha) cuando toma la flecha, gira esta mano (la izquierda) cuando toma el arco.

Otro hombre tiene esta oreja perforada (la derecha), también tiene aquella oreja perforada (la izquierda). Otra mujer tiene esta oreja perforada (la izquierda) porque siente que su brazo femenino está aquí (es decir, de este lado). Ella también tiene esta oreja perforada (la derecha) porque siente que su brazo masculino está aquí. También tiene la nariz perforada.

Otra mujer no tiene la nariz perforada porque la otra mujer es fea. La otra mujer que tiene la nariz perforada es bella.

---

[1] Mostrando la articulación superior del dedo pequeño de la mano derecha.
[2] Mostrando la articulación superior del dedo pequeño de la mano izquierda.

IX. - 177.L. CORTAR LA PUNTA DEL DEDO PEQUEÑO
Segunda versión

Su padre, ǀ̰kwaíyãu, fue quien cortó la articulación superior del dedo pequeño[3] de su hija *Kauëte̦n-añ*.
  Mi esposo fue quien cortó (la articulación superior) del dedo de ǀkábbe-tũ («Willem Streep»).

---

[3] ǀχáke̦n-añ después explicó que la articulación es cortada con un junco. Se piensa que hace que los niños vivan para crecer. Esto es realizado antes de que succionen por primera vez.

IX.- 99.B. PRESENTIMIENTOS BOSQUIMANOS[4]

Las cartas bosquimanas[5] están en sus cuerpos. Éstas (las cartas) hablan, se mueven, hacen que sus cuerpos (los de los bosquimanos) se muevan. Ellos (los bosquimanos) les ordenan a los otros que guarden silencio. Un hombre está completamente quieto cuando siente que su cuerpo repiquetea (por dentro). Un sueño habla con falsedad, es una cosa que engaña. El presentimiento es aquél que habla con la verdad, es aquel por medio del cual el bosquimano obtiene (o percibe) carne, cuando ésta ha repiqueteado.

Los bosquimanos perciben que la gente se acerca por medio de éste. Los bosquimanos sienten el repiqueteo (cuando) otras personas se acercan.[6]

---

[4] Esta pieza de literatura nativa bosquimana es descrita por el Dr. Bleek como sigue: «99. Presentimientos bosquimanos. Ellos sienten en su cuerpo que ciertos eventos van a ocurrir. Existe una manera de golpear la carne que les dice cosas. Aquellos que son estúpidos no entienden estas enseñanzas, ellos las desobedecen y se meten en problemas —tales como ser matados por un león, etc.—. Los golpes comunican cosas a quienes las entienden, qué camino no deben tomar y cuál flecha es mejor no utilizar, y también los previene cuando mucha gente va a la casa en una carreta. Éstos informan a la gente dónde pueden encontrar a la persona que buscan, es decir, por dónde deben ir para encontrarla con éxito.» (*A Brief Account of Bushman Folk-lore and other Texts* por W.H.I. Bleek, Ph.D. Ciudad del Cabo, 1875, páginas 17 y 18).

[5] La palabra |*gwē* era utilizada por los bosquimanos para referirse tanto a cartas como a libros. ||*kábbo* explicó que los golpes en sus cuerpos aquí descritos son las «cartas» bosquimanas, y se parecen a las cartas que portan el mensaje de algún recuento sobre lo que sucede en otro lugar.

[6] El bosquimano, cuando un avestruz se acerca y se está rascando la parte trasera del cuello con el pie, siente el repiqueteo en la parte inferior de la parte trasera de su propio cuello, en el mismo lugar donde el avestruz se está rascando.

Con respecto a una vieja herida, un bosquimano siente un repiqueteo en el lugar de la herida, mientras el repiqueteo siente que el hombre (el cual tiene la vieja herida) camina, moviendo su cuerpo. El hombre siente al otro hombre que viene, él dice a los niños: «Busquen a su alrededor al abuelo, pues parece que el abuelo se acerca; es por esto por lo que yo siento el lugar de la vieja herida en su cuerpo». Los niños buscan a su alrededor, los niños perciben al hombre que viene. Ellos dicen a su padre: «Un hombre viene por ahí». Su padre les dice: «El abuelo (su propio padre) viene por ahí, él vendrá hacia mí. Era aquél cuyo acercamiento yo sentí en el lugar de su vieja herida. Quería que ustedes vieran que realmente viene por ahí. Pues ustedes contradicen mi presentimiento, el cual habla con la verdad».

Él siente un repiqueteo (en) sus costillas, les dice a los niños: «Parece que la gacela se acerca pues siento el pelo negro (a los lados de la gacela). Escalen ustedes el Brinkkop* que está allá y así podrán mirar hacia todos lados, pues tengo la sensación de la gacela». El otro hombre está de acuerdo con él: «Yo pienso (que) los niños (deben) hacerlo, pues la gacela viene con el sol y el Brinkkop que se encuentra allá es alto. Ellos deben mirar hacia abajo sobre la tierra. Entonces podrán ver todo el territorio. Así podrán mirar entre los árboles, ya que las gacelas suelen ir a esconderse entre los árboles. Pues los árboles son numerosos. Los pequeños lechos de río también están ahí. Son aquéllos a los cuales las gacelas suelen venir (a) comer pues

---

La gacela, al venir, se rasca a sí misma con los cuernos y con el pie. Es entonces cuando el bosquimano siente el repiqueteo.
Cuando una mujer que se ha ido está regresando a casa, el hombre que está sentado ahí siente en sus hombros el cinto con el que el hijo de la mujer está colgado de sus hombros; él tiene la sensación ahí.

* Una colina desde donde las gacelas pueden verse. La palabra «Brinkkop» es un mal deletreo de la palabra «Bruinkop» o «Brown Hill», un término general que se refiere a colinas cubiertas de pedruscos basálticos de color café, el tipo utilizado para el grabado en roca. (Janette Deacon, «The Power of a Place in Understanding Southern San Rock Engravings», *World Archeology*, Vol. 20, Num. 1, 1988, páginas 129-140). (N. de la T.)

los pequeños lechos de río se han vuelto verdes.[7] Yo estoy acostumbrado a sentir así, tengo una sensación en las pantorrillas cuando la sangre de la gacela va a correr a través de ellas. Pues yo siempre siento sangre cuando estoy a punto de matar una gacela. Me acomodo teniendo una sensación en mi espalda, a través de la cual la sangre suele correr cuando yo estoy cargando una gacela. El pelo de la gacela está sobre mi espalda». El otro está de acuerdo con él (diciendo): «Sí, mi hermano».

* * *

Debido a esto, nosotros acostumbramos esperar (en silencio) cuando la sensación es así, cuando estamos sintiendo cosas venir, mientras las cosas se acercan a la casa. Tenemos una sensación en nuestras piernas mientras sentimos el crujido de las patas de la gacela con las que ésta se acerca, haciendo crujir los arbustos. Nos sentimos de esta manera, tenemos una sensación en nuestras cabezas cuando estamos a punto de cortar los cuernos de la gacela. Tenemos una sensación en nuestra cara, causada por lo negro de la línea en la cara de las gacelas,[8] tenemos una sensación en nuestros ojos causada por las marcas negras en los ojos de las gacelas. El avestruz es por la que tenemos la sensación de un piojo[9] mientras camina, rascando al piojo cuando es primavera.[10] Cuando el sol se siente así, está caliente.

Es así como las cosas se alejan de nosotros. Éstas siguen, pasando del lado opuesto de la choza. Por lo tanto nosotros, temprano, cruzamos la huella que la cosa dejó cuando fuimos a cazar. Pues las cosas, las cuales son numerosas, suelen venir primero cuando estamos recostados bajo la sombra de la choza,

---

[7] Es decir, el pasto y los pequeños arbustos del lecho del río.
[8] Una línea negra que baja por el centro de la frente hasta el final de la nariz.
[9] Un insecto que muerde al avestruz, un insecto negro, un «piojo de avestruz» como lo describen los bosquimanos.
[10] ǁkábbo explica que ǁgū significa «de bloem tijd».

porque éstas piensan que probablemente estamos recostados, durmiendo el sueño del mediodía. Pues nosotros realmente nos recostábamos a dormir el sueño del mediodía. Pero no nos recostamos al mediodía cuando tenemos la sensación. Pues solemos sentirnos así cuando las cosas están caminando, cuando hemos sentido las cosas venir mientras caminan moviendo sus piernas. Tenemos una sensación en los huecos debajo de nuestras rodillas, sobre las que cae sangre mientras cargamos (la presa). Entonces, tenemos la sensación ahí.

Debido a esto, los niños pequeños no se acuestan bajo la sombra dentro de la choza, se acuestan bajo la sombra ahí arriba para así poder hacernos señas cuando hayan percibido las cosas, cuando las cosas caminen en ese lugar. Ellos nos llamarán con señas permitiéndonos ver, pues estamos acostumbrados, sentados a cierta distancia, a mirarlos mientras ellos se sientan ahí arriba. Así, nos decimos unos a los otros que, al parecer, los niños han visto cosas, pues hacen señas. Ellos apuntan hacia ese punto mientras indican el lugar donde las cosas están caminando, donde las montañas Brinkkop yacen así, extendidas. De esta manera, nosotros podemos perseguir rápidamente las cosas en la colina que yace del otro lado, hacia la cual las cosas caminan. Las cosas caminan, poniéndose en frente de ésta.[11] Nosotros pasaremos rápidamente detrás de aquélla, mientras aún está lejos (de la gacela). Nos pararemos bien (listos) para las cosas, que no podamos subir a hurtadillas al parejo[12] de las cosas, (pero) que podamos subir en frente de las cosas en el lugar[13] al que el líder va.

---

[11] Es decir, dirigiendo sus caras hacia la montaña.
[12] Es decir, no al lado de la presa mientras ésta camina, sino justamente en frente de su camino.
[13] Los bosquimanos están detrás de la colina esperando que la gacela la atraviese, acercándose al lugar donde ellos (los bosquimanos) están.

IX. 104. PRÁCTICAS Y PLEGARIAS CUANDO APARECEN CANOPO Y SIRIUS

Los bosquimanos perciben a Canopo, ellos dicen a un niño: «Dame aquel pedazo de madera, que yo pueda poner (uno de sus extremos en el fuego), que pueda colocarlo, ardiendo, apuntando (hacia) la abuela, pues la abuela trae arroz bosquimano. La abuela debe darnos un poco de calor, pues ella sale fríamente. El sol[14] debe calentar el ojo de la abuela para nosotros».

Sirius sale y las personas se avisan unas a las otras: «Ahí viene Sirius». Se dicen unos a otros: «Ustedes deben quemar (una vara) para nosotros y apuntarla (hacia) Sirius». Se dicen unos a otros: «¿Quién vio a Sirius?» Un hombre le dice a otro: «Nuestro hermano vio a Sirius». El otro hombre le dice: «Yo vi a Sirius».[15] El otro hombre le dice: «Deseo que tú quemes (una vara) para nosotros y la apuntes (hacia) Sirius, que el sol pueda, brillando, salir para nosotros, que Sirius no pueda salir fríamente». El otro hombre (el que vio a Sirius) le dice a su hijo: «Tráeme aquel (pequeño) pedazo de madera, que yo pueda poner (uno de sus extremos) (en el fuego), que yo pueda quemarlo y apuntarlo (hacia) la abuela, que la abuela pueda ascender al cielo como la otra, Canopo».

El niño le trae el pedazo de madera, él (el padre) toma (uno de los extremos) y lo pone (en el fuego). Él lo apunta, ardiente, hacia Sirius, dice que Sirius debe centellear igual que Canopo. Él canta, canta (acerca de) Canopo, él canta (acerca de) Sirius, les apunta con fuego[16] para que puedan centellear igual. Él les lanza

---

[14] El sol no está muy caliente cuando esta estrella aparece durante el invierno.
[15] ǁǂkóä-ggú, «Canopo» y ǀkúttáū, «Sirius», ambos son estrellas femeninas, dice ǁkábbo.
[16] Con la vara que él ha puesto en el fuego moviéndola rápidamente hacia arriba y hacia abajo.

fuego. Se cubre a sí mismo completamente (incluyendo su cabeza) con (su) capa y se recuesta.

Él se levanta, se sienta mientras no se vuelve a recostar, ya que siente que ha trabajado exponiendo a Sirius al calor del sol para que pueda salir calurosamente.

Las mujeres salen temprano a buscar arroz bosquimano, ellas caminan asoleando sus omóplatos.[17]

---

[17] Sacan un brazo de su capa exponiendo así un omóplato al sol.

IX. 182.L. LA FABRICACIÓN DE VASIJAS DE ARCILLA

Las mujeres cavan, removiendo la tierra que se encuentra arriba, levantándola, y ellas sólo cavan la tierra[18] que está ahí dentro. Ellas la sacan y la meten dentro de la bolsa. Y la cuelgan (la tierra) sobre su hombro [izquierdo], la llevan a casa.

Y, al regresar, van arrancando pasto, sólo arrancan pasto macho, lo juntan. Y ellas lo llevan a la choza.

Y ellas trituran la arcilla,[19] (la) trituran, suavizándola.[20] Y trituran el pasto, también trituran suavizando el pasto. Ponen el pasto dentro de la tierra y la mojan. Y ellas mojan la tierra, y ellas hacen muy bien la tierra, y ellas moldean la tierra.[21] Y cuando han hecho la parte inferior de la vasija, ellas, sosteniéndola, rompen la arcilla, ellas frotan la arcilla entre sus manos. Ponen la arcilla (en un círculo). Y pulen la arcilla muy bien. Ellas, moldeando, levantan (los lados) de la vasija. Y la pulen,[22] la pulen, la pulen, lo hacen muy bien; la ponen a secar (bajo el sol) [23] Y ellas hacen

---

[18] La tierra se asemeja a piedras que contienen cosas que parecen brillar. De ahí que la tierra con la que la gente hace una vasija contiene cosas que son como éstas (es decir, como dichas partículas brillantes). La tierra es roja. La tierra que la gente va a cavar, es roja. La llaman «hoyo de la vasija», ya que cavan haciendo un hoyo con una vara, ahí. Por lo tanto, la llaman «hoyo de la vasija».

[19] La tierra con la que hacen las vasijas.
Es tierra, está seca. La gente la tritura (cuando) está seca. Y la selecciona, selecciona la tierra que es suave. Y vacían la tierra que está dura [para ser vuelta a triturar en otro momento]. Vacían la tierra suave sobre una piel. [una piel completa que no tenga agujeros, una piel de gacela].

[20] Triturando, haciéndola como arena. (Ellas) la ponen sobre una piel.

[21] Ellas la trabajan haciendo una vasija de aquélla.

[22] Esto se hace con un pedazo de hueso llamado |kaũ o |aũ. (ver IX.-185.L. y también la ilustración de la página 175).

[23] (Ellas) desean que se seque.

una pequeña vasija que es chica, hermosa, más allá de toda comparación. Ellas ungen la vasija con grasa, mientras desean que la vasija no se parta. Por lo tanto, ellas ungen la vasija con grasa mientras la vasija está todavía húmeda, cuando la vasija está recién seca, cuando la parte interior de la vasija (las capas internas, no el interior) está todavía húmeda; pues ellas desean que la vasija se seque cuando tiene grasa encima (dentro y fuera). Y ellas ponen la vasija a secar (bajo el sol). Hacen una pequeña vasija, la hacen muy bien. Ellas ponen la pequeña vasija a secar (bajo el sol) al lado de la vasija grande y toman la arcilla sobrante, también la humedecen. La moldean, la moldean muy bien, la ponen en el suelo. Hacen otra pequeña vasija, una pequeña vasija que es más grande (literalmente, «crecida»). Y ellas la ponen a secar (bajo el sol). Cuando la vasija se seca, preparan una goma.[24] La trituran (entre piedras), ellas la trituran, ellas trituran, afinándola. Ellas la toman en sus manos (y) la ponen dentro de la vasija, vierten agua [dentro de la vasija nueva]. Ésta [la goma] hierve, mientras ellas sienten que la goma es aquélla que se adhiere,[25] se asemeja al !kwāië.

Y, si las gacelas están cerca, un hombre mata una gacela. Ellas vierten la sangre de gacela dentro de (su) estómago y el hombre trae la sangre de nuevo, él lleva la sangre a casa.

Y la esposa va a verter la sangre dentro de la vasija nueva. Y ella hierve la sangre. Cuando la sangre está cocida, ella retira la vasija del fuego, saca la sangre de la vasija (con una cuchara de cuerno de gacela) y pone la vasija en el suelo, pues ella desea que la sangre [es decir, la sangre que queda en la vasija] se seque.

---

[24] Las bayas (literalmente, «los ojos») de la «acacia eburnea» son negras (es decir, «goma negra»). La gente las llama el estiércol del «acacia ebúrnea» ya que salen de la raíz del árbol !khoù.
Aparentemente también puede encontrarse en este árbol una goma blanca llamada !guï.

[25] Afuera, ellas untan la vasija [con goma sacada con la cuchara hecha de cuerno de gacela, con la cual remueven la goma que está hirviendo dentro], mientras desean que esta goma se adhiera en el exterior de la vasija.

Y ella,[26] de nuevo, toma la vasija y vierte agua dentro (de ésta), ella hierve carne.

Además, ellas no golpean con una piedra[27] cuando una vasija nueva está en el fuego, pues desean que no se parta.

---

[26] Un hombre trabaja flechas de gacela, las endereza. Una mujer moldea vasijas.
Ihan‡kass'ō había dicho que su esposa, Ssuóbba-ǁkéṅ, fue enseñada a hacer vasijas por Kkōë-aṅ́ (una hermana mayor de su madre, ǀkuábba-aṅ́), y también por ǀχu̇-aṅ́ (otra parienta mujer del lado materno).

[27] Romper huesos (con una piedra). Los bosquimanos hacen esto porque no poseen un hacha. Colocan un hueso sobre una piedra que está sobre la tierra, mientras sostienen una piedra que tenga el borde filoso. Ellos golpean con ésta, golpean dividiendo el hueso, pues pretenden hervirlo, que ellos puedan roerlo.

IX. 184.L. LA CUCHARA SOPERA BOSQUIMANA[28,29]

El pelo del proteles está aquí, esa parte del pelo que se encuentra sobre su lomo.[30] Las raíces del pelo están aquí, aquéllas que se pegan a la piel.

Yo no sé si éste es un ligamento[31] de gacela [el cual ata el pelo a la vara]. Ésta es la (madera de la) «acacia». Ésta (la «acacia») es un arbusto.

Nosotros acicalamos el fuego junto con éste (es decir, con el mango del cepillo). Por lo tanto, el fuego arde, oscureciendo dicha parte de él. Se vuelve negro.

---

[28] Entre algunos implementos bosquimanos proporcionados al Dr. Bleek por un amigo, está el cepillo que aparece en una fotografía en las ilustraciones. ǁkábbo lo reconoció en seguida como una «cuchara sopera» bosquimana y nos mostró, con inmenso placer, la manera en que los bosquimanos comen sopa con ella, y qué tan útil resulta para quitar la grasa que se forma encima de la sopa, si ésta se enrolla en aquélla.

[29] Los hombres son aquéllos que las atan (es decir, que las hacen).

[30] En realidad, a lo largo de su lomo, aclara el narrador.

[31] Éste se encuentra en la carne, sobre el hueso. Es amarillo.

IX. 185.L. LA COSTILLA MOLDEADA[32]

Un hueso es (éste), una costilla es (ésta), un bosquimano es quien la hace.[33] Él la trabaja, la moldea con un cuchillo.
«Kambro» es lo que nosotros comemos (con) ésta.

---

[32] Ver ilustración en la página 175.
[33] Él trabaja dos costillas con un cuchillo.

IX. 190.L. EL TAMBOR BOSQUIMANO Y LAS SONAJAS[34] DE DANZA

Ellos amarran, poniendo la bolsa sobre la boca[35] de la olla (tambor). Luego amarran el tendón. Y ellos jalan y aprietan la superficie del tambor, ya que desean que el tambor pueda sonar cuando ellos le peguen.

Los hombres atarán orejas de gacela a sus pies.[36] Bailarán mientras las orejas de gacela suenan, como las orejas de gacela suelen hacerlo, como lo que llamamos sonajas de danza. Orejas de gacela (éstas) son, nosotros las llamamos sonajas de danza. Suenan bien cuando las hemos atado a nuestros pies. Suenan bien cuando las hemos atado a nuestros pies. Éstas suenan bien, cascabelean mientras bailamos cuando las hemos atado a nuestros pies. El tambor que las mujeres golpean suena bien. Entonces, los hombres bailan bien a causa de esto, mientras sienten que el tambor que golpean las mujeres suena bien. Las sonajas de danza que los hombres atan a sus pies suenan bien porque una mujer que trabaja bien es quien ha trabajado en ellas. Por lo tanto, éstas suenan bien porque son buenas. Debido a esto suenan bien, pues son buenas.

Cómo se preparan las sonajas de danza

Una mujer le quita la piel[37] a la oreja de una gacela y luego cose la piel interna de la oreja de la gacela cuando ha puesto a un lado

---

[34] Para ver el dibujo de las sonajas de danza ver la ilustración en la página 208.
[35] Una bolsa de gacela. Ellos mojan la piel del muslo de la gacela, luego, cuando está mojada, la amarran a la boca de la olla y prueban el tambor.
[36] Al arco de sus pies.
[37] La piel con pelo.

la piel (con pelo) de la oreja de la gacela, ya que es la piel interna de su oreja la que ella cose. Ella la cose, y toma con su mano tierra suave poniéndola dentro de ésta. Y ellas cavan, llenando con tierra, ya que desean que las orejas de la gacela se puedan secar, que ellas puedan meter bayas de ǁ*kérri*[38] cuando hayan sacado la tierra. Y luego ellas amarran un pequeño pedazo de tendón en la punta de la oreja de la gacela, la cual estaba abierta, mientras atan, conteniendo las bayas de ǁ*kérri*, para que éstas no se salgan de la oreja de la gacela. Y ellas perforan las orejas de las gacelas y meten pequeños hilos, los cuales los hombres deben atar, asegurando las orejas de las gacelas a sus pies.[39]

---

[38] La parte superior de esta planta es descrita como semejante a la de la calabaza. Sus semillas son negras y pequeñas. Se encuentran bajo la flor, la cual es roja. La raíz es cocinada y comida por los bosquimanos. Las semillas también se comen sin cocinar, siendo, cuando están secas, trituradas finamente con piedras por las mujeres y mezcladas con «kambro» para humedecerlas y comerlas.

[39] El narrador explica que las orejas de las gacelas, cuando se preparan y se llenan así, son atadas en juegos de cuatro o cinco en la parte superior de cada pie (en el arco), dejando que el dedo gordo de los hombres aparezca por debajo de éstas.

IX. 191.L. EL USO DEL ǀGŐÏŇǀGŐÏŇ, SEGUIDO POR EL RELATO DE UN BAILE BOSQUIMANO

La gente golpea el ǀgṍïṅǀgṍïṅ (para que) las abejas puedan ser abundantes,[40] (para que) las abejas puedan irse a los lugares de otras personas, que la gente pueda comer miel. Es por eso por lo que la gente golpea el ǀgṍïṅǀgṍïṅ cuando desean que las abejas de la gente puedan irse a los lugares de otras personas, para que la gente pueda sacar miel, que pueda poner miel en bolsas.

Y la gente carga la miel. Y la gente, cargando, trae miel a casa. Y la gente lleva miel a casa para las mujeres. Pues las mujeres se están muriendo de hambre en casa. Por lo tanto, los hombres llevan miel a casa para las mujeres, que las mujeres puedan ir a comer, pues ellos sienten que las mujeres han estado hambrientas en casa. Entre tanto, ellos desean que las mujeres puedan hacer[41] un tambor para ellos cuando las mujeres estén satisfechas de comida, y así poder bailar. Pues ellas no tocan cuando están hambrientas.

Y ellos bailan cuando las mujeres han hecho un tambor para ellos. Así, las mujeres hacen un tambor para ellos y ellos bailan. Los hombres son quienes bailan mientras las mujeres se sientan, pues ellas les aplauden a ellos cuando los hombres son quienes bailan. Entre tanto, una mujer es la que golpea el tambor mientras otras mujeres son aquéllas que aplauden a los hombres, pues sienten que muchos hombres están bailando.

Después, el sol sale mientras ellos están bailando ahí y ellas sienten que están satisfechas por la comida. Después, el sol sale

---

[40] Que sean abundantes
[41] Que las mujeres puedan tocar para ellos cuando estén satisfechas por la comida, que puedan también preparar la (presa de) ǀgōō para ellos, que ellos puedan roer.

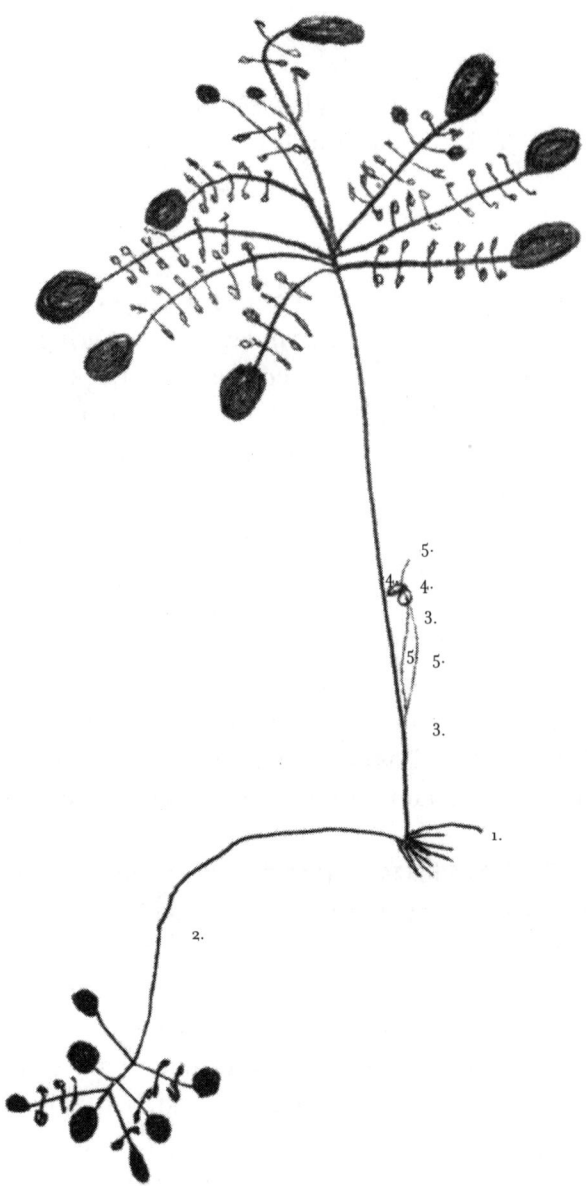

1. ǁgué̥. Un pequeño árbol con fruta comestible, que se come cruda.
2. ǁgéï ǃká̃. Una planta o arbusto pequeño.
3. Hoyo en el árbol.
4. Bocas de *ditto*
5. Pedazos de pasto usados para tomar el agua del hoyo en el árbol.

ǃnańni, 25 de junio de 1880.

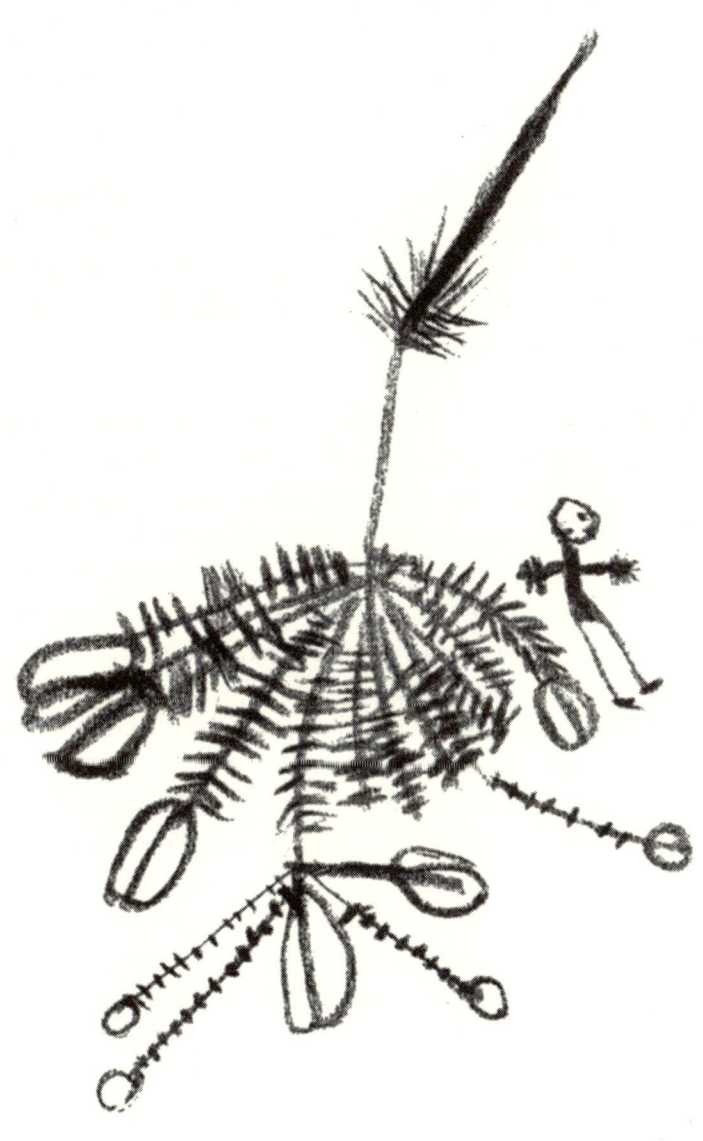

Un niño pequeño dormido durante el mediodía, bajo la sombra de un árbol (Ĭrú).

Ĭnañni, 25 de enero de 1880.

mientras ellos están bailando ahí y ellas sienten que están satisfechas por la comida. Así, el sol brilla sobre sus nucas,[42] mientras las mujeres se cubren del polvo del tambor. Luego los hombres se cubren de polvo, mientras el polvo del tambor está sobre el rostro de las mujeres, pues las mujeres están acostumbradas a sentarse ahí. Por lo tanto, el polvo del tambor está sobre los rostros de las mujeres porque ellos (los hombres) no bailan poco, pues ellos bailan mucho. Así, el polvo de sus pies cubre el rostro de las mujeres porque ellos han bailado vigorosamente. Entónces, ellos adquieren el polvo de sus pies el cual se levanta de éstos, se levanta entre éstos mientras ellos bailan. Ellos bailan alrededor y las mujeres son aquéllas que se sientan, mientras los hombres son aquéllos que bailan alrededor.

Entonces, ellos duermen dejando que el sol se ponga[43] porque están cansados de estar bailando ahí, mientras tanto las mujeres se van tamborileando. Entonces, se duermen dejando que el sol se ponga porque están cansados de estar bailando ahí. Entonces, ellos duermen dejando que el sol se ponga porque están cansados de estar bailando ahí. El lugar se oscurece mientras ellos duermen ahí, ya que están cansados de haber bailado ahí.

Así, la mañana es (el momento) en que ellos mandan a los niños al agua, que los niños puedan sacar (agua) para ellos, que ellos puedan beber, pues están sedientos. Es por eso por lo que los niños van temprano a sacar (agua) para ellos, al irrumpir el día, para que puedan venir a beber. Pues ellos están sedientos. Se dan cuenta de que están cansados. Por lo que no parece como si ellos serán los que mandarán a los niños al agua, pues primero sienten que están todavía cansados. Por lo tanto, no parece como si ellos serán los que mandarán a los niños al agua. Porque ellos aún están durmiendo ahí por un rato porque ellos están todavía cansados. Es por esto por lo que no parece como si ellos

---

[42] Los hombres son aquéllos en cuyas nucas el sol brilla (literalmente, sobre «los agujeros arriba de su cuello»).
[43] Ellos duermen en la tarde porque las mujeres han atado el tambor para ellos, cuando el sol apenas se ha puesto.

serán los que mandarán a los niños al agua. Entonces, cuando ellos despierten, mandarán a los niños al agua cuando sientan que han terminado con su sueño. Entonces, despiertan. Y mandan a los niños al agua. Ellos hablan con los niños, les dicen así a los niños, que los niños deben traerles agua rápidamente, que ellos puedan venir rápidamente a beber. Pues están sedientos.

IX. 197.L. PREPARACIÓN DE LOS PENACHOS DE PLUMA UTILIZADOS EN LA CACERÍA DE GACELAS[44]

Ellos lían los penachos de pluma, atando las plumas de avestruz (las plumas del cuerpo) sobre los palos de la «acacia». Se vuelven numerosas y ellos (los bosquimanos) trituran piedras rojas,[45] ellos pintan[46] los palos de los penachos de pluma. Y ellos alistan la piel (seca) del pecho de una gacela. Ellos enhebran pequeñas correas[47] y guardan los penachos de pluma. Guardan los penachos de pluma. Ellos cavan ǁkuą́ın,[48] cocinan (el tallo de) la ǁkuą́ın, dejan los penachos de pluma sobre el humo de ǁkuą́ın mientras el humo de ǁkuą́ın asciende dentro de los penachos de pluma.

Primero, ellos cavan[49] [con un palo con punta de cuerno] haciendo un pequeño agujero, ponen carbón ardiente dentro de él. Y ellos ponen ǁkuą́ın sobre el carbón ardiente mientras desean que la ǁkuą́ın pueda fumar en silencio y sin hacer llamas, pues la ǁkuą́ın pondría los penachos de pluma al fuego si el fuego se inflamara, si aquellos (los tallos) se encendieran cuando estén cocinados.

---

[44] Yo solía ver a mi abuelo (*Tsą́tsi*) liar los penachos de pluma.
[45] Las piedras rojas aquí referidas son ǁką̄ y no *ttǫ́*. En la «Philadelphia Exhibition», en noviembre de 1875, *Diaǀkwą̃in* reconoció un hematita rojo como ǁką̄.
[46] Los pintan de rojo.
[47] Correas (éstas) son. Los «niños de las correas» (ellos) son. Los koranas los llaman ǀ'ʼą̄.
[48] Su tallo es aquél que la gente llama ǁkuą́in ya que no huele poco. Por lo tanto, la gente fuma los penachos de pluma con éste. La gente llama al tallo de ǀ'wą̄-kau, que está en la tierra, ǁkuą́in.
[49] Los hombres cavan con palos que no tienen piedras para cavar (sobre éstos); éstos son con los que los hombres cavan.

Ellos (los bosquimanos) ponen la piel de gacela[5°] sobre (el fuego), ponen una piedra sobre el lugar donde las varas de penacho de pluma están, pues ellos pretenden que el humo salga solamente a través de las plumas de avestruz.

[5°] Ellos dan la vuelta a la piel, dentro de la cual los penachos de pluma han sido colocados al revés, sobre el agujero dentro del cual el carbón ardiente y la ǁku̖ǻin fueron puestos.

TOMADO DEL APARTADO IX. 198
LA MARCACIÓN DE FLECHAS

Los bosquimanos son aquéllos que marcan flechas,[51] mientras desean poder reconocer las flechas cuando están disparando a las gacelas en algún lugar. Y, cuando están siguiendo las huellas de la gacela, cuando van por ahí recogiendo las flechas, ellos las reconocen. Ellos dicen: «Parece ser la flecha, pues su marca es como ésta». Otro hombre dice: «Sí, mi flecha está ahí». Ellos vuelven a recoger esta flecha. El otro hombre dice: «Parece que mi flecha está allá, pues su marca es como ésta».

lkwą̈ě[52] es aquello con lo que ellos hacen las marcas. Ponen ttǫ dentro de (éste) y trituran el ttǫ junto con la lkwą̈ě y la lkwą̈ě se vuelve roja a causa de esto. Luego, marcan las flechas con ésta.

La sustancia adhesiva utilizada por los bosquimanos cuando hacen flechas

Ésta es lkwą̈ě,[53] es jugo de llkųárri. Es como una calabaza, es redonda. Su jugo es blanco, como agua. Su jugo no es poco blanco, su blancura se asemeja a la leche. Éste es veneno.

Nosotros hacemos una incisión (y) la dejamos en el suelo (la llkųárri). Después sujetamos un (caparazón) de tortuga debajo de ésta porque deseamos que su jugo esté sobre el (caparazón) de tortuga, que podamos hacer lkwą̈ě de ella. Y nosotros

---

[51] Todas las flechas.
[52] Ellos (los granjeros) la llaman «Harpís». (Probablemente harpuis, «resina».)
[53] En la traducción se respetó esta ortografía, que probablemente es más correcta.

la calentamos junto al fuego, haciéndola cálida, nosotros la golpeamos cuando está caliente. Luego la golpeamos para enfriarla. Y la levantamos de esta manera,[54] con una vara de «acacia». Le hacemos esto así con la vara de «acacia», mientras la redondeamos. Entre tanto, pensamos que pretendemos hacer pequeñas flechas de gacela.

---

[54] Aquí el narrador imitaba la forma de levantar la lkwặẹ̆ enrollándola en una vara.

IX. 210.L. LA MANERA DE DESHACERSE DE LA INFLUENCIA DEMONÍACA DE LAS PESADILLAS

Mi madre solía hacer de esta manera cuando pretendía salir a buscar comida. Cuando estaba por empezar, tomaba una piedra, (y) mientras hundía la piedra dentro de las cenizas del fuego, ella exclamaba: «¡Jinete allá!» ya que deseaba que las cosas demoníacas, sobre las que había estado soñando, permanecieran por completo en el fuego en lugar de ir con ella. Pues si ella no actuaba de esta forma, éstas irían con ella. Aquel lugar al que ella fue no sería bonito mientras ella supiera que había soñado con cosas demoníacas, que no son bonitas. Por lo tanto, ella actuó de esta manera pues se daba cuenta: si ella salía con el sueño que había soñado, su salida no sería afortunada.

El arroz bosquimano que ella excavó no sería favorable para ella, ya que éste se daba cuenta de que ella había soñado cosas demoníacas. Por lo tanto, el arroz bosquimano no sería favorable para mamá, mientras éste se diera cuenta de que mamá había soñado cosas demoníacas. Por lo tanto, el arroz bosquimano actuaría de esta forma.

IX. 211.L. ACERCA DE DOS APARICIONES

Enterramos a mi esposa en la tarde. Cuando terminamos de enterrarla, nosotros y la demás gente regresamos al hogar de mi hermana, *Whāī-ttū*,[55] lugar desde donde ésta había venido. Había venido conmigo a enterrar a mi esposa y nosotros nos fuimos, cruzando la salina.

Y nosotros percibimos una cosa que parecía un niño pequeño sentado sobre la salina, pareciendo éste, que se sentaba con las piernas cruzadas, una sobre la otra.

Y mi hermana, *Whāī-ttū*, habló, nos preguntó: «¡Miren ustedes! ¿Qué cosa es aquélla que está sentada ahí sobre la salina? Es como un niño pequeño». Y ⌊*kweítẹntā-*‖*kēn* [otra hermana] habló, nos preguntó: «¡Miren ustedes! ¿Por qué es que esta cosa es verdaderamente como una persona? Parece como si tuviera la capa que la esposa de *Díä⌊kwạ̃in* solía usar». Y mi hermana, *Whāī-ttū*, habló, ella respondió: «Sí, ¡oh mi hermana menor! La cosa verdaderamente se parece a aquello que la esposa de nuestro hermano era». Aquello hizo así, mientras nosotros íbamos por ahí, parecía como si estuviera sentado mirando (hacia) el lugar de donde nosotros salimos.

Y ‖*kū-āń* habló, ella dijo: «La gente vieja solía decirme que las personas enfadadas acostumbraban actuar así. En el momento en que se llevan a una persona ellos solían permitir a la persona estar delante de nosotros, (para que) pudiéramos verla. Ustedes saben que ella realmente tenía un niño muy pequeño, por lo tanto ustedes deben permitirnos mirar la cosa que está sentada sobre esta salina. Se asemeja mucho a una persona, su cabeza esta allá, como una persona». Y yo hablé, dije: «¡Esperen!

---

[55] *Whāī-ttū* significa «Piel de gacela».

Yo haré así, mientras regreso a mi hogar, veré si la percibo de nuevo, sentada».

Y nosotros fuimos a su hogar. Y caminamos allá un rato. Y yo hablé, les dije que, al parecer, pensaban que yo no deseaba regresar (a casa), pues el sol se estaba poniendo. Y yo regresé a causa de esto. Pensé que iría de la misma forma en que habíamos venido, que yo podía, yendo por ahí, ver si lo percibía de nuevo, sentado. Andando por ahí, miré el lugar donde se había sentado porque pensé que podría haber sido un arbusto. Noté que no la percibía en el lugar donde se había sentado. Y estuve de acuerdo en que debió haber sido otra cosa.

Pues mis madres solían decirme que, cuando son los hechiceros los que nos llevan, en el momento en el que pretenden llevarnos, ése es el instante en el que nuestro amigo está frente a nosotros deseando que lo percibamos, pues él siente que aún piensa en nosotros. Por lo tanto, esta piel externa[56] todavía nos mira porque siente que no quiere irse (y) dejarnos, insiste en venir hacia nosotros. Debido a esto, nosotros aún lo percibimos.

El esposo de mi hermana, *Mănsse*,[57] nos contó esto, que le había ocurrido a él cuando cazaba. Mientras andaba por ahí, espió a un niño pequeño, mirándolo a escondidas al lado de un arbusto. Y él pensó: «¿Podrá ser mi hijo el que parece haber corrido tras de mí? Parece como si hubiera perdido su rumbo pues me ha seguido». Y *Mănsse* pensó: «Permíteme caminar más cerca, que pueda mirar a este niño (para ver) cuál niño es (él)».

Y *Mănsse* vio que el niño actuó de esta manera. Cuando un niño vio que él estaba yendo hacia él para poder ver cuál niño era, él vio que aparentemente el niño le temía. El niño se sentó detrás del arbusto, el niño miró de lado a lado, parecía que que-

---

[56] Aquella parte de él (con) la que aún piensa en nosotros es aquélla con la que se pone frente a nosotros en el momento en que los hechiceros se lo llevan, ése es el instante en que él actúa así. Pues mi madre y los otros solían decirme que (cuando morimos) hacemos lo que la gente *lnū* hace, ellos se convierten en una cosa diferente.

[57] Mi hermana, el esposo de *lā kkum̄m̄*, fue quien nos dijo que había percibido a un niño que le temía. Quería huir.

ría huir. Y él caminó, acercándose a él, y el niño se levantó a causa de esto. Se fue caminando mirando de lado a lado, parecía que quería huir.

Y *Mãńsse* miró (para ver) por qué era que el niño no deseaba que él se acercara y por qué el niño parecía temerle. Y él examinó al niño mientras el niño lo miraba. Vio que era una niña pequeña, vio que la niña era como una persona. En otras partes[58] (de ella) no era como una persona. Él pensó que dejaría sola a la niña. Pues una niña que le temía estaba aquí. Y siguió caminando mientras la niña lo miraba de lado a lado. Y (al) ver la niña que él se alejaba de ella, ésta se adelantó (cerca del arbusto), se sentó.

---

[58] En un momento, cuando él la miró, ésta no era como una persona, pues se veía diferente, una cosa diferente. La otra parte de ella parecía una persona.

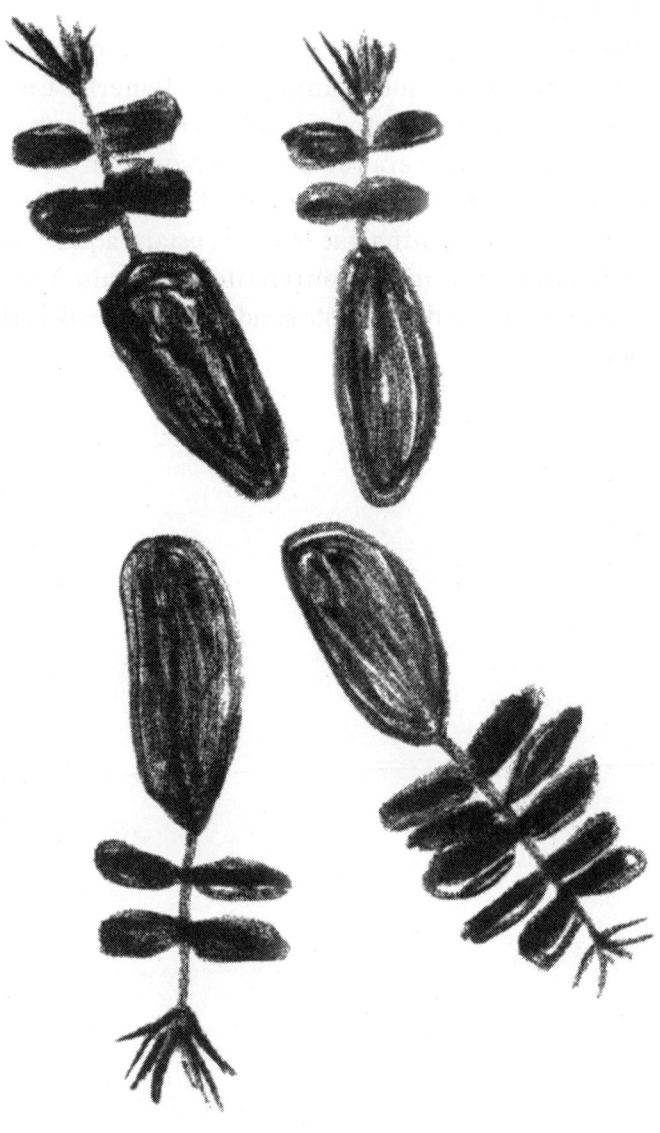

!gañ !gañni.
!gañ !gañnishe. } Se encuentra en el país «Benza».
(El fruto se hierve y se come.)

!nañni, 13 de diciembre de 1879.

IX. 228.L. EL CORAZÓN DEL CHACAL NO DEBE COMERSE

Ellos (los bosquimanos) sienten que un niño pequeño está acostumbrado a ser tímido. Por lo tanto, el niño pequeño no come los corazones de los chacales porque el chacal no tiene poco miedo, pues el chacal se va corriendo.

El leopardo es aquél cuyo corazón el niño pequeño come, aquél que no tiene miedo, pues un niño pequeño se vuelve un cobarde del corazón de chacal, le teme en extremo.

Por lo tanto, nosotros no damos a un niño pequeño el corazón del chacal, pues sentimos que el chacal suele huir cuando ni siquiera nos ha visto todavía. Cuando apenas ha oído el crujido de nuestros pasos, éste se va corriendo mientras no mira hacia (nosotros).

Nota añadida por el narrador

Él (mi abuelo, *Tssǀtsst*) le ha comprado perros a ǀgáppem ttŭ, y ǀgáppem-ttŭ le dio un perro. Y él agarró al perro, lo amarró, y sacó al perro sosteniendo la correa con la que había amarrado al perro. Él, primero, mantuvo al perro amarrado pero cuando el perro se soltó de la correa, él lo puso donde percibía el olor y el perro mató chacales.

Él (mi abuelo) desolló a los chacales y mis abuelas vistieron las pieles de los chacales. Ellas las vistieron, ellas las cosieron.

De nuevo él mató a un chacal y a un *Otocyon Lalandii*,[59] él los trajo (a casa), los desolló.

Y él hizo una capa para ǀgáppem-ttŭ, una capa de chacal, mientras él se puso la capa de *Otocyon*, la piel de *Otocyon*.

---

[59] Un tipo de zorro.

Y él llevó la capa a |gáppẹm-ttu, la capa de chacal, mientras sentía que fue |gáppẹm-ttũ, quien le había dado el perro. Por lo tanto, él hizo una capa para |gáppẹm-ttu, mientras hizo para |gáppẹm-ttũ una equivalente para el perro. Así, él le dio la capa a |gáppẹm-ttũ, y |gáppẹm-ttũ, también le dio una olla, mientras él recompensaba a mi abuelo por la capa de chacal. Y mi abuelo regresó a casa.

Después mi abuelo solía actuar de esta forma: cuando estaba hirviendo un chacal, él dijo: «¿Parece que tú piensas que comemos corazones de chacal? Nos volvemos cobardes (si lo hacemos)». Por lo tanto, no comemos corazones de chacal.

Pues mi abuelo no solía comer chacal, sólo hervía el chacal para sus hijos.

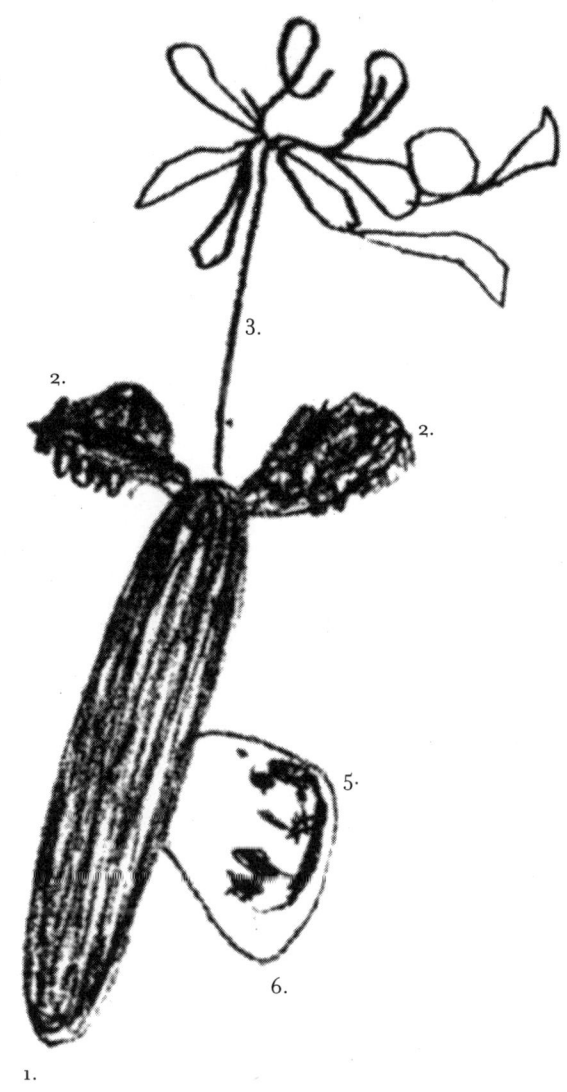

1. { ꜗkórró.
     Tumba.
2. { ꜗå.
     Tierra.
3. { kaṅ.
     Árbol, zaŭ-u (El nombre del árbol, las frutas y la goma del mismo que son comestibles.)
4. { ꜗnu̥é.
     Bolsa (la bolsa del difunto que se coloca bajo su cabeza.)
5. { ‖ke
     El difunto.
5. { ‖gḁ̊bbe.
     La pequeña cámara u hoyo al lado de la tumba, donde se coloca el cuerpo.

ꜗnaŕíni, 30 de julio de 1880.

IX. 237.L. ǁHÁRA Y TTǪ̀

La ǁhára⁶⁰ es negra. La gente [habiéndola mezclado con grasa] unta su cabeza con ésta, mientras la ttǫ̀ es roja, y la gente unge sus cuerpos con ésta. Cuando la han triturado, ellos la trituran, la trituran, la trituran, ellos untan sus cuerpos con ésta. Ellos trituran ǁhára, ellos ungen sus cabezas cuando han triturado primero la ttǫ̀. Ellos primero untan sus cuerpos con ttǫ̀. Y ellos trituran ǁhára, ellos ungen sus cabezas.

Ellos ungen muy bien sus cabezas, mientras desean que el pelo de sus cabezas pueda descender (es decir, crecer largo). Y se vuelve abundante a causa de esto, pues ellos han untado sus cabezas, deseando que el pelo pueda crecer hacia abajo, que sus cabezas puedan volverse negras con negrura, pues sus cabezas no son poco negras.

Y ellos regresan cuando se han alejado del otro hombre, mientras ellos regresan a sus casas. Cuando le han dicho a la otra persona (la mujer) sobre esto, que la otra persona debe preparar [más] ǁhára para ellos, así como también ttǫ̀. Pues él (el hombre) también va, (su) esposa irá a vestir bolsas para él, bolsas que él también traerá al otro hombre, mientras (la esposa del otro hombre) también pondrá ǁhára a un lado para él, cuando el otro (hombre) recoge ǁhára. Y el otro (hombre) viene a poner ǁhára a un lado para él, mientras ella [la esposa del hombre que compró las bolsas] también viste (y) guarda bolsas para el otro, pues ella le ha dicho a la otra (mujer) que el otro también debe traerle ǁhára y ttǫ̀. Ella ha ido al otro, y ella no vendrá (pronto de nuevo) al otro, pues el otro debe ir hacia ella. El otro debe ir

---

⁶⁰ Una piedra que al parecer es tanto dura como suave.

a recibir las bolsas cuando el otro le lleve *ttǫ* a ella. Por lo tanto, el otro también hace así, ella le lleva ǁ*hára* y *ttǫ* al otro.

ǁ*hára* brilla, entonces nuestras cabezas brillan a causa de ello. Mientras, ellos sienten que brillan, ellos resplandecen. Debido a esto, los bosquimanos acostumbran decir, cuando las mujeres viejas hablan ahí: «Aquel hombre, él es un hombre joven guapo a causa de su cabeza, la cual es sorprendentemente bella con lo negro de la ǁ*hára*». Ellos le dicen a él: «Hombre joven y guapo», «Su cabeza es sorprendentemente bella, pues su cabeza es como el árbol ǀ*khi*».[61]

Es un árbol que se encuentra en nuestro país, es el árbol ǀ*khi*. Es grande, (éste) es un gran árbol. No son poco abundantes en nuestro país: el árbol ǁ≠*kérri* y el ǀ*khi*.

Cómo se obtiene el ttǫ

La *ttǫ* está en la montaña, la mina de *ttò*. La gente dice que la mina de *ttǫ* está a un lado de la montaña, la gente le dice «mina *ttǫ*».

La gente le tiene miedo [es decir, a los hechiceros que viven junto a la mina] porque sabe que hay personas ahí (hechiceros). Ellos (los hechiceros) hicieron una casa[62] ahí. Por lo tanto, la gente que pretende triturar *ttǫ*, se unta a sí misma cuando (van a) recoger *ttǫ*. Y cuando van hacia la *ttǫ*, lanzan piedras a la mina de *ttǫ* cuando desean que los hechiceros se escondan, que ellos puedan ir a la *ttǫ* a trabajar sin molestias mientras sienten que los hechiceros habitan la mina de *ttǫ*. Por lo tanto, ellos recogen piedras, lanzan piedras a la mina de *ttǫ* cuando desean que los hechiceros se escondan, que ellos puedan ir en paz[63] a trabajar a la *ttǫ*. Y ellos van a trabajar a la *ttǫ*, *ttǫ*, *ttǫ*. Ellos también obtienen ǁ*hára*.[64] Guardan la ǁ*hára* y la *ttǫ*, y regresan a casa.

[61] El árbol ǀ*khi* da bayas y no tiene espinas.
[62] El narrador piensa que sus casas son pequeños hoyos, como los de los ratones.
[63] Pues ellos estarían enfermos si los hechiceros los vieran.
[64] La mina de ǁ*hára* [literalmente, «boca» o «apertura»] está en un lugar distinto. La mina de *ttǫ* también está en otro lugar.

IX. 240.L. SEÑALES HECHAS POR LOS BOSQUIMANOS PARA MOSTRAR EN QUÉ DIRECCIÓN HAN IDO

Ellos (los bosquimanos) están acostumbrados a actuar así, cuando otro hombre se ha ido (y) no regresa, si ellos viajan, arrastran sus pies a lo largo de la tierra.[65] Ellos colocan pasto[66] cerca de las marcas (que han hecho). El otro hombre hace así, cuando él regresa, él viene (y) no los ve en la casa. Él busca en la casa, él busca (y) busca, él percibe el pasto recto. Y él va hacia el pasto, él busca en el pasto. Él también percibe el pasto que está allá.[67]

    Y él exclama: «La gente debió haber viajado al estanque de agua». Y él va hacia el agua, mientras va mirando (y) buscando a la gente (para ver) si ha ido a quedarse en el agua.

    Y él va, ascendiendo la colina del agua,[68] él se sienta sobre (ésta), que él pueda, sentado, mirar, mirar buscando las chozas. Y él percibe las chozas mientras éstas permanecen blancas ahí. Él se sienta mirándolas. El (humo del) fuego[69] se alza desde las chozas[70] mientras él se sienta mirando. Y él exclama: «¡La casa debe estar ahí!» Él se levanta, va a la casa y, regresando, llega a casa.

    Y las otras personas exclaman: «Nuestro hermano debe ser (aquél que) viene ahí, pues él es quien camina de esa forma, ya que un hombre del lugar del que él es, conoce el agua. Él haría así, cuando él vino (y) no vio la casa. Él vendría al agua que conocía. Ustedes dijeron que perdería su rumbo cuando yo dije que

---

[65] Ellos empujan sus pies a lo largo de la tierra.
[66] (Ellos) insertan pasto en los arbustos.
[67] Hay cuatro pedazos de pasto, a cierta distancia entre cada uno con dirección al lugar al que la gente ha ido.
[68] (Ésta) es una colina, detrás de la cual está el agua.
[69] El humo de todos los fuegos.
[70] El fuego está afuera.

debíamos viajar. Ustedes dijeron que él perdería su rumbo[71] cuando yo deseé que viajáramos, aunque no le habíamos dicho nada sobre esto, que debíamos viajar porque no había agua. Por lo tanto, viajamos a causa de esto».

También acostumbramos torcer ramas.[72] Nosotros las colocamos así, su extremo verde abajo y el resto de la rama hasta arriba. Y nosotros primero vamos allá a colocar dicha rama. Dibujamos nuestro pie a lo largo de la tierra (haciendo una marca), mientras sentimos que no debemos ir de nuevo a colocar otra rama, ya que todos nosotros viajamos.[73]

Por lo tanto, el otro hombre acostumbra hacer así cuando él regresa a su hogar (y) no ve la casa. Él mira (a su alrededor) y ve una rama, exclama: «Los parientes deben haber viajado al pequeño estanque, por eso han torcido (una rama) apuntando en la dirección del lugar donde está el agua. Iré hacia el agua, que yo pueda ir a buscar las huellas de la gente hacia el agua, en el lugar al que, al parecer, fueron a hacer una casa,[74] (desde la cual) ellos van al agua». Y él va hacia el agua, él va al agua. Y él va a buscar al agua, él ve el camino de huellas de la gente, lo toma,[75] él lo sigue, lo sigue hasta la casa.

---

[71] Los bosquimanos son quienes dicen, ǁgwí ǀk'ṹ, mientras los hombres blancos son aquéllos que dicen, «verdwaal» (es decir, *verdwalen*, «perder el propio rumbo»).

[72] Perforarlas dentro de la tierra.
Siento que solía ver las (ramas) torcidas de mi abuelo.

[73] Se dice que se utilizan cuatro ramas (y a veces cinco). La primera se coloca del lado opuesto a la casa, la otra a cinco metros de distancia, la otra un poco más lejos que esa distancia, la otra al doble de distancia de la previa, y, luego, ninguna más. En el último palo, el pie es dibujado a lo largo de la tierra con dirección al lugar hacia donde van, desde el último palo, el cual indica la misma dirección.

[74] Buscar comida (excavar) es una cosa, hacer una casa es distinto: «habitar en un lugar».

[75] El camino de huellas de la gente es aquél que continua.

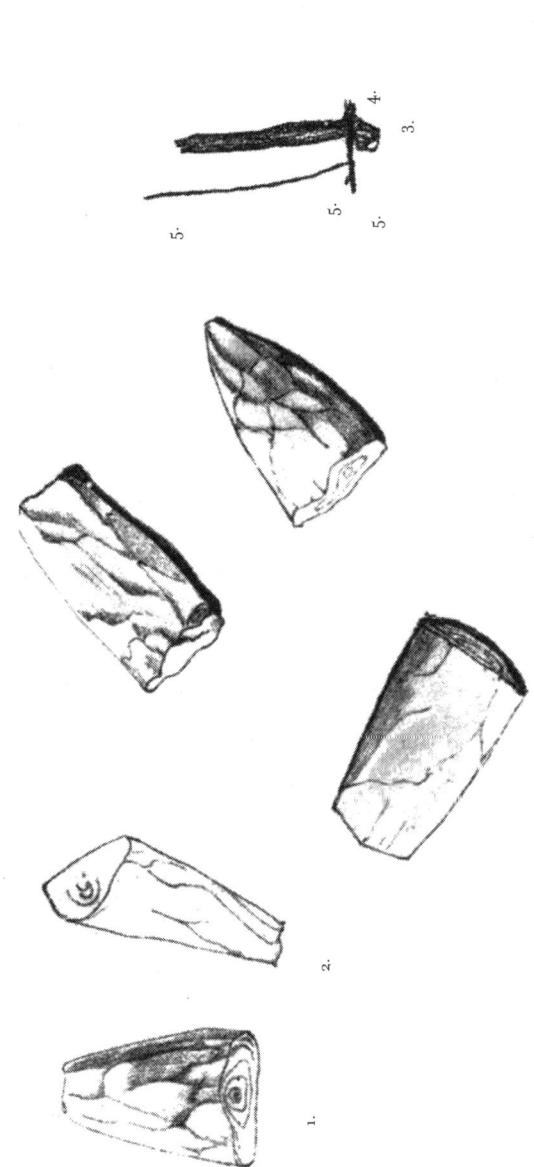

Piezas de madera hechas por los |kuñ, usadas por ellos para la adivinación.
1 y 2. Vistas de la misma pieza de madera (tamaño real).

Dañú. Palos de fuego (palo que se usa para frotar fuego).
3. Un pedazo largo o grande de madera que se coloca sobre pasto seco.
4. Palo para hacer fuego, en uno de sus extremos sobre la pieza más grande de madera.
5. Palo perpendicular afilado, que se frota sobre el otro.

|nañú, 18 de abril de 1880.

Un bosquimano, desmayándose por el calor del Sol cuando regresa a casa, lanza tierra al aire para que aquéllos en casa vean el polvo y vengan a ayudarlo[76]

Un hombre que regresa a casa suele, cuando siente que no la alcanzará, lanzar tierra (al aire) porque desea que la gente en casa pueda percibir el polvo.

Y la persona que está buscando,[77] parada para mirar —pues ella siente que el sol es abrasador— se para y mira alrededor.[78] Y mientras ella, de pie, busca alrededor, ella percibe el polvo, exclama: «¡Parece que una persona está lanzando tierra allá!».

Y la gente corre, corre fuera[79] de la casa exclamando: «Su corazón es aquel por el que él lanza tierra. Ustedes deben correr apresuradamente, que puedan ir a darle agua en seguida, pues se trata de su corazón. El sol lo está matando, es su corazón, ustedes deben ir rápidamente a darle agua», mientras la gente siente que las personas corren hacia el hombre. Ellos van vertiendo (agua) para refrescar al hombre.

Y primero, él se sienta[80] para quitar la oscuridad de su cara, pues la oscuridad del sol se asemeja a la noche.

* * *

Éstas no son las actividades de las mujeres, pues son las de los hombres.

---

[76] Morir es aquello por lo que una persona lanza tierra (al aire).
[77] La esposa del hombre. Ella siente que (su) esposo no ha regresado pues ella ve que toda la (demás) gente ha vuelto a casa.
[78] Mientras ella siente que el hombre viejo (su padre) fue quien dijo: «¡Mi niña! No estás de pie para poder echar un vistazo a tu alrededor buscando a (tu) esposo. En verdad el sol es abrasador, pues me quemó mientras caminaba por aquí. Como si no fuera todavía de mañana, el sol me quemó».
[79] Mientras ellos sienten que son varios.
[80] Él estaba recostado a causa de su corazón.

Ellos (los bosquimanos) sienten que persiguen[81] cosas, persiguen gacelas, y sucede así cuando están cansados de correr, el sol los está matando cuando están cansados. Luego, ellos van tambaleándose, también (de) fatiga. La fatiga desaparece y se recuperan. Después van tambaleándose mientras van recuperándose, cuando previamente estaban ardiendo, mientras sienten que aún transpiran. Por lo tanto, ellos van tambaleándose, mientras que sienten como si no llegaran a casa. Entonces, ellos van a sentarse lanzan tierra (al aire), lanzan tierra para la gente en casa, mientras desean que ésta pueda percibir el polvo.

---

[81] Corriendo detrás de una gacela (herida), corriendo detrás de una gacela a la que hemos disparado. A una gacela herida la llaman «una cosa herida».
A una gacela que no está herida la llaman «una gacela viviente».
La gente que es fuerte para soportar el (calor del) sol es aquélla que persigue a la gacela viviente. Ellos corren detrás de ésta bajo del sol y la gacela vomita a causa de esto. Y ellos hacen que la gacela gire, persiguiéndola, dirigen a la gacela hacia la casa.

La planta trepa o se queda sobre la tierra; tiene ramas largas y una pequeña flor blanca.

ǀgohǁná, una raíz comida por los ǀkũń, generalmente como alimento. (Parece que también era la *única* comida de los que han disparado a un alce, hasta que el animal muere).

Tamme, 11 de enero de 1881.

IX. 253.L. MUERTE

La estrella lo hace de esta manera en el momento en que nuestro corazón cae, ése es el momento en que la estrella cae también, mientras la estrella siente que nuestro corazón cae.[82] Así, la estrella cae a causa de esto, pues la estrella sabe el momento en que nosotros morimos. La estrella les dice a las otras personas que no saben que hemos muerto.

Entonces la gente actúa así, cuando ha visto una estrella, cuando una estrella ha caído, dice: «¡Miren! ¿Por qué es que la estrella cae? Escucharemos noticias, pues una estrella cae. Parece que algo que no es bueno ha ocurrido en otro lugar ya que una estrella nos dice que una cosa mala ha sucedido en otro lugar».

El *hammerkop*[83] actúa de esta manera, cuando una estrella ha caído, éste viene. Cuando vuela sobre nosotros, éste llora.[84] La gente dice: «¿No escucharon al *hammerkop* cuando la estrella cayó? Vino a decirnos que nuestra persona está muerta».

Así, mi madre y los demás —si escuchaban un *hammerkop* volando sobre nosotros— solían decirle: «Ve (y) sumérgete en ***, pues yo sé aquello que has venido a decirme», mientras

---

[82] Como cuando algo ha estado estático y cae sobre su lado.
[83] Sobre este pájaro, el *Scopus umbretta* o *Hammerkop*, la siguiente descripción es dada en «The Birds of South Africa» por E. L. Layard, Ciudad del Cabo, 1867, página 312.
El «hammerkop» [literalmente, *hammerhead* (cabeza de martillo)] se encuentra por toda la colonia y hasta el Zambezi. Frecuenta estanques, pantanos, ríos y lagos. Es un pájaro raro, extraño, que revolotea con gran energía al atardecer, acosando ranas, peces pequeños y demás. En ciertos momentos, cuando dos o tres de ellos están comiendo en el mismo y pequeño estanque, ejecutan un singular baile, saltando uno alrededor del otro, abriendo y cerrando sus alas y haciendo extrañas travesuras.
[84] *Ɏák!* o *Ɏáäk!* es el llanto del pájaro, el cual repite dos veces.

mi madre y los otros decían que la historia que éste vino a contar debe irse dentro de las aguas del Río Orange, lugar en que las estrellas se paran sobre el agua. Es ése el lugar donde las historias deben meterse. Pues mi madre y los demás no quieren escuchar la historia que éste vino a contar, ya que ellos saben que el *hammerkop* hace así en el momento en que un hombre muere, ése es el instante en el que viene hacia nosotros, nos cuenta sobre esto, que el hombre ha muerto. Mi madre y los demás solían decir que el *hammerkop* es una cosa que vive en aquellas aguas en las que nosotros vemos todas las cosas. Por lo tanto, éste sabe lo que ha sucedido mientras se da cuenta que vive en el agua que es como un estanque en el que nosotros vemos todas las cosas. Las cosas que están en el cielo las vemos en el agua mientras estamos parados en la orilla. Nosotros vemos todas las cosas, las estrellas parecen fuego que arde.

Cuando es de noche, cuando otro hombre camina cruzando, lo vemos mientras camina junto al agua. Es como si fuera mediodía cuando él camina junto al agua. Lo vemos claramente. El lugar parece como si fuera mediodía mientras nosotros lo vemos caminando por ahí. Debido a esto, mi madre y los demás dijeron que cuando el *hammerkop* ha visto en el agua a una persona que ha muerto, aunque ésta esté a distancia, cuando el pájaro sabe que (él) es nuestro pariente, vuela desde el agua, vuela hacia nosotros, pues pretende ir a contarnos sobre esto, que nuestro pariente ha muerto. (Éste) y la estrella son aquéllos que nos dicen esto cuando nosotros no hemos escuchado la noticia, pues ellos son quienes nos cuentan esto, y cuando nosotros hemos oído al *hammerkop*, también percibimos la estrella. Después, escuchamos la noticia cuando apenas los hemos percibido. Nosotros escuchamos la noticia cuando ellos han actuado de esta manera hacia nosotros.

Mi madre y los demás solían contarnos sobre esto, que las niñas son aquéllas a quien la Lluvia se lleva, y las niñas permanecen en el agua a la cual la Lluvia las ha arrastrado, niñas con las que la Lluvia está enfadada. La Lluvia lanza relámpagos, matándolas. Ellas se convierten en estrellas mientras su apariencia ha sido cambiada. Ellas se vuelven estrellas. Pues mi madre y los demás solían contarnos sobre esto, que una niña, cuando la Lluvia se la ha llevado, se convierte en una flor[85] que crece en el agua.

Nosotros que no sabemos, somos capaces de hacer así cuando las percibimos mientras están paradas en el agua, nosotros vemos que son hermosas. Pensamos: «Iré (y) tomaré las flores que están en el agua, pues no son poco hermosas». Mi madre y los demás nos dijeron sobre esto, que la flor —cuando vio que íbamos hacia ella— desaparecería en el agua. Nosotros debemos pensar, «¿Las flores que se encontraban aquí, dónde están? ¿Por qué es que no las percibo aquí, en el lugar donde estaban?» Desaparecería en el agua cuando vio que íbamos hacia ella. No debemos percibirla pues irá dentro del agua.

Por lo tanto, mi madre y los demás nos dijeron esto, que no debemos ir hacia las flores que vemos paradas en el agua, incluso si apreciamos su belleza. Pues son niñas a quien la Lluvia se ha llevado, parecen flores. (Ellas) son las esposas del agua, y nosotros las miramos, dejándolas a solas. Pues nosotros (deberíamos) ser como ellas (en) lo que hacen.

Entonces, mi madre y los demás hacen así con respecto a sus mujeres bosquimanas: no están dispuestas a permitirles caminar por ahí cuando la Lluvia viene, ya que ellas temen que la Lluvia también pretenda, lanzando relámpagos, matarlas. Pues la Lluvia es una cosa que hace de esta manera cuando llueve aquí, percibe nuestro olor, lanza relámpagos fuera del lugar donde llueve. Lanza relámpagos matándonos en este lugar, por lo que mi madre y los demás nos contaron sobre esto, que cuando la Lluvia cae sobre nosotros (y) nosotros caminamos atravesándola, si vemos que la Lluvia lanza relámpagos en el cielo, debemos mirar rápidamente hacia el lugar donde la Lluvia lanza

---

[85] La madre de ǂkǎm̈mē-ăn, lábbĕ-ttŭ, fue la que primero le contó a mi madre sobre la flor que crece en el agua. Le contó a mamá sobre esto, que mamá parecía pensar que ella tampoco se convertiría en flor si no le temía a la Lluvia.

relámpagos, la Lluvia que pretendía matarnos furtivamente. Lo hará de esta forma, aun si sus meteoros[86] hubieran pasado cerca de nosotros, (si) nosotros miramos hacia (el lugar donde ha lanzado relámpagos), nosotros miramos haciendo que sus meteoros se alejen, ya que nuestro ojo también brilla como sus meteoros. Entonces, parece que también le teme a nuestro ojo, cuando siente que nosotros la miramos rápidamente. Por lo tanto, pasa sobre nosotros a causa de esto, mientras siente que respeta nuestro ojo que brilla sobre ella. Así, ella pasa sobre nosotros, va a sentarse sobre la tierra allá, mientras no nos mata.

Las relaciones del viento, la luna y las nubes con los seres humanos después de la muerte

El viento hace así cuando morimos, nuestro (propio) viento sopla, pues nosotros, que somos seres humanos, poseemos el viento. Nosotros hacemos nubes cuando morimos. Entonces, el viento hace así cuando morimos, el viento hace polvo, ya que pretende soplar, llevándose nuestras huellas con las que hemos caminado cuando no habíamos muerto aún. De lo contrario, nuestras huellas, las cuales el viento pretende llevarse, aún estarían plenamente visibles. Pues la cosa parecía como si nosotros aún viviéramos. Entonces, el viento pretende soplar, llevándose nuestras huellas.

Y, cuando morimos, nuestra bilis[87] se sienta en el cielo, se sienta verde en el cielo cuando estamos muertos.

---

[86] Piedras negras, puntiagudas y brillantes que solamente caen del cielo cuando hay relámpagos. Éstas molestan a la tierra donde caen. Se les llama |khwā |kwéiten (los meteoros de la Lluvia).

[87] Mi madre solía decirme que (así) nos sucede si nos sentamos en la sombra cuando el lugar no está particularmente caliente, cuando (sólo) está moderadamente cálido (y) nosotros sentimos que aparentemente el verano será caliente. Pensamos: «Permíteme sentarme un rato en la sombra bajo el arbusto, pues el ojo del sol no es poco caliente, me sentaré en la sombra un momento». (Luego) hacemos nubes. Nuestro hígado sale del

Entonces, mi madre acostumbraba hacer así cuando la luna, recostada, venía, (cuando) la luna permanecía hueca. Mi madre habló, ella dijo: «La luna está cargando gente muerta. Pues ustedes son quienes ven que yace de esta manera, y yace hueca porque se está matando a sí misma, (al) cargar gente muerta. Es por esto por lo que yace hueca. Ella no es una ǁk'a̋ürü, es una luna de maldad.[88] Ustedes pueden (esperar) escuchar algo cuando la luna yace de esta manera. Una persona ha muerto, aquélla que la luna carga. Así, ustedes pueden (esperar) escuchar lo que ha ocurrido cuando la luna está así».

El cabello de nuestra cabeza se parecerá a las nubes cuando nosotros muramos, cuando nosotros, de esta manera, hagamos nubes. Éstas son las cosas que se parecen a las nubes y nosotros pensamos que (éstas) son nubes. Nosotros, que no sabemos, somos quienes pensamos de esta forma, que (aquéllas) son nubes. Nosotros, que sabemos, cuando vemos que son así, sabemos que son las nubes de una persona, son el cabello de su cabeza. Nosotros, que sabemos, somos los que pensamos así mientras sentimos que mirando, reconocemos las nubes, cómo las nubes se forman de esta manera.

---

lugar donde estamos sentados en la sombra, si el lugar no está caliente. Por lo tanto, nosotros hacemos nubes a causa de esto. Pues, cuando realmente sea verano, entonces podremos sentarnos en la sombra.

[88] Posiblemente, «amenazadora».

APÉNDICE
Algunos textos |kuṅ

LAS ACTIVIDADES DE |ǂŨÉ SON VARIAS

Los trabajos de |ǂűé, son muchos, no eran uno sino varios, y el padre de mi padre, *Kárù*, me contó sobre las actividades de |ǂűé, pues los trabajos de |ǂűé son numerosos.

Las múltiples transformaciones de |ǂűé

1. |ǂűé como |nãǂane

(Cuando) el sol salió, |ǂűé era |nãǂane; los pájaros se comieron a |ǂűé; |ǂűé era |nãǂane. El sol se puso y |ǂűé era |ǂűé, se recostó y durmió. Cayó la noche y |ǂűé se recostó, (él) dormía. El lugar era oscuro. El sol salió y |ǂűé era otro (tipo de) |nãǂane, una (clase de) |nãǂane grande, el cual es un árbol. Cayó la noche, (y) |ǂűé no era un árbol, era |ǂűé y se recostó.

2. Otros cambios de forma

El sol salió y |ǂűé era un *dų̃í*.[1] El sol se puso, y |ǂűé era un omuherero,[*] se recostó. El sol salió y |ǂűé era |ǂűé. Fue a otro país

---

[1] La flor de la *dų̃í* es de colores brillantes, su fruta es verde. Otro día, (cuando) su fruta ha madurado, su fruta es roja.

[*] En otjiherero, el lenguaje de los hereros, «ovaherero» se refiere a los hereros (la gente) y «omuherero» a un individuo herero. Los hereros son un grupo bantú que, hoy en día, vive en Namibia. (N. de la T.)

1. ǁhúru.
Una planta de tierra, con una flor blanca (2) que huele mal.

3. La raíz es muy larga y en ocasiones es utilizada por los ǃkuṅ como traste para cocinar. Los elefantes y los ǁniṅ (los alces) la comen, pero no los ǃkuṅ.

y era un shǫ̃ǒ̈.² El sol se puso y ǀχu̥é era un makoba,* se recostó. El sol salió y ǀχu̥é era un/una ǀnãχane.³

3. ǀχu̥é como un árbol de ǁgu̥í y como mosca

El sol se puso y ǀχu̥é era ǀχu̥é. Se recostó en el suelo y se durmió. Estaba solo y se recostó sobre el suelo para dormir. El sol salió, ǀχu̥é se despertó y ... se levantó, miró el sol, —un sol pequeño— y era ǁgu̥í, era un árbol.

Su esposa vio el ǁgu̥í y fue hacia él, fue a recoger frutas del ǁgu̥í pero el ǁgu̥í desapareció; ǀχu̥é era una mosca. Su esposa se recostó sobre la tierra, lloró por el ǁgu̥í y murió. ǀχu̥é era una mosca y se postró sobre el pasto.⁴ Su esposa se recostó sobre la tierra y lloró por el ǁgu̥í .⁵

4. ǀχu̥é como agua y otras cosas.
Bajo su propia forma, se frota fuego y muere

ǀχu̥é era agua y el agua estaba bajo la sombra del un árbol. Los pichones se comieron la fruta del ǀkūī. ǀχu̥é era una lagartija⁶ y se recostó sobre las hojas muertas del ǀkūī. (Él) vio a los pichones, era agua.⁷ Los pichones vieron el agua y se postraron sobre la orilla. ǀχu̥é labró pasto largo, como juncos, atrapando a un

---

² El shǫ̃ǒ̈ es un árbol alto, como la (palma) de ǀkuńi.
* Habitante de Makoba. (N. de la T.)
³ (Una clase de) ǀnãχane que yace sobre la tierra. Otro (tipo de) ǀnãχane es un árbol. Los ǀnãχane son numerosos. La fruta del árbol de ǀnãχane es amarillenta. La fruta del árbol de ǀnãχane es grande; y la fruta ǀnãχane de la tierra es pequeña, parecida a la fruta del ǀkūī, es roja, pequeña y abundante.
⁴ Y se postró sobre el pasto y el pasto se rompió. El nombre del pasto es góò.
⁵ El ǁgu̥í es un árbol. La gente come el ǁgu̥í, la fruta del ǁgu̥í. La gente no coloca el ǁgu̥í dentro de una olla, lo come crudo. El ǁgu̥í tiene espinas.
⁶ Esta lagartija [también llamada ggǫ́ru y ṅgǫ́ru por mis informantes ǀkuṅ, y ǀhãĩ-ʘpu̥ã́ por ǀhaṅǂkassʼō] parece ser la lagartija común.
⁷ (Él) no era una gran (porción) de agua, sino una pequeña agua, un hoyo de agua.

pichón. Y los pichones vinieron a beber (literalmente, «a comer») agua. El pasto[8] se acercó y mordió el pico del pichón, éste gritó. Los demás pichones se fueron volando.

Y |χué era |χué, se levantó y atrapó al pichón, lo desplumó, puso las plumas sobre su cabeza y se recostó en el suelo. El agua desapareció y él era |χué. Puso las plumas del pichón sobre su cabeza y se recostó en el suelo. (Él) colocó el cuerpo del pichón sobre las brasas ardientes y se recostó. Siguió recostado y luego se levantó, fue a quitar del fuego el cuerpo del pichón.

(Él) se comió el pichón, escuchó a los ovaherero y se levantó. Fue hacia los ovaherero y ellos lo miraron. Él se escondió en la tierra. Los ovaherero vinieron a buscarlo, vinieron a buscarlo (pero no lo vieron). Pues (él) era pequeño[9] y era un |nŭ-érre. Un pequeño niño omuherero vio al |nŭ-érre sobre un arbusto y éste, a su vez, vio a los ovaherero, gritó.[10] Era el ojo de agua bosquimano y se cayó al suelo. Y él dijo: «¡Yĕ-he! ¡Yĕ-he! ¡Yĕ-he!». Y el omuherero escuchó y lo buscó, lo buscó, lo buscó y no lo vio. Y (él, |χué) se fue volando.

Y (él, |χué)[11] voló, viniendo al país de su madre. Vio a su padre, no era nŭ-érre sino |χué, y murió.[12] Y su padre fue hacia él, vino a verlo y él estaba muerto. Su padre se fue y él no estaba muerto, era |χué y se levantó. Llamó a su padre: «¡Padre mío! ¡Oh!» y su padre lo llamó a él, y dijo: «¡Hijo mío! ¡Oh!». Él llamó una vez a su padre y gritó: «¡≠nǫ̈!, ǁnǫ̈!» y vino al país de su madre.

Su padre lo vio y, furtivamente, se acercó a él. Y él oyó a su padre. (Él) miró a su padre y murió. Era una lagartija, se acostó, se acostó sobre el suelo.

---

[8] |χué era un pasto al que le llaman gó, (es) pequeño y mordió al pichón. El pasto largo, (llamado) junco, atrapó al pichón. Era |χué.
[9] (Cierto) pájaro pequeño.
[10] Y (él) grito: «¡Tsuáï! ¡tsuáï! ¡tsuáï!». Dos niños ovehereros lo vieron, ya que él era un |nŭ-érre.
|χué era un |nŭ-érre, y gritó. No era un |nŭ-érre sino muchos |nŭ-érre.
[11] [Ahora], él no era muchos |nŭ-érre sino un solo |nŭ-érre y fue al país de su madre.
[12] Cargaba sobre sus hombros una bolsa pequeña, la piel de un antílope, la piel de un antílope hembra.

Su padre lo vio y dijo: «¡Es mi hijo, ǀχu̥é! pues no es otra persona que mi hijo, y (él) me miró y murió. Él estaba frotando varas para hacer fuego, me miró y murió. No es otra persona que mi hijo, es ǀχu̥é. Pues yo fui a mi país y no vi a mi hijo, y hoy vi a mi hijo. Mi hijo frotaba creando fuego, fuego de pequeñas varas.¹³ Mi hijo frotó creando fuego, me miró y murió. Y es ǀχu̥é, y no es otra persona sino que es ǀχu̥é. Tengo miedo de mi hijo pues mi hijo está muerto.

»Voy a mi país, mi país es lejano, y (durante) varias lunas yo voy a mi país (y) no veo mi país, mi país es muy distante. Y hoy veo a mi hijo, pues mi hijo es ǀχu̥é. Hace fuego, fuego de pequeñas varas y come ǂshǎna.¹⁴ Frota creando fuego y sus manos le duelen, llora, me mira y muere. Pues yo soy ǀχé-ǁn'ù y mi hijo ǀχu̥é me mira y muere. Le temo a mi hijo. Me voy a mi país, a mi país lejano.

»Y mi hijo es otra persona, yo veo a mi hijo. Uso en mi cabeza plumas de pichón. Mi hijo vio mi cabeza con plumas de pichón, muchas plumas de pichón, pues eran dos pichones. Y hoy le temo a mi hijo, y me voy a mi (propio) país».

Y (él) se fue a su (propio) país. El nombre de su país es ǁn̥oā; es una montaña, una gran montaña. Y él se fue a su (propio) país.

---

¹³ El nombre del árbol era ǀn'a'u-ǀkum̓m y (él tenía) dos varas, la vara del fuego (es decir, la cual él tomó en sus manos), era larga, pequeña y larga como un junco. La otra vara (del fuego) estaba sobre el suelo, pues él la había puesto (la otra vara) sobre el pasto. Él frotó creando fuego, el fuego cayó sobre el pasto y él levantó el fuego (es decir, el pasto) él apagó el fuego.

¹⁴ ǂTshǎna es el nombre de un árbol alto que da frutos. Sus frutos se comen crudos.

1. ǀgʻú. Un animal salvaje que come antílope, también mujeres bosquimanas y viejos bosquimanos.
2. ǁoú. Un pez, llamado ǀkárro.
3. ǀχú. Un árbol grande que da flores con aroma dulce.

Tamme, 17 de junio de 1881.

PLEGARIA A LA JOVEN LUNA[15]

¡Joven luna!
¡Hola, joven luna!
Hola, hola,
¡Joven luna!
¡Joven luna! ¡Háblame!
Hola, hola,
¡Joven luna!
Háblame acerca de algo.
¡Hail, hail!
Cuando el sol sale,
debes hablarme,
que yo pueda comer algo.
Debes hablarme acerca de una cosa pequeña,
que yo pueda comer.
Hola, hola,
¡¡joven luna!

---

[15] Cuando nosotros vemos la luna [∣*nánni* explicó en otro lugar], decimos ∣*kā*∣*kárrishē*, sonamos el cuerno de antílope macho.
Llamamos a la pequeña luna ∣*kā*∣*kárrishē*, (pero) las mujeres (la) llaman ∣*kā*∣*kárribē*.

EL TRATO A LOS LADRONES

Si una mujer !kuṅ roba, nosotros la atrapamos, se la entregamos a su madre y padre estando ellos (todavía) ahí. Entonces todos ellos se van de su lugar. La cosa robada, la tomamos, corremos, (la) damos a la otra persona, corremos a darle a la otra persona la cosa de la otra persona. Y nosotros decimos a la otra persona: «Mi esposa robó tu cosa, la cual está aquí; tu cosa bella, la cual está aquí, mi esposa robó. Y yo he devuelto a mi esposa a su padre y madre. Pues mi esposa robó la cosa bella que está aquí».

La otra persona escucha y, oponiéndose, dice: «No, mata a tu esposa». Y nosotros escuchamos (y), oponiéndonos, decimos: «No, no te escucho y no mataré a mi esposa, pues mi esposa se ha ido, se ha ido con su padre y con su madre, está lejos, se ha ido a su país y yo no mataré a mi esposa».

Y los otros lloran y nosotros escuchamos. Nuestros corazones duelen y nos vamos. Decimos a las otras personas: «Nosotros nos vamos, vengan que yo pueda matar a mi esposa, matar a mi suegro, matar a mi suegra, matar a mi...»[16]

El día en que la mujer tomó la cosa, nosotros vemos la cosa, tomamos la cosa. La mujer nos dice: «Esposo, mira mi bella cosa que robé».[17] Nosotros escuchamos y decimos: «Esposa, dame tu cosa que yo pueda mirarla» Y (nosotros) la persuadimos, y ella toma la cosa y nos la da. Nosotros la tomamos y la ponemos dentro de nuestra bolsa y ella llora (diciendo): «¡Oh querido, dame mi cosa!» Y nosotros nos negamos (diciendo):

---

[16] Otro pariente.
[17] Una mujer !kuṅ no tiene miedo.

«No, mi esposa, no te escucharé pues la otra persona me matará y yo daré a la otra persona la cosa de la otra persona. ¡Mi esposa!, no te escucharé pues tú (intentaste) persuadirme (en vano)».[18]

* * *

Si una mujer roba la cosa de otra persona (y) regresa a su esposo (y) su esposo ve la cosa de la otra persona, le duele el corazón y la mata. Él mata a su esposa de manera fulminante.[19]

Otro hombre (es decir, su padre) le dice a él: «No, no mates a tu esposa».[20] Y él, oponiéndose, dice: «No, me niego al robo, me duele el corazón y mataré a mi esposa. No me hables más, hoy debes temerme».

* * *

Una niña, si su madre está muerta y es la única hija, va a la choza de otra persona. Otro día, si ella roba, la otra persona, a cuya choza ella fue (a vivir), la toma (y) la entrega a la otra persona, (a la cual robó). Las otras personas la matan de manera fulminante: la meten dentro de una choza y la queman, matándola con fuego. Ella está completamente muerta y las otras personas regresan a casa.

Ellos dicen a la gente, a la gente que les dio la niña que robó, ellos (quienes) mataron a la niña, dicen: «Nosotros, quemándola, hemos matado a la niña con fuego, la metimos en una choza y, quemándola, la matamos». Y las otras personas oponiéndose (dicen): «No, no te estamos reprendiendo, pues nosotros nos oponemos al robo y esta[21] niña robó. Nosotros no te

---

[18] Si el padre está muerto y la madre viva, la mujer que roba, es tomada y entregada a la última. Y, si ella fuera una vieja delincuente, se dice que la madre la entrega, a través de un hijo, a otra persona para ser quemada a muerte.
[19] Él dispara con una flecha matando a su esposa. Él dispara matando a su esposa con una |núbbo (un tipo particular de flecha).
[20] Refiriéndose a que la golpeará.
[21] Tenemos miedo a su nombre y no lo pronunciamos, apenas la mencionamos.

estamos reprendiendo, nosotros escuchamos y nuestros corazones se alegran».

* * *

Si un hombre roba, nosotros lo matamos, disparamos matándolo (con) flechas[22] y no lo ponemos en el fuego, lo matamos fulminantemente con flechas. Es sólo a la mujer (a quien) nosotros quemamos, quemamos, poniéndola en el fuego.

* * *

Si un niño roba, apenas lo reprendemos,[23] pero no matamos al niño.
Otro día, cuando el niño ha crecido, si éste roba, nos oponemos y matamos al niño.[24] Le damos el niño a otras personas y éstas lo matan fulminantemente.
Si otra mujer viene a nuestra choza (y) su hijo roba una cosa nuestra, (si) su hijo come nuestra comida (y) nosotros vemos, los agarramos a él y a su madre, los entregamos a otras personas[25] (y) las otras personas los ponen en el fuego y los queman, los queman, matándolos con fuego. Estas personas regresan (y) nos dicen: «Hemos, quemándolos, matado a las dos personas con fuego». Nosotros escuchamos, decimos: «Sí, nos oponemos al robo». Y (nosotros) guardamos silencio.[26] Ellos dicen: «Hemos quemado a las dos personas, no deben reprendernos». Nuestros corazones están contentos[27] y nosotros cantamos. Les decimos: «Nosotros... nos oponemos al robo, le tememos al robo y no robamos».

---

[22] Muchas flechas, no sólo una, las flechas de varias personas. Numerosas personas le disparan.
[23] Pues nosotros respetamos el robo de un niño pequeño.
[24] Tenemos miedo de su nombre y le llamamos «niño». De aquellas personas, a las que matamos fulminantemente, tememos sus nombres. No pronunciamos sus nombres.
[25] (Ellos) no son extraños, son nuestra otra gente (del mismo lugar).
[26] No somos muchos, sólo uno de nosotros (quien) habla con él (con la otra persona).
[27] Nuestros numerosos corazones están contentos.

Y aquéllos[28] (que mataron a la mujer) escuchan y (uno) dice: «Sí».[29]

Nosotros les damos un colmillo de elefante macho y ellos se van a su hogar. Y, otro día, se lo dan al makoba. Y el makoba les da un toro con cáñamo de la India y ellos nos lo dan, y nosotros lo matamos y nos lo comemos. Ellos regresan a su hogar y nosotros les hablamos correctamente (diciendo): «Regresen ustedes a su morada. Dénos cáñamo de la India, no nos den solamente el toro, nos oponemos a una sola cosa. Nosotros no comemos una cosa, pues comemos dos cosas». Y ellos escuchan y asienten (a nosotros), ellos regresan a su hogar.

Nosotros nos comemos el toro y ellos nos dicen: «Ustedes se han comido el toro, dénos un colmillo de elefante». Y nosotros escuchamos y nuestros corazones están contentos. El sol sale y regresamos a nuestra morada.[30] Y venimos, diciendo a las otras personas que están en nuestra morada, —nuestra gente— les decimos: «Den ustedes un colmillo de elefante a la gente». Y los otros, quienes son nuestra gente, escuchan, y nosotros les damos cáñamo de la India.

---

[28] Ellos (son) muchos.
[29] Muchas otras personas escuchan con disgusto y una persona asiente y dice: «Sí».
[30] Cuando nos hemos comido el toro, (nosotros) nos vamos a su morada para buscar cáñamo de la India y ellos nos dan cáñamo de la India.

LOS CUATRO PEDAZOS DE MADERA LLAMADOS |x̌ú,[31] UTILIZADOS PARA LA ADIVINACIÓN

Las mujeres |kuṅ respetan estas cosas, (ellas) no las agarran. Los hombres las agarran. Una pequeña infanta |kuṅ, quien es una niña, no agarra esta cosa pues (ella) la respeta. Su madre le dice: «Esta cosa tú debes respetar, madre mía». Y la niña escucha (y) respeta la cosa, pero un niño no le teme a la cosa (y) la agarra, la carga, carga la cosa y la lleva a su padre.

Y su padre pone la cosa en el suelo,[32] y (el niño) no ve (o no mira) la cosa, él se va. Pues su padre se opone (a su contemplación y dice): «¡Vete, padre mío!»[33] El niño ríe y se va corriendo, va hacia su madre (y) le dice: «¡Madre mía! dale agua». Pues el niño corrió viniendo (y) diciendo a su madre: «Dale agua a mi padre».

Y su madre tomó agua (de la olla) con una calabaza, la piel de comida, y le da agua a su hijo. Su hijo cargó la (vasija de) agua con sus manos, llevó agua a su padre. El agua (vasija) cayó y se derramó sobre el suelo. Él (el niño) vio y gritó: «¡Padre mío! ¡Oh cielos! ¡El agua se derrama!, ¡Padre mío! ¡Oh cielos! ¡El

---

[31] El |x̌ú es un conjunto de cuatro pedazos de madera, dos «masculinos» y dos «femeninos». Las cucharas también están hechas de la madera del mismo árbol. El narrador lo describió como sigue:
«El nombre del árbol es |kē y es un árbol de comida, no es cualquier árbol. (Es) un árbol (del que) nosotros hacemos la cosa (es decir, el conjunto de |x̌ú)».
El |x̌ú es llamado |nu|numˋ por los makoba. Su nombre para el fruto del árbol |kē es *kanzu̥áï*.

[32] (Cuando se pone en el suelo) una cosa, yo digo ||niṅ; (cuando se ponen en el suelo) varias cosas, yo digo ||niṅ-a.

[33] (Él) acarició a su hijo, pues su hijo era un niño pequeño.

agua se derrama!» Su padre lo escuchó y corrió para atraparlo. Y (él) golpea a su hijo, rompe un palo pequeño y golpea a su hijo. El palo pequeño era una *shǎna*. Y el discurso de su hijo era éste: «¡Padre mío, deja de golpearme! ¡Oh cielos! ¡Padre mío, deja de golpearme! ¡Oh cielos! ¡Padre mío, deja de azotarme! ¡Oh cielos!»

Y la gente[34] lo detuvo, su madre vino a sujetarlo (diciendo): «¡Madre mía, hijo mío! ¡Oh cielos! ¡ Madre mía, hijo mío! ¡Oh cielos! ¡Madre mía, mi esposo azota a mi hijo! ¡Oh cielos!»

Su padre (el del niño) vino, tomó (su) lanza, sacó una flecha y la puso en su arco, las personas (es decir, las mujeres) gritaron. Pues él apuntó a su esposa con (dos) flechas. Sus flechas eran un |núbbo y un ||ǧi.[35] Su esposa lloró y evadió la flecha. Y (ella) lloró, y la madre de su esposa gritó: «¡Madre mía! ¡Mi yerno apunta a mi hija con dos flechas, oh cielos!» Y (ella) cayó al suelo y se quedó tirada y lloraba. Las personas (muchas otras mujeres) vinieron, la sujetaron y le dijeron: «¡No llores!» Y ella se negó diciendo: «¡No! ¡Mi yerno apunta a mi hija con dos flechas, oh cielos!» Y la gente la sujetaba pero ella no escucharía, se negaba.

---

[34] (Ellas) no eran hombres, eran mujeres.
[35] Él apuntó a su esposa con dos flechas (una después de la otra).

GOLPEAR EL SUELO (CON UNA PIEDRA)

Los ǀkuṅ golpean una piedra sobre el suelo. La madre de mi padre golpea una piedra sobre el suelo. Ella dijo: «¡Cae dentro del agua! ¡Cae dentro del agua!» Y la cosa (¿los rayos?) cayó dentro del agua.

Un hombre no golpea una piedra sobre el suelo. Una mujer golpea una piedra sobre el suelo.

La madre de mi padre (Taṁme) era Ñ-ǁná. El padre de mi madre era el Pequeño Taṁme, y la madre de mi madre era ǀkăro-ǁn'ă. El padre del padre de mi padre era el Gran Taṁme.

SERPIENTES, LAGARTIJAS Y CIERTO ANTÍLOPE PEQUEÑO, CUANDO SEAN VISTOS CERCA DE LAS TUMBAS, DEBEN SER RESPETADOS

Una serpiente que está cerca de una tumba, nosotros no la matamos, pues (ésta) es nuestra otra persona, nuestra persona muerta, la serpiente de la persona muerta.³⁶ Y nosotros no la matamos, la respetamos. Y (si durante) varios días nosotros la vemos, no la matamos, la miramos, la dejamos sola.

Otro día, (si) vemos una lagartija, seguimos su huella. (Si) la lagartija se ha ido a la tierra (tumba) de otra persona, nosotros respetamos a la lagartija, no matamos a la lagartija, la dejamos sola.

(Cuando) vemos un antílope, un antílope³⁷ (que está) cerca del lugar de nuestra otra persona, aquel lugar en el que nues-

---

³⁶ (Cuando) nuestro «otro», (que) es un hombre, muere, él se convierte en una serpiente y su serpiente es un espíritu. Una serpiente lo muerde, él muere, él es una serpiente.
Cuando una mujer acaba de morir, la mujer no tiene serpiente. Si una serpiente muerde a una mujer (y) la mujer muere, la mujer es una serpiente. Si una mujer simplemente muere, su espíritu es un simple espíritu.
Cuando un hombre muere, su «otro» es un simple espíritu, su «otro» es una serpiente cerca de su tierra (tumba) y su simple espíritu se va.
Si un elefante lo mata, (él) se convierte en (un tipo de) serpiente, (él) es un ǂné-ko y es negro. Él no es un tipo diferente de serpiente, pues su corazón siente dolor.

³⁷ En el Museo de Ciudad del Cabo, un tipo pequeño de macho (cuyo nombre el curador no supo decirme) fue reconocido como lou por mis informantes. Había sido traído, creo, desde Damaralandia o de sus proximidades. Con respecto a la creencia anterior, puede ser mencionado también que, en una ocasión, vi una serpiente cerca de la cornisa de un cementerio y se la mostré a |nánni, esperando que él la destruyera. Él simplemente la miró de un modo extraño y le permitió irse ilesa, diciendo algo sobre su presencia cerca de una tumba que en el momento no comprendí con claridad.

tra otra persona ha muerto, respetamos al antílope, pues no es un simple antílope. Sus piernas parecen pequeñas, es la persona que ha muerto y es un espíritu de antílope. Es un antílope macho, no es un antílope hembra.

CIERTA SERPIENTE, LA CUAL, AL RECOSTARSE SOBRE SU LOMO, ANUNCIA UNA MUERTE EN LA FAMILIA, Y LA CUAL NO DEBE, BAJO NINGUNA CIRCUNSTANCIA, SER MATADA

La ǁhĩn̓[38] (es) una serpiente de nuestro país. (Si, cuando) la golpeamos, hace así con su vientre,[39] nos muestra el vientre, le tememos, nos vamos, regresamos a casa, mientras (nosotros) no la matamos.[40] La dejamos sola. Está recostada, recostada, recostada, se levanta (y) se va definitivamente.

Y, otro día, (si) la vemos (y) no nos muestra su vientre, la golpeamos, la matamos bruscamente, y la tiramos toda. (Nosotros) no la guardamos [no la comemos].[41]

Otro día, la vemos, (cuando) está en el agua —agua de árbol—[42] y nosotros estamos cerca, pensamos que beberemos agua. Vemos su cuerpo, (cuando) está en el agua, nos mira, rápidamente sale del agua y se recuesta sobre la tierra. Pensamos que la golpearemos, pero nos muestra su vientre. Nos damos la vuelta, nos vamos, y ella yace sola (ahí).

Y (si) una mujer viene (y) la ve, (ella) se desata (su) collar de piel y suavemente lo coloca en el suelo. La serpiente se gira[43] y apoya su vientre sobre la tierra. Y la mujer la mata y la tira.

---

[38] Una serpiente larga, de colores brillantes que es tímida y no muerde.
[39] Es decir, gira la parte inferior de su cuerpo hacia arriba.
[40] (Nosotros) le contamos a la gente que está en casa y decimos: «Vi una ǁhĩn̓, la golpeé y ésta se opuso y me mostró su vientre. Yo tenía miedo de la ǁhĩn̓ y no la maté, me fui corriendo». Y muchas mujeres escuchan (y) lloran.
[41] Y, otro día, (cuando) se recuesta suavemente [no mostrándonos su vientre de una manera falsa mientras yace sobre su espalda], la desollamos y tiramos la carne, guardamos su piel. Le damos su piel a los makoba.
[42] A saber, agua que se encuentra en el agujero de un árbol.
[43] Ve a la mujer, hace así con su vientre. Ve el collar de piel de la mujer, tiene miedo, pues la mujer ha hecho el collar con mucha grasa y (éste) huele bien. Su olor es poderoso (literalmente, «largo», es decir, que, alcanza largas distancias).

(Si) otra persona muere (y) nosotros no hemos oído la noticia⁴⁴ y vemos que la ǁhī́n gira su vientre hacia nosotros, tenemos miedo a la ǁhī́n y lloramos.

---

[44] Las palabras ǁnumṁ y ǂnu̥á, ambas significan «noticias», «nuevas».

Grupo de bosquimanos.
Fotografiados en la estación para convictos de Breakwater alrededor de 1871.

Grupo de bosquimanos.
Fotografiados en la estación para convictos de Breakwater alrededor de 1871.

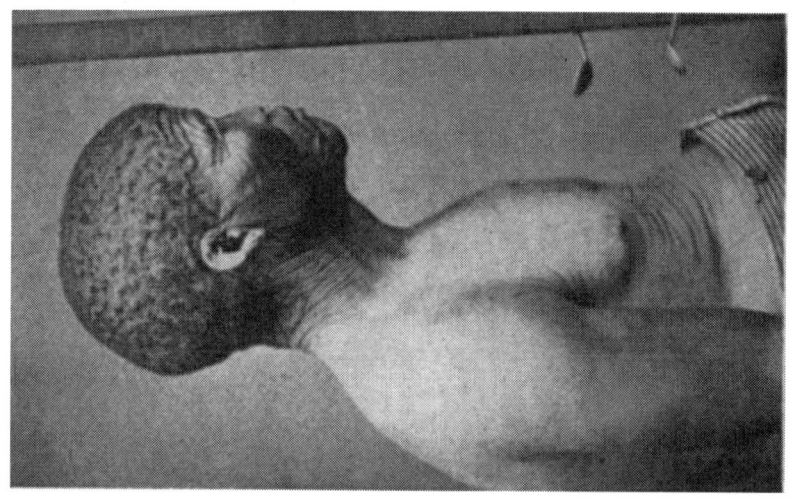
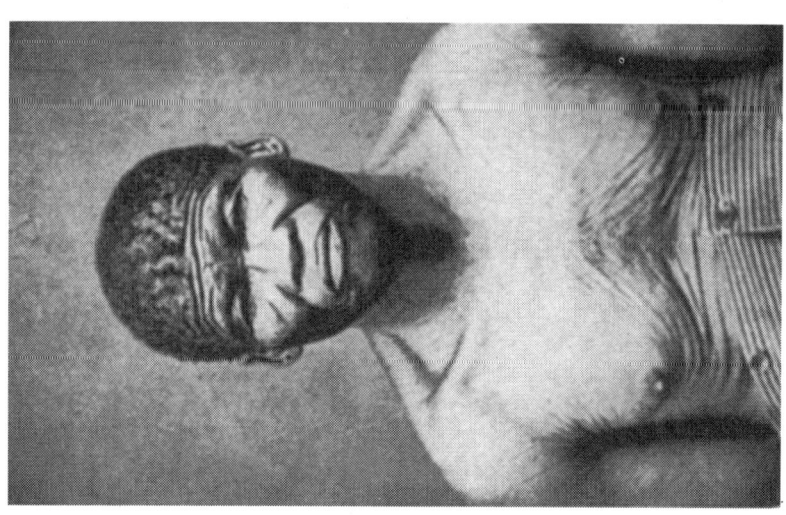

Fotografía de ||kábbo.
Tomada en la estación para convictos de Breakwater en 1871.

PRESENTIMIENTO Y METAMORFOSIS ENTRE LOS BOSQUIMANOS
Elias Canetti

La capacidad del hombre para la metamorfosis, que tanto poder le ha conferido sobre todas las criaturas restantes, apenas ha sido enfocada y comprendida. Pertenece a los mayores enigmas: cada cual la tiene, cada cual la aplica, cada cual la considera muy natural. Pero pocos se dan cuenta de que le deben lo mejor de aquello que son. Es desacostumbradamente difícil sondear la esencia de la metamorfosis, y hay que aproximársele desde distintos lados.

En una obra sobre folclore bosquimano, a la que considero el documento más precioso de la humanidad temprana y que dista mucho de estar agotado —a pesar de que fue escrita hace más de cien años por Bleek e impresa hace más de sesenta— se encuentra un párrafo sobre los presentimientos de los bosquimanos, del que se pueden sacar importantes explicaciones. Se trata, como se mostrará, de *principios* de metamorfosis de forma sobremanera sencilla. Los bosquimanos perciben desde lejos el venir de gentes a las que no pueden ver ni oír. También tienen el sentimiento de que se acercan animales de caza y narran los signos en su propio cuerpo por los que reconocen esta aproximación. Algunos ejemplos de ello siguen en forma textual.

«Un hombre dice a sus niños que estén a la escucha de su abuelo. "Prestad atención, me parece que el abuelo se acerca. Pues siento el lugar de la antigua herida en su cuerpo." Los niños están atentos. Perciben a un hombre a lo lejos. Le dicen a su padre: "Allí viene un hombre". El padre les contesta: "Aquél es vuestro abuelo, el que viene allí. Yo sabía que viene. He sentido su venir en el lugar de su antigua herida. Quería que vosotros mismos lo vierais: viene realmente. Vosotros no creéis a mi presentimiento. Pero dice la verdad".»

Lo que aquí ha sucedido es de una grandiosa simplicidad. El viejo, que es el abuelo de estos niños, estaba por lo visto muy lejos. En determinado lugar de su cuerpo tiene una antigua herida. Este lugar es exactamente conocido por su hijo adulto, el padre de los niños. Es una de aquellas heridas que siempre vuelven a hacerse sentir. A menudo se le ha oído hablar de ella al anciano.

Es aquello que nosotros llamaríamos lo «característico» en él. Cuando el hijo piensa en su padre piensa en su herida. Sin embargo es más que un pensar. No sólo se imagina la herida, el exacto lugar del cuerpo en el que estaba: la *percibe* en el lugar correspondiente de su propio cuerpo. Apenas la siente, supone que su padre, al que no ha visto durante un tiempo, se aproxima. Siente que se aproxima porque siente su herida. Se lo dice a sus niños, pero parece que éstos no le creen mucho. Quizá no hayan aprendido aún a creer en la veracidad de tales presentimientos. Les hace estar atentos y, efectivamente, aproxímase un hombre. Sólo puede ser el abuelo, él es. El padre tuvo razón. La sensación en su cuerpo no lo ha engañado.

Una mujer abandona la casa. Lleva a su niño con ella, enlazado con una correa sobre el hombro. El hombre ha quedado tranquilamente sentado. La mujer ha ido por algo y se ausenta durante cierto tiempo. De repente, el hombre siente su correa sobre el hombro. «Tiene la sensación», como si portara al niño él mismo. Apenas siente la correa sabe que la mujer regresa con el niño.

Los mismos presentimientos se refieren también a animales. Son los animales, tan importantes para el bosquimano como sus parientes más próximos, sus animales más cercanos por decir así, los que caza y de los que se nutre.

Un avestruz se pasea bajo el cálido sol. Un insecto negro, al que los bosquimanos llaman el «piojo del avestruz», lo muerde. El avestruz se rasca atrás, en la nuca, con la pata. El bosquimano siente algo en la parte más profunda de su propia nuca, en la misma parte donde el avestruz se rasca. Es una sensación como un golpeteo. Esta sensación le dice al bosquimano que hay un avestruz en la cercanía.

Un animal especialmente importante para el bosquimano es la gacela. Muchos presentimientos se refieren a todos los movimientos y características posibles de la gacela. «Tenemos una sensación en los pies, percibimos el crujir de sus patas en el matorral.» Esta sensación en los pies significa que las gacelas se acercan. No es que se las haya *oído* crujir. Aún están demasiado lejanas. Pero los pies de los bosquimanos mismos crujen, pues las gacelas hacen crujir sus patas a lo lejos. Pero eso no es todo, es aún mucho más que el movimiento de las patas lo que pasa de la gacela al bosquimano. «Tenemos una sensación en la cara debido a la raya negra sobre la cara de la gacela.» Esta raya negra parte del medio de la frente y se extiende hasta el fin de la nariz. Al bosquimano le sucede como si tuviese la raya negra sobre su propia cara. «Tenemos una sensación en los ojos; por las marcas negras sobre los ojos de la gacela.»

Uno siente un golpetear en sus costillas y dice a sus niños: «Parece que viene la gacela, siento el pelo negro. Subid a la loma de enfrente y otead en todas direcciones. Tengo la sensación-gacela». Este pelo negro la gacela lo tiene en sus flancos. El golpetear en sus propias costillas significa para el bosquimano el pelo negro en los flancos del animal.

Otro, que está presente mientras se habla sobre estos fenómenos, coincide con él. También él tiene un presentimiento que se refiere a las gacelas, pero no es el mismo: él siente la sangre del animal abatido.

«Tengo una sensación en las pantorrillas cuando la sangre de la gacela va a escurrirse sobre ellas. Yo siempre siento sangre cuando voy a matar a la gacela. Yo estoy sentado y tengo una sensación en la espalda, donde la sangre se escurre cuando cargo una gacela. El pelo de la gacela descansa sobre mi espalda.»

Una vez se dice: «Lo sentimos en nuestras cabezas cuando estamos arrancándole los cuernos a la gacela». Otra: «Las cosas numerosas suelen llegar en el momento en que estamos tendidos a la sombra de la choza. Ellas creen que posiblemente estamos durmiendo nuestra siesta. Por lo común echamos una siesta. Pero no dormimos nuestra siesta cuando las cosas andan y mueven sus patas. Sentimos algo en las corvas detrás de las rodillas, por donde gotea la sangre cuando cargamos los animales».

De estas declaraciones de los bosquimanos uno percibe qué importancia atribuyen a tales presentimientos o sospechas. Sienten en sus cuerpos cuando ciertos acontecimientos son inminentes. Una especie de golpetear en su carne les habla y les participa de ello. Sus letras, como dicen ellos, están dentro de su cuerpo. Estas letras hablan y se mueven y los inducen incluso al movimiento. Un hombre impone silencio a los otros y se mantiene bien quieto cuando nota que en su cuerpo golpea. El presentimiento habla la verdad. Los tontos no entienden las enseñanzas y caen en la desgracia, son muertos por un león, o les acontece algo grave. Las señales por golpes les dicen a aquéllos que las entienden qué camino no deben pisar, qué flechas no han de emplear. Les advierten cuándo se aproxima mucha gente por la carretera. Cuando se está en busca de alguien, los golpecitos le dicen a uno en qué camino se le ha de buscar para encontrarlo.

No es nuestro asunto verificar aquí si los presentimientos de los bosquimanos son ciertos o engañosos. Puede que hayan desarrollado y ejerciten en su vida diaria capacidades que nosotros hemos perdido. Puede que tengan motivo para seguir creyendo en sus presentimientos, a pesar de que a veces hayan sido engañados por ellos. Sea como fuere, sus declaraciones acerca de la manera en que los presentimientos se anuncian pertenecen a los documentos más precisos sobre la esencia de la *metamorfosis*. Nada hay que pudiera comparárseles. Pues contra todo lo que se extraiga de mitos o cuentos acerca de ello, vale la objeción de que todo es pura poesía. Aquí, además, nos enteramos de cómo se siente el bosquimano en su vida real, cuando piensa en un avestruz o una gacela en la lejanía; lo que le sucede mientras tanto; qué es lo que en suma significa eso de pensar en una criatura que no es él mismo.

Los signos en que reconocen la aproximación de un animal, o también de otro hombre, son signos en su propio cuerpo. Estos presentimientos son, como he dicho, *principios para* la *metamorfosis*. Si se quiere preservar el valor de los signos para un examen de la *metamorfosis*, hay que guardarse ante todo de importar algo ajeno al mundo del bosquimano. Hay que mantener estos signos tan simples y concretos como realmente son. Los extraemos del contexto de las declaraciones citadas y los enumeramos por turno:

> 1. Un hijo percibe la antigua herida de su padre exactamente en el mismo lugar del cuerpo en que el padre la ha recibido.
> 2. Un hombre siente la correa con la que la mujer porta a su niño sobre su propio hombro.
> 3. Un avestruz se rasca en la nuca, con la pata, donde le muerde un «piojo». El bosquimano siente idéntica sensación en la propia nuca, allí donde el avestruz se rasca.
> 4. Un hombre siente el crujir de las gacelas en los matorrales en sus propios pies. La raya negra de la gacela, de la frente hasta la base de la nariz, la siente sobre su rostro. Siente en los propios ojos las marcas negras sobre los ojos de la gacela. El pelo negro en los flancos del animal lo siente junto a sus costillas.
> 5. Un bosquimano siente sangre en las pantorrillas y en la espalda. Es la sangre de la gacela por abatir, que cargará a la espalda. Allí también percibe el pelo del animal. Se percibe en la cabeza, donde se cortarán los cuernos de la gacela. Se siente la sangre bajo las corvas, por donde suele gotear la sangre del animal abatido que se carga.

Todo lo incluido en el punto 5 se refiere al animal muerto. El ansia de su sangre determina aquí el carácter de la *metamorfosis*. Es menos simple que en los cuatro casos anteriores, por eso es mejor analizar por el momento sólo estos cuatro. Lo más elemental en todos ellos es que *un cuerpo es identificado con otro*. El cuerpo del hijo es el cuerpo del padre; así la antigua herida se halla en el mismo lugar. El cuerpo del hombre es el cuerpo de su mujer: la correa, en la que ha portado al niño, lo aprieta en el mismo hombro. El cuerpo del bosquimano en el cuerpo del avestruz: el «piojo» lo muerde en la misma parte de su nuca, y él allí se rasca.

En estos tres casos es cada vez un rasgo aislado en el que se manifiesta la igualación de los cuerpos. Son rasgos muy diferentes: en la herida, una antigua peculiaridad del cuerpo que se hace sentir cada cierto tiempo; en la correa, una determinada y permanente presión contra ella; y en el caso del rascar, un movimiento aislado.

El más interesante es el caso de la gacela. En este caso son cuatro o cinco los rasgos que se juntan y que dan a la igualación de un cuerpo con el otro algo muy integral. Por un lado está el movimiento de los pies; el pelo negro en los flancos; la raya negra de la frente hasta la base de la nariz; las marcas negras sobre los ojos; y finalmente el lugar de la cabeza, de donde arrancan los cuernos, tal como si uno mismo llevara los cuernos. Al movimiento, que aquí, en vez del rascar, es el de los pies, se suma pues lo que semeja una máscara completa. Lo más llamativo en la cabeza del animal, los cuernos y luego todo lo negro, es decir, la raya y las marcas junto a los ojos, se reúnen en una máscara reducida a lo más sencillo. Se lleva como cabeza propia y sin embargo, como la cabeza del animal. Los pelos negros de los flancos se les siente como si se tuviese puesta una piel del animal; es, sin embargo, la propia piel.

El cuerpo de un mismo bosquimano se convierte en el cuerpo de su padre, de su mujer, de un avestruz, de una gacela. Que los pueda ser todos en distintos momentos, y luego ser otra vez él mismo, es de tremenda importancia. Las metamorfosis, que se suceden, varían según las ocasiones exteriores. Son transformaciones netas: cada criatura, cuyo venir él siente, continúa siendo lo que es. Las mantiene separadas, de lo contrario no tendrían significación. El padre con la herida no es la mujer con la correa. El avestruz no es la gacela. La propia identidad, que el bosquimano puede abandonar, se conserva en la metamorfosis. Puede ser esto o aquello, pero esto o aquello permanecen separados entre sí, porque en el intervalo él es siempre otra vez él mismo.

Los rasgos aislados y simples, que determinan la transformación, podría designárselos como sus puntos nodales. La antigua herida del padre, la correa en bandolera de la mujer, la raya negra de la gacela, son tales puntos nodales. Son los rasgos más prominentes de la otra criatura, de los que se habla a menudo y que se percibe siempre con nitidez. Son los rasgos en que uno se fija cuando se espera a esta criatura.

El animal al que se da cacería es, sin embargo, un caso especial. Lo que realmente se quiere es su carne y su sangre. El estado en que uno se encuentra después de haberlo cobrado, mientras se lo arrastra a casa, es especialmente feliz. El cuerpo del animal muerto, que lleva como presa en la espalda, le es aún más importante a uno que su cuerpo vivo. Uno siente su sangre, que se escurre por las pantorrillas, la siente bajo las corvas; siente su sangre en la espalda, y allí también siente su pelo. Este cuerpo muerto, que se carga, no es el propio; no puede ser el propio, pues se lo quiere comer.

Los presentimientos del bosquimano que se refieren a la gacela contienen pues diferentes fases. Siente del modo narrado al animal vivo, su cuerpo llega a ser el cuerpo del animal que se mueve y al que mira. Pero siente también al animal muerto como un cuerpo distinto, ajeno, cerca del suyo, en el estado en el que ya no se le puede escapar. Estas dos fases son intercambiables. Un hombre puede que se crea primero en la anterior, el otro en la ulterior. Pueden sucederse una a otra. Pueden aparecer una inmediatamente después de la otra. Juntas contienen su relación entera con el animal, el proceso completo de la caza, del crujir hasta la sangre.

(Traducción de Horst Vogel.)

Especímenes de folclore bosquimano
Se terminó de imprimir en el mes de junio de 2009
por Gráfica, creatividad y diseño,
Av. Pdte. Plutarco Elías Calles 1321-A, Col. Miravalle,
C.P. 03580, México D.F